Ouvrage publié par son auteur dans le cadre et sous le label éditorial commun de *La pensée vagabonde* coopérative d'assistance mutuelle à l'auto-édition qui soutient et diffuse des créations intellectuelles ou artistiques de ses membres:

http://lapenseevagabonde.org

La renaissance du démiurge

ISBN : 979-10-91218-30-6

Dépôt légal :janvier 2019

Les demandes de reproduction doivent être adressées par e-mail à *La Pensée Vagabonde,*

contact@penseevagabonde.org

La renaissance du démiurge

Fiamoa D. McBenson

Fantasy / S.F.

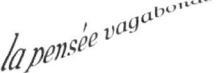

Esthétique

Chapitre 1

Tout commença à dérailler pendant l'automne 2004, l'année de mon entrée à la fac. Je me rappelle cette nuit au sortir de Kippour. J'étais dans la voiture avec mes parents et mes frères et nous nous rendions chez ma grand-mère pour fêter la sortie du jeûne. Alors que je m'étais installé à l'arrière de la voiture, sur le côté gauche, nous nous arrêtâmes au feu rouge, tout près de la fontaine Valjean, à Montfermeil. Un vélo arriva à ma hauteur... Le cycliste, un jeune blanc avec un blouson, jeta un regard sur moi puis se mit à chercher quelque chose dans sa poche intérieure. Il en sortit un objet qu'il pointa vers moi. C'était un pistolet! Je sentis mes cheveux se dresser sur ma tête et, comme pétrifié de stupeur, je retins ma respiration, attendant l'impact. Soudain, une ombre se jeta sur mon agresseur et le fit tomber. Au même moment, le feu passa au vert et mon père démarra en trombe : il avait faim! Encore sous le choc, je ne dis rien : tout s'était passé si vite que je n'étais plus très sûr de ce que je venais de voir. Du reste, personne, dans la voiture, n'avait vu ce qui s'était produit...

Je crois que c'est deux-trois jours après que je rencontrai Katia, ce qui n'a, a priori, rien à voir avec l'épisode précédent. Katia... la première fois que je la vis, c'était justement le jour de la rentrée : j'allais pour m'asseoir à côté d'une fille plutôt mignonne, lorsque je la vis entrer dans la salle. Elle avait les cheveux noirs et la peau laiteuse. Elle devait faire pas loin d'un mètre soixante-quinze, et avait un corps athlétique et des seins fermes. Et ses yeux... deux joyaux d'un vert profond, qui lui donnaient le genre de regard hypnotique dans lequel on pourrait passer des heures. Nécessairement, je choisis de m'asseoir à côté d'elle.

À l'époque, j'étais assez timide mais bien décidé à profiter de ces années à l'université, en lettres, pour côtoyer des jolies filles et espérer que, dans le tas, il y en ait une avec laquelle il serait possible de coucher. Oui, j'étais encore obnubilé par ça à l'époque.

Avant d'avoir le temps de réfléchir je lui demandai :

MOI

Salut, je peux m'asseoir ici ?

KATIA

D'accord.

MOI

Merci

Les premiers mots échangés, je savais que si je m'arrêtais là, il allait devenir difficile de réengager la conversation, autant rentrer tout de suite dans le vif du sujet :

MOI

Comment tu t'appelles ?

KATIA

Katia.

MOI

Tu es Marseillaise ?

KATIA

Non, pourquoi ?

MOI

Je sais pas, tu as un accent qui ressemble à l'accent Marseillais.

KATIA

Ah non pas du tout, je suis Polonaise.

MOI

Ah j'étais pas loin...

KATIA

Euh...

MOI

Enfin, j'aurais pu faire pire quoi, j'aurais pu dire que tu avais un accent sud-africain !

KATIA

Ah non.

Bon ma blague n'avait pas été du meilleur effet. En fait, j'allais découvrir plus tard que Katia n'avait strictement aucun, mais aucun, sens de l'humour. Bien sûr aujourd'hui, si une fille ne rigole pas à une blague de ce genre, c'est qu'elle n'apprécie pas mon humour et, pour notre bien à tous deux, il vaut mieux que je passe mon chemin. Mais, à l'époque, la seule chose qui m'intéressait, c'était de voir son petit cul tout blanc.

Je cherchais sur quoi enchaîner quand le professeur vint interrompre mes réflexions :

LE PROF

Bonjour à tous, on va commencer, je me présente, je m'appelle Monsieur Beïssan, je suppose que c'est bien ici le cours magistral de théâtre latin antique ? Non je préfère savoir des fois que je me sois trompé de salle et qu'un prof d'allemand furibard me coupe alors que je suis en train de développer une magnifique tirade sur l'Amphitryon de Plaute.

UNE LÈCHE-BOTTE

Oui Monsieur, c'est bien ça.

MONSIEUR BEÏSSAN

Wonderfull ! Alors, pour commencer je tenais à vous prévenir : c'est un cours magistral ici, aussi je me fiche bien que vous soyez sérieux ou non, ou même que vous veniez. Vous êtes majeurs et vous pouvez bien faire ce que vous voulez. Par ailleurs, je me contrefiche de vos noms et de qui vous êtes. Simplement, la seule chose que je vous demande c'est d'écouter quand vous venez. Mademoiselle, je n'ai encore rien dit d'intéressant, pourquoi vous prenez des notes !

MOI (CHUCHOTÉ)

Ils sont tous comme ça les profs d'ici ?

KATIA

Je ne pense pas, d'après mon ex, généralement les professeurs de lettres classiques sont plutôt « vieille école ».

MOI

Tu es célibataire ?

Demander à une nana si elle est célibataire au bout de trois phrases échangées, « mais quel boloss ! » aurais-je dû penser.

KATIA

Disons que c'est compliqué.

M. BEÏSSAN

Sosie, face à Mercure, qui a pris son apparence, en vient à douter de sa propre existence. Est-il devenu fou en se prenant pour quelqu'un qu'il n'est pas ? Dès lors, s'il n'est pas le vrai Sosie, qui peut-il bien être ? Je pense qu'on pourrait interpréter ce passage comme la métaphore de la rencontre des deux types d'identité qu'on retrouve chez l'être humain : l'identité interne, qui fait que je me sens moi et non un autre et qu'on peut appeler conscience de soi et l'identité externe, qui est celle que les gens nous prêtent et grâce à laquelle on se construit et on se définit en partie. Pour Sosie, l'identité qui compte est peut-être davantage l'identité externe que l'identité interne, comme s'il avait compris qu'au sein de la société nous n'existons que grâce à la place qu'on nous assigne.

M. Beissan (encore)

Cette opposition entre les deux identités est un thème très fréquent dans l'art qu'on retrouve encore aujourd'hui au cinéma. Ainsi, aux yeux de tout le monde, je suis Monsieur Anderson et je suis employé d'assurance. C'est ainsi que je suis défini par la Matrice et c'est en partie ainsi que je me définissais avant de rencontrer les habitants du monde réel (si tant est qu'il s'agisse bien du monde réel). Mais suis-je réellement ce que la Matrice m'impose ou ne suis-je pas quelqu'un d'autre ? Ne suis-je pas plutôt l'élu, Néo ? Et je crois que le moment où Néo doit choisir entre les deux pilules entre en résonance avec ce passage où Sosie doit choisir laquelle de ses identités est la bonne. Mais, contrairement à Sosie, qui, je le répète, pense que c'est l'apparence et ce que les gens croient que nous sommes qui fait celui que l'on est ; Néo, et à travers lui tout Hollywood, pense que c'est l'identité interne qui définit la vraie personne. On entre ici dans le domaine des croyances occidentales car, aujourd'hui, en occident, et probablement de manière exacerbée aux États-Unis, on essaie de croire que l'on est uniquement la personne qu'on pense être, ou que l'on choisit d'être, et non pas la personne que les gens pensent que nous sommes. Mais est-ce réellement le cas ? Est-ce que finalement Sosie ne pose pas la bonne question concernant l'identité, est-ce que nous ne sommes pas, nous n'existons pas, que par rapport à ce que les gens croient que nous sommes ? Car, après tout, si je suis né roi mais que les gens ne me considèrent pas comme tel suis-je toujours roi ? Je vais vous laisser méditer là-dessus et on se revoit la semaine prochaine. Je vous souhaite bon vent et que « l'amour et non la haine guide vos pas ! »

Si on me demande ce qui s'est passé pendant les autres cours de ma première année, je serais bien incapable de m'en souvenir. Pourquoi donc est-ce que je me rappelle ce premier cours ? Est-ce dû à la nouveauté, la rencontre avec Katia, ou est-ce juste parce que le professeur était génial et que ce cours, finalement, me parle d'autant plus qu'il entre en résonance avec ce que je vécus par la suite ?

Influencé par le cours de M Beissan, je fis pour la première fois ce rêve, qui devint assez récurrent à cette époque. À la fin de l'Amphytrion de Plaute, véritable tragédie donnée sur un ton comique, Amphytrion se fait frapper par un éclair, œuvre de Jupiter. Voici le rêve, plus ou moins prémonitoire, qui s'en inspirait :

J'étais un aigle qui volait au-dessus des cieux. Comment vous décrire la sensation que j'éprouvais? Je me sentais libre, libre comme je ne l'avais jamais été, je volais très haut, puis je plongeais à toute vitesse vers le sol et soudain je me redressais au dernier moment. Je volai longtemps, j'arrivai dans une montagne et je slalomai entre les monts. J'étais heureux : pour la première fois, je sentais que mon corps était en harmonie avec mon esprit, je n'avais plus l'impression d'être enfermé dans une enveloppe charnelle, si faible, si lente, si humaine. Et puis, je me rendis en Afrique, je volai dans la savane, au ras des herbes et je croisai des animaux, des antilopes, un troupeau d'éléphants. Je leur criai un bonjour et ils me répondirent par des barrissements répétés. Il faisait si beau, comme s'il n'y avait jamais eu de pluie, comme si les événements dramatiques tels la mort, la maladie, le chagrin étaient restés dans mon corps d'humain et que, aigle, je ne devais plus jamais être confronté au désespoir. Soudain, des nuages s'amoncelèrent au-dessus de moi, de violents cumulonimbus qui s'éclairaient de temps en temps. Je fis volte-face et voulu m'enfuir, mais, il y avait les mêmes nuages de l'autre côté. Je ne savais comment m'extirper de là. C'est alors qu'un éclair zébra le ciel et vint s'abattre sur mon dos. Je me réveillai alors en sueur, le cœur battant la chamade, sans réussir à chasser ce cauchemar de ma conscience.

Entre les cours à la fac et Katia, je garde un souvenir à la fois joyeux et triste de cette époque. Joyeux parce que finalement ma vie n'était pas désagréable : j'apprenais des choses qui m'intéressaient et j'étais en permanence à côté d'une magnifique fille. Malheureusement, tout me semblait aller de travers : déjà parce que je n'avais pas les meilleures notes du monde mais aussi parce que, quoi que je fasse, je sentais bien que ça ne marchait pas, que cette fille que je désirais comme j'avais rarement désiré quelqu'un ne mordait pas à mes lamentables techniques de séduction. Je me sentais complètement naze. La sagesse eut voulu que j'abandonne l'idée de la séduire et que je me concentre sur mes cours et, éventuellement, sur une autre fille un peu plus en adéquation avec moi. Mais c'était peine perdue : je m'étais fait une fixette sur elle et je n'arrivais pas à penser à quelqu'un d'autre. Oh bien sûr, nous avons couché ensemble, une fois, mais, contrairement à ce que je crus à l'époque, je n'avais absolument pas réussi à la séduire, j'étais juste au bon endroit au bon moment (à vrai dire, je pense que souvent la séduction n'est qu'une question de contingence).

C'était un mardi d'octobre. Nous nous rendions rue de Lévi pour nous acheter le traditionnel sandwich au Camembert du mardi. (Car cette fille, malgré son absence totale de sens de l'humour, avait au moins la qualité de manger des sandwichs au camembert le mardi). Alors que je racontais une bêtise sur les éléphants pirates du Kenya septentrional, elle me plaqua soudainement contre une porte cochère. Au même moment j'entendis une explosion non loin de là et quelque chose qui se cassait. Mais je n'eus pas le temps de voir de quoi il s'agissait car, sans prévenir, elle m'embrassa violemment. Je fus totalement pris au dépourvu. J'ignore comment elle le connaissait, mais elle fit le digicode de la porte et nous pénétrâmes dans l'immeuble. Nous montâmes quatre à quatre les escaliers et arrivâmes en haut de l'immeuble. Elle m'attira dans une des douches communes que semblaient partager les locataires des chambres de bonnes de l'étage. Comme dans un fantasme d'adolescent, nous retirâmes nos vêtements rapidement et fîmes l'amour, debout dans la douche. Ce fut intense, sauvage et terriblement rapide.

À la fin, c'est-à-dire cinq minutes plus tard, elle me déclara :

KATIA

Écoute j'aimerais que les gens ne soient pas au courant de ce qui vient de se passer. Après ça va jaser et je préfère éviter ça.

MOI

Comme tu veux.

J'essayai alors de l'embrasser, mais elle m'arrêta du doigt et dit ces mots terribles avec son habituelle façon de parler sans émotion :

KATIA

Par ailleurs, je veux pas que tu te fasses d'illusion à ce sujet, c'était juste un coup comme ça. Je t'aime bien, mais je ne voudrais pas qu'on se lance dans une histoire qui risque de gâcher notre amitié.

MOI

Donc tu voudrais juste qu'on reste amis ?

KATIA

Voilà c'est ça.

Quand je repense à cet instant, je me dis que je n'étais pas très futé à cette époque. J'aurais dû lui dire que son excuse bidon n'était pas très originale. Au lieu de ça, je me contentai de hocher la tête, dépité, pensant que sa déclaration avait à voir avec ma faible performance.

« Je voudrais qu'on reste amis » combien de fois je l'avais entendue cette phrase, généralement de filles qui n'étaient pas particulièrement mes amies. C'était aussi le cas de Katia.

Si je passais beaucoup de temps avec elle, il n'y avait pas cette complicité qui faisait qu'on pouvait se considérer comme amis : nous étions juste des camarades de classe, et si on passait du temps ensemble, c'était juste parce qu'elle m'attirait physiquement, rien d'autre.

D'ailleurs, contrairement aux promesses d'amitié qu'elle m'avait faites, elle se fit plus distante vis-à-vis de moi. Cela me rendait fou et, laissant quelque peu de côté mes études, je commençais à être empli d'une espèce de spleen amer qui assombrissait mes journées de son voile grisâtre.

Le mois de novembre 2004 fut l'un des pires mois de ma vie. Sautons le et allons directement à cette nuit de décembre de la même année.

Alors que je rentrais tard de la bibliothèque, et que les bus avaient été supprimés pour cause de grève, je décidai de marcher jusque chez moi : il ne faisait pas trop froid et je sentais que j'avais besoin d'un peu d'exercice. Remontant la rue du cimetière, je croisai un homme d'une quarantaine d'années, plutôt bien mis. Il vint à ma rencontre et me heurta. Je sentis alors une horrible douleur au ventre. Portant instinctivement mes mains au lieu de la douleur, je sentis quelque chose dépasser de mon ventre : l'homme venait de m'y enfoncer un couteau. Je m'effondrai, perclus de douleurs. Dans un état de semi-conscience, je vis quelqu'un se jeter sur lui. Il s'enfuit. Soudain une main vigoureuse vint me saisir par le dos et me retourna. C'était Katia! Je crus que j'étais en train d'halluciner. Elle regarda ma blessure et me dit d'une voix forte :

KATIA

Tiens bon, les secours arrivent.

Je garde un souvenir très diffus de l'arrivée des secours et de mon transport aux urgences de Montfermeil, c'était comme si la douleur m'avait complètement coupé de la réalité. Peut-être eus-je de courtes pertes de connaissance, je ne sais plus. Je ne cessai de penser à ce qui avait pu amener Katia à me rejoindre. Voulait-elle s'excuser de son attitude? Voulait-elle me dire qu'elle avait aussi ressenti ce spleen et qu'elle avait changé d'avis à mon égard ?

J'ignore combien de temps s'écoula, mais lorsque je repris contact avec la réalité, j'étais dans une chambre d'hôpital, sous perfusion. J'avais encore un peu mal au ventre mais ça n'avait plus rien à voir avec ce que j'avais subi. Je vis qu'il faisait nuit.

Mon voisin délirait dans son sommeil et dans la faible lumière, je pus voir qu'il s'agissait d'un vieil homme. Je regardai dans sa direction et je l'entendis dire :

VIEIL HOMME
Et ouais fallait pas jouer les balourds !

Et soudain, je la vis apparaître. Alors qu'auparavant il n'y avait personne, elle apparut comme par magie de l'autre côté du lit de mon voisin. Katia, plus belle que jamais, qui avait décidément le chic pour apparaître à des moments improbables.

MOI (INCRÉDULE)
Que fais-tu là?

KATIA
Je suis venu te sauver.

MOI
C'est toi qui es arrivée quand j'ai pris le coup dans le ventre?

KATIA
Oui, je suis désolée je n'ai pas pu arriver à temps.

MOI
Non, c'est une chance que tu sois intervenue... Comment t'as fait pour être là à ce moment ?

Je doutais qu'il ne s'agisse d'autre chose qu'une hallucination, mais j'étais content de la voir.

Elle me fit signe de parler moins fort, hésita un instant, puis me dit la chose la plus invraisemblable qu'il m'ait été donné d'entendre :

KATIA
Des gens essaient de t'assassiner. Cela a commencé il y a deux ou trois mois : alors qu'on pensait ce monde impénétrable, nos ennemis ont réussi à s'y introduire... Nous avons donc dû improviser. Je devais en l'occurrence te servir de garde du corps.

MOI

Cela signifie que tu me suivais ?

KATIA

Oui, je te suivais depuis le début, mais tu n'étais pas censé me voir.

MOI

Ça veut dire que le soir de Kippour, je n'avais pas rêvé, quelqu'un avait bien essayé de me tuer.

KATIA

Exact.

MOI

Et c'est toi qui es intervenue ?

KATIA

Oui, je venais d'arriver. Il y a eu plusieurs autres tentatives mais à chaque fois nous avons réussi à les déjouer.

MOI

C'est qui « nous » ?

KATIA

Disons que je ne pouvais réussir à te protéger toute seule : d'autres personnes intervenaient dans l'ombre. Malheureusement, ça n'a pas été assez efficace.

Je ne dis rien. Je réfléchis un instant à ce qu'elle me racontait, et, au vu du taux de probabilité pour que la femme qui m'obsédait depuis deux mois apparaisse comme par magie dans ma chambre d'hôpital et me raconte que j'étais protégé par des gardes du corps d'une organisation secrète qui avait pour but de m'éliminer, je fus certain d'être en plein délire morphinique.

Je me posais la question de savoir ce qui se passerait si je lui tournais le dos. Peut-être que l'hallucination de *sex-bomb* polonaise disparaîtrait... Pourtant je ne le fis pas tout de suite, trouvant que ce délire n'était pas dénué d'un certain humour absurde, je souhaitais voir jusqu'où pouvait m'amener mon imagination.

MOI

Et pourquoi au juste cherche-t-on à me tuer?

KATIA

Je t'en dirai plus lorsque nous aurons franchi le vortex et que toute la GPDD sera réunie

MOI

La quoi ?

KATIA

La GPDD : La Garde Personnelle du Démiurge Dormant!

Ce n'était pas beaucoup plus clair que l'acronyme.

MOI

Et ça veut dire quoi ce nom ronflant?

KATIA

Disons que nous sommes tes chevaliers servants.

MOI

Ah ? C'est moi le démiurge dormant? Attends une minute, est-ce que par démiurge tu entends quelque chose comme le Créateur? Non parce que je sais que je ne suis pas n'importe qui mais faut pas exagérer. En plus j'ai toujours été agnostique...

Elle me regarda et ne dit rien. J'attendis un petit moment mais voyant qu'elle ne répondrait pas à ma remarque, je posai la seule question qui avait vraiment de l'importance à mes yeux :

MOI

Et quand on a couché ensemble, c'était prévu dans ta mission?

KATIA

Si ça pouvait permettre qu'on élimine le sniper situé sur le toit d'en face sans que tu t'en rendes compte, c'était tout à fait envisageable.

Soudain, la plaisanterie cessa de m'amuser.

MOI

Bon je crois qu'on va arrêter là le délire. Je vais me retourner, et tu vas disparaître, j'ai besoin de me reposer. Bonne nuit Katia.

Et je me retournai. Cela n'eut pas l'effet escompté puisque Katia me répondit :

KATIA

J'aimerais bien que cela se passe comme ça mais malheureusement je vais devoir te faire quitter ce monde, il est complètement infesté de tueurs. On va aller dans un endroit plus sûr. Normalement cela n'aurait pas dû arriver avant au moins six ans mais le temps presse.

MOI

Tiens c'est bizarre, tu viens de perdre ton accent polonais.

KATIA

C'est normal, je n'ai jamais été polonaise.

Elle vint à mon chevet, retira la sécurité de mon lit de manière à pouvoir le faire rouler. Puis elle prit quelque chose de sa poche, c'était une espèce de télécommande tactile. Elle appuya sur l'écran et une espèce de vortex apparu au niveau de la porte...

MOI

C'est quoi ce délire?

Elle poussa mon lit qui passa par le vortex. Avant d'avoir fini de passer le vortex je me rendis compte que, mis à part la robe de chambre que je portais, je n'avais pas emporté de vêtements avec moi.

Chapitre 2

Au-delà du vortex, il y avait une plage de sable blanc. Il faisait encore nuit, mais je sentais que le soleil n'allait pas tarder à apparaître.

MOI

On est où?

KATIA

Losova, on devrait être en sécurité pendant un moment.

Je la crus sur parole.

KATIA

Lève-toi, nous allons marcher jusqu'au village.

MOI

Euh je ne sais pas si c'est une bonne idée pour moi de me lever. Ce n'est pas risqué avec ma blessure ?

KATIA

Quelle blessure ?

Elle s'approcha de moi et m'enleva la perfusion. Puis elle souleva les draps jusqu'à mon pansement et l'arracha d'un coup sec. Je regardai alors la blessure mais il n'y avait strictement rien, pas même une cicatrice.

MOI

Comment ça se fait?

KATIA

On ne peut pas être blessé ici, ce n'était pas prévu dans le cahier des charges.

MOI

Quel cahier des charges ?

KATIA

Viens, nous t'expliquerons tout ça au village.

Nous marchâmes quelques instants puis, alors que la plage faisait un virage, je pus distinguer non loin de là le village... Si tant est qu'on puisse appeler « village » un rassemblement de cinq petites maisons sur pilotis, qui, bien que jolies, faisaient plutôt penser à des reconstitutions de maisons hawaïennes telles qu'on pouvait trouver à Disneyland... Je vis les habitants sortir de leur maison et venir à ma rencontre. À la tête de ce groupe, se tenait un homme de ma taille à peu près, dans une tenue bleue qu'on aurait dit sortie d'une peinture du XVIIIeme. En m'approchant, je me fis la réflexion que quelque chose clochait sur son visage. Ce n'est qu'une fois arrivé suffisamment près que je me rendis compte que le problème venait du fait que ce n'était pas un visage humain : il avait une tête de chat ! Je veux dire, une vraie tête de chat, avec des poils, des moustaches et des oreilles pointues !

LE CHAT

Bonjour, je suis le vice-capitaine William, c'est un plaisir de te revoir démiurge.

Je pensais ne l'avoir jamais rencontré. Enfin, je me disais que si cela avait été le cas, je m'en serais souvenu. Pourtant sa voix me disait quelque chose.

WILLIAM

Je te souhaite la bienvenue, j'espère que cet endroit te sierra. Permets-moi de te présenter les autres membres de notre équipée...

Ça y est, il avait la voix de la doublure de Samuel Lee Jackson !

WILLIAM

Tu connais déjà notre ravissante capitaine, Katia !

MOI

Ah c'est toi le capitaine ?

JEUNE FEMME NOIRE

Bien sûr, qui voudrais-tu que ce soit d'autre ? C'est la seule personne à peu près normale ici !

WILLIAM

Cette jeune femme qui vient de te parler est Moera, c'est en quelque sorte la geôlière de l'île, si j'ose m'exprimer ainsi : elle s'occupe de la sécurité de notre petit monde.

C'était une jeune femme noire avec des tresses africaines, pas très grande bien qu'assez athlétique d'apparence. Elle avait la particularité d'avoir une espèce de télescope bleu robotisé à la place de son œil gauche qui s'étendait sur une partie de son visage et, en lui serrant la main, je m'aperçus que cette dernière était froide comme si elle était en acier, ce qui était effectivement le cas. Je me demandai s'il s'agissait plutôt d'un robot ou d'un cyborg, question hautement importante au vu de ma situation quelque peu déroutante. Elle portait en guise de vêtement une tunique façon Grèce antique, qui soulignait ses formes et je me dis que si elle n'avait pas cet œil bionique, elle aurait pu être jolie...

WILLIAM

Voilà Simha, c'est notre créateur en chef, il peut fabriquer des armes, de la nourriture...

SIMHA

Et même des putes si tu veux!

C'était un nain blond d'un mètre vingt environ qui ressemblait à un héros grec en modèle réduit. Il avait dans son dos une grande épée dont la pointe lui arrivait aux chevilles. Il avait quelque chose d'assez noble dans sa posture mais sa façon de parler vulgairement avec un accent de banlieue assez prononcé jurait particulièrement avec son port altier. Je me dis tout de suite que c'était le genre de mec qu'on pouvait soit adorer soit détester.

WILLIAM

Et voici notre benjamine, Rachel!

C'était une adolescente d'à peu près quatorze ans typée indienne d'Amazonie du genre de celle qui apparaît sur la couverture du *Triste Tropique* de mon père, les tatouages et piercing en moins. Elle ne portait aucun vêtement bien que ses seins commençaient à prendre forme. Physiquement, elle n'avait rien de particulier : une taille normale, un visage normal. Il y avait toutefois quelque chose dans sa façon de me regarder sans me voir qui la rendait un peu bizarre. Je découvris plus tard qu'elle était atteinte d'une forme d'autisme qui faisait qu'elle ne parlait pas et ne semblait pas être capable de beaucoup d'interactions avec les êtres humains.

WILLIAM

Et voilà la GPDD au grand complet.

MOI

C'est tout ?

KATIA

À quoi t'attendais-tu ?

MOI

Je ne sais pas, j'avais pensé me retrouver auprès d'une armée de costaux en costard et lunettes noires...

SIMHA

T'as cru quoi ? C'est pas le FBI ici !

KATIA

Disons que pour le travail que nous faisons, il est plus facile de rester discret à cinq qu'à deux-cents.

MOI

Euh... si tu le dis...

WILLIAM

Voilà, je vais laisser Moera te montrer tes modestes appartements, nous avons déposé des vêtements sur ton lit dont tu peux disposer à ta guise. Il t'est possible de te reposer un peu si tu le souhaites, nous aurons l'occasion de discuter plus tard.

Je restais ainsi dans ma chambre une bonne partie de la matinée à réfléchir à ce qui venait de m'arriver et aux informations tout à fait abracabrantesques que m'avait racontées Katia. Je dus me convaincre que si ce qui était en train de m'arriver était une hallucination, elle était particulièrement réaliste. Je veux dire, pas réaliste au sens logique du terme : je venais de rencontrer un chat qui parle du nom de William, mais elle était réaliste au sens de ce que je ressentais, aussi irréel que cela puisse paraître : les apparences, les textures, les odeurs, tout me paraissait on ne peut plus réel.

Moera vint me chercher à midi pour manger. Ils avaient dressé une table sur le bord de mer et en guise de nourriture, nous avions des sardines grillées accompagnées d'une espèce de pâte assaisonnée au piment et à la noix de coco.

WILLIAM

Nous obtenons cette pâte en râpant des ignames que nous faisons revenir dans un four à pierre chaude. C'est un repas traditionnel pour les grands événements !

En mangeant avec eux, je pus me faire une rapide idée de leur tempérament. Simha, le nain, était du genre coléreux, impulsif, prétentieux et vraisemblablement assez susceptible. Pourtant, sous ce côté rustre, je sentais que se cachait autre chose, une espèce de tristesse ou de mélancolie. Il entretenait un rapport étrange avec Moera, la cyborg/robot, mêlé de séduction et de provocation. Je sentais qu'elle aimait particulièrement le taquiner et s'amusait beaucoup de le voir réagir au quart de tour. C'était en quelque sorte l'amuseuse de la bande. William, quant à lui, était particulièrement bavard : il ne s'arrêtait que très rarement de parler. À cette époque, sa façon de parler comme un vieil universitaire m'ennuyait au plus haut point. Pourtant, avec le temps je devais prendre de plus en plus plaisir à l'entendre parler avec ce vocabulaire si précis. Lorsque le destin nous sépara, ce fut l'une des choses qui me manqua le plus dans leur compagnie. Katia, quant à elle, était beaucoup plus en retrait et, comme lorsque nous étions à la fac ensemble, parlait peu mais semblait attentive à ce qu'on lui disait. Quant à Rachel, elle était là sans être là.

MOÉRA

Bon, William, ce n'est pas qu'on s'ennuie de t'entendre parler des vertus du gingembre sur le système digestif, mais je crois que le jeune maître, qui est bien plus grand que Simha (qui ne mesure un mètre que les bras levés), aimerait peut-être savoir ce qu'il fait là.

WILLIAM

Je pensais que Katia t'avait déjà exposé tous les détails.

KATIA

Pas dans les détails justement, je me disais que tu te ferais une joie de le lui dire.

WILLIAM

Tout à fait, j'aime beaucoup expliquer les choses voyez-vous.

MOÉRA

Je crois qu'il l'avait compris

WILLIAM

Donc tu es le démiurge, comme nous te l'avons déjà dit. Mais qu'est ce que le démiurge ? Me demanderas-tu !

Il s'arrêta.

MOÉRA (CHUCHOTÉ)

Demande-lui qu'est-ce que le démiurge car je crois qu'il a buggé là.

MOI

Qu'est-ce que le démiurge ?

WILLIAM

Excellente question ! Alors, comme tu le sais probablement, le terme de démiurge, du latin *demiurgus*, lui-même hérité du grec δημιουργός (tu sais lire le grec il me semble ?) littéralement « qui travaille pour le public » désigne, chez Homère, tout homme qui exerce une profession. Postérieurement, ce terme désigne tout homme qui exerce une profession manuelle. Toutefois, c'est à partir de Platon dans *le Timée* qu'apparaît la définition que l'on connaît actuellement en français qui est celle de divinité créatrice du monde. Voici pour la définition canonique du démiurge. Toutefois, il est légitime que tu te demandes quel est le rapport avec toi ? Pour répondre à cette question, je vais évoquer le principe du multimonde qui, dans quelques heures te sera devenu, je l'espère, totalement familier. Je suppose que, comme tout jeune de ta génération, tu as déjà entendu parler des mondes parallèles ?

MOI

Comme dans *Sliders* ?

WILLIAM

Je n'ai jamais lu ce livre.

SIMHA

Normal bouffon ! C'est pas un bouquin, c'est une série des nineties.

WILLIAM

Une série télévisée des années mille-neuf-cent-quatre-vingt-dix ?

SIMHA

Ouaip !

WILLIAM

Désolé ma connaissance de la culture populaire de la fin du XXème siècle laisse quelque peu à désirer... Quoiqu'il en soit, sache qu'il existe des mondes parallèles en plus du tien. Mais attention, ces mondes sont tous totalement différents du tien, aussi bien au niveau de leur histoire, de leur population qu'au niveau des règles physiques.

MOI

Les règles physiques ?

MOÉRA

Oui dans ton monde on ne peut pas faire ça :

Et elle se mit à décoller du sol sans l'aide de quoi que ce soit.

WILLIAM

Un exemple vaut en effet mieux que maintes explications. Comme tu peux le voir, les individus sur ce monde ne sont pas soumis aux mêmes lois de la gravitation que dans ton monde. Ou, pour être plus exact, disons que, si les lois de la gravitation sont semblables à celle de ton monde, ce qui est fort utile dans la vie de tous les jours, il est tout à fait possible d'en faire fi, sous réserve d'un minimum d'entraînement.

MOI

Et quel rapport avec le démiurge ?

WILLIAM

Et bien c'est on ne peut plus simple : il faut bien quelqu'un pour créer les mondes et y édicter les règles de ce genre !

MOI

Je ne comprends pas, tu veux dire que les mondes sont créés de toutes pièces ?

WILLIAM

Tout à fait !

MOI

Mais par qui ?

WILLIAM

Par le démiurge.

MOI

Par moi ?

WILLIAM

En effet !

MOI

Mais je ne me rappelle pas avoir créé quoi que ce soit !

WILLIAM

Oui c'est normal, en fait tu es la réincarnation du démiurge !

MOI

La réincarnation ? Tu veux dire que dans une ancienne vie, j'étais démiurge ?

WILLIAM

C'est effectivement ce que signifie « être la réincarnation du démiurge ».

MOI

Ça veut dire que j'ai des super-pouvoirs et tout ?

WILLIAM

Oui, tu as les pouvoirs du démiurge.

Je regardais mes mains et essayai de sentir un pouvoir particulier en ressortir. Sans succès.

WILLIAM

Tes pouvoirs ne sont pas encore activés, mais nous allons nous atteler à ce que tu puisses les utiliser le plus vite possible.

MOI

C'est ça que vous attendez de moi ? Que j'active mes pouvoirs pour que je puisse créer de nouveaux mondes ?

Katia intervint.

KATIA

Dans un premier temps, il ne s'agira pas de créer de nouveaux mondes mais de t'apprendre à te défendre de notre ennemi : Zeus.

MOI

Zeus, le dieu grec ?

SIMHA

Himself mec !

MOI

Et pourquoi c'est notre ennemi ?

MOÉRA

Parce qu'il veut être calife à la place du calife.

KATIA

Il veut devenir le démiurge à ta place. Ses pouvoirs ont énormément augmenté ces derniers temps, il a déjà réussi à te tuer une fois, et il a bien failli recommencer.

MOI

Et pourquoi pas le laisser devenir le démiurge, s'il le souhaite ?

MOÉRA

Oh, on pourrait le laisser faire. Simplement pour qu'il le devienne, il faudrait d'abord qu'il te tue...

Je n'avais pas spécialement envie d'être démiurge... Sur le papier cela semblait être une bonne situation, mais étant donné que je détestais tout ce qui avait trait au bricolage, je ne voyais pas comment je pouvais m'amuser à construire des mondes de toute pièce. Toutefois, la perspective de mourir m'enchantait encore moins...

MOI

Et une fois que j'aurai vaincu Zeus, je pourrai retourner chez moi ?

KATIA

Tu pourras faire ce que tu voudras.

Les jours suivants, je me livrai à mon entraînement, sans grandes convictions. C'était Moera qui me servait de professeur.

MOÉRA

Pour activer ton pouvoir il faut que tu ressentes les vibrations du monde.

MOI

Les vibrations du monde ?

MOÉRA

Oui chaque objet a une vibration différente, il te faut sentir les vibrations si tu veux sentir le monde qui t'entoure. Tant que tu n'auras pas senti ces vibrations, nous ne pouvons pas commencer à travailler.

Je ne sais pas si c'était mon manque d'intérêt pour la chose qui faisait ça, mais j'étais complètement nul à ce jeu-là : j'étais incapable de ressentir la moindre vibration. Je restais donc assis en tailleur sur la plage, les yeux fermés, attendant que quelque chose se manifeste. Sans grand succès. C'était peine perdue : j'avais l'impression d'être un sourd de naissance à qui on mettait un instrument de musique entre les mains en lui disant : joue. Au bout de quelques jours j'exprimai mon désarroi.

WILLIAM

Je pense que la comparaison avec le musicien sourd est bien choisie, j'irai plus loin et ajouterai que c'est comme si on plaçait un sourd dans une salle pleine de bruit et qu'on lui disait : écoute ! Cela dit, suppose que cette personne ne soit sourde qu'à 99,99 %, peut-être pourra-t-elle percevoir quelque chose au bout d'un moment ! Je suis sûr que c'est ton cas et que tu vas finir par percevoir quelque chose, sois patient !

Je fus donc patient. De toute manière je n'avais pas grand-chose d'autre à faire. Je dois avouer que cette période était d'un tel ennui (imaginez-vous assis toute la journée les yeux fermées sur la plage avec un cyborg (on va dire que c'est un cyborg) qui vous regarde de son œil bionique) que les jours se confondent un peu dans ma mémoire.

À mesure que le temps passait, je repensais à ce que m'avait dit mes « amis » sur cette histoire de réincarnation, et il y avait quelque chose qui me paraissait étrange : si j'étais la réincarnation du démiurge, le fait de l'apprendre aurait du faire *tilt* dans ma tête... Cela aurait dû expliquer d'un coup tel ou tel comportement étrange que j'aurais pu avoir. Mais ce n'était pas le cas. De même, je n'avais jamais eu de rêve où je me voyais créer des mondes, ni des songes d'une autre vie. Oh bien sur, je ne m'étais jamais senti à ma place nulle part. Mais justement si j'avais fabriqué le monde dans lequel j'avais vécu, j'aurais du me sentir un peu plus à ma place !

Progressivement, j'en commençais à me demander s'ils ne s'étaient pas trompé d'individu. J'en fis part à William, qui avait l'air de connaître un peu plus de choses que les autres au sujet de la réincarnation.

WILLIAM

Non, aucun doute n'est possible à ce sujet.

MOI

Mais comment vous pouvez en être aussi sûr ? D'abord comment vous faites pour savoir qu'un tel est la réincarnation d'une autre personne ?

WILLIAM

À moins qu'il ait des souvenirs de sa vie antérieure, ce qui est très rare, on ne peut pas le savoir.

MOI

Alors comment pouvez-vous être aussi sûr que je suis la réincarnation du démiurge ?

William se triturait l'oreille droite et il me semblait qu'il était embarrassé.

WILLIAM

Cher ami, je crois qu'il serait préférable que nous en discutions en présence des autres. Présentement, Simha et Moera vaquent à leurs activités. Je te propose que nous fassions une petite réunion ce soir pour discuter de tout cela à tête reposée.

Je sentais qu'il cherchait à faire diversion, sans que je ne sache très bien pourquoi. J'aurais pu insister mais je ne fis rien.

Le soir, nous étions tous réunis au coin du feu. Le ciel était parsemé d'étoiles et tout le monde semblait d'agréable humeur. Dans un premier temps, ils discutèrent gaiement entre eux sans vraiment me prêter attention.

SIMHA

N'importe quoi, Mars c'est surfait, je préfère aller dans un monde comme Venus 2. Là il se passe des choses *Rock and Roll*. Mars c'est chiant à mourir !

WILLIAM

Ah ? J'avais imaginé que tu aurais préféré Mars.

SIMHA

Quoi, pourquoi j'aimerais Mars ?

WILLIAM

C'est que les Marsiennes sont réputées pour leur beauté. Or il m'avait semblé que tu appréciais les belles personnes.

SIMHA

Ouais, c'est vrai que les Marsiennes ont bonne réputation mais franchement, niveau élégance, ça vaut pas les Pharisiennes !

J'hésitai à rappeler à William que nous devions discuter, mais, au moment où j'allais ouvrir la bouche, mes amis se turent et me regardèrent. Sans prévenir, Simha matérialisa deux bouteilles de vodka sous mes yeux ainsi qu'un verre. Il versa la vodka dans le verre.

SIMHA

Tiens, bois un coup !

MOI

Euh, merci...

Je bus une rasade.

MOI

Houlà, c'est fort !

SIMHA

Ouais, tu vas en avoir besoin.

KATIA

Qui veut se dévouer pour lui dire la vérité ?

MOÉRA

On pourrait peut-être le lui faire en chanson ? Après tout, la musique adoucit les mœurs il paraît.

SIMHA

Ouais encore faudrait-il que tu saches chanter !

MOÉRA

Qui me parle ?

SIMHA

C'est ça, fais genre t'as pas entendu !

WILLIAM

Chers amis, ne faisons pas patienter notre démiurge inutilement...

KATIA

Moera, peux-tu lui expliquer ?

MOÉRA

Très bien...

Moera poussa un soupir

MOÉRA

Bon tu as demandé à William comment on savait que tu étais le démiurge ?

MOI

Oui...

MOÉRA

La vérité, c'est qu'on ne peut pas se tromper.

MOI

C'est-à-dire ?

MOÉRA

Eh bien, quand tu meures, tu te réincarnes exactement au même endroit et au même moment que lors de ta vie précédente. Ainsi, lorsque tu mourras, tu retourneras dans ton monde, en 1986, à la maternité de Brou-sur-Chantereine. Tu auras exactement les mêmes parents, les mêmes frères etc. Du coup, c'est assez facile de te retrouver...

MOI

Attends, mais du coup il advient quoi de mon monde au moment de ma mort ?

MOÉRA

Il revient en 1986 pour t'accueillir (oui c'est le seul monde qui peut remonter le temps).

MOI

Et il arrive quoi à ceux de mon monde qui n'étaient pas nés en 1986 ?

MOÉRA

Ils ne seront à nouveau pas nés...

MOI

Et ceux qui sont encore vivants à ma mort ?

MOÉRA

Oh, ils sont relogés dans un autre monde....

MOI

Mais pourquoi ça ?

MOÉRA

Pour être sûr que d'une fois sur l'autre, tu aies exactement la même enfance et la même adolescence que la fois précédente. Pour être sûr que tu sois, grosso modo, la même personne.

MOI

Parce que si je n'avais pas vécu la même chose, je serais une personne différente ?

MOÉRA

On peut supposer que oui : ce qui fait un individu ce sont ses gènes et son environnement d'une part, mais surtout, les expériences qu'il a vécues.

MOI

Donc, en plus de me faire renaître dans les mêmes conditions, vous essayez de me faire vivre les mêmes expériences d'une fois sur l'autre ?

MOÉRA

Alors c'est pas nous qui faisons ça, mais c'est à peu près ça.

MOI

Mais comment on fait pour être certain que les expériences

soient les mêmes d'une fois sur l'autre ?

MOÉRA

C'est prévu à l'avance...

MOI

Tu veux dire qu'irrémédiablement mon grand-père meurt au mois de juin de l'année de mes douze ans ?

MOÉRA

Oui, et de la même maladie !

MOI

Et ce qui est prévu à l'avance, c'est tous les événements de ma vie ou seulement les plus importants ?

MOÉRA

Tous les évènements.

MOI

Tous ?

MOÉRA

Tous.

Je commençais à comprendre ce qu'elle voulait dire, mais j'avais du mal à y croire.

MOI

Même la première fois où ma mère m'a dit qu'elle m'aimait ?

MOÉRA

Même.

MOI

Même la fois où Magalie m'a dit qu'elle ne voulait pas sortir avec moi parce que j'étais trop moche ?

MOÉRA

Tout est prévu, de la moindre phrase anodine prononcée par un de tes camarades de classe aux réactions des filles que tu as aimées...

Non, impossible !

MOI

Donc, si je comprends bien, les gens sont comme des automates qu'on aurait programmés pour que tel jour à tel heure, ils disent ce qui est écrit dans un script ?

MOÉRA

Euh, je suppose que c'est quelque chose comme ça.

SIMHA

Tu devrais boire un coup frère.

Je bus un coup. Je sentais un violent poids m'écraser par terre... J'avais l'impression que mon histoire avait été une grande mascarade. Non ce n'était pas une impression, si ce qu'elle disait était vrai, cela signifiait que ma vie n'avait rien d'authentique ? Que tout ce que j'avais vécu, tout ce que j'avais pensé, tout avait déjà eu lieu.

MOI

Mais... pourquoi ?

MOÉRA

Parce que, chaque chose que tu as vécues a forgé ton identité petit à petit, sans même que tu t'en rendes compte. Or, pour que tu sois la même personne, il fallait que chaque élément de ta vie soit identique.

MOI

Et vous êtes sûr de ça ?

MOÉRA

En tout cas c'est ce que tu nous as dit la dernière fois.

MOI

Et maintenant ?

MOÉRA

Quoi maintenant ?

MOI

Tout ça, le fait que nous soyons en train d'avoir cette conversation à cet instant précis, c'était aussi prévu ?

MOÉRA

Non, à partir du moment où Zeus a réussi à s'introduire dans ton monde, les choses ont commencé à changer. Tu n'aurais pas dû rencontrer Katia si tôt et encore moins venir ici. Désolée.

SIMHA

Bois !

Et je bus encore. Je me sentais très mal.

MOI

Non, non, non, c'est pas possible !

KATIA

Je sais que ce n'est pas facile à accepter, mais c'est la dure réalité. Je suis désolée. Si tu le souhaites, tu peux aller te promener sur la plage et réfléchir à tout ça. Nous ne reprendrons ton entraînement que lorsque tu te sentiras prêt.

Je partis alors me promener au bord de la plage. Au bout d'un moment, étant sûr de ne pas être vu, je m'assis face à la mer, complètement perdu sous le choc de ces informations...

Maman, toutes les fois où tu t'étais occupée de moi, toutes les fois ou tu m'avais veillé quand j'étais malade... Et toi papa, toutes les fois où tu avais débarqué dans ma chambre alors que j'étais en pleurs, toutes les fois où tu t'étais amusé à me chatouiller pour me remonter le moral. Toutes ces fois-là, vous n'avez pas agi spontanément mais simplement parce que c'était écrit dans le scénario ? En fait, l'origine principale de vos agissements envers moi n'a jamais été l'amour, comme je le croyais, mais juste un mec qui un jour s'est décidé à mettre ça dans le script ? Non, ce n'est pas possible, ce n'est pas possible, il faut que je vous parle qu'on en discute ! Papa, Maman, mes frères...

Agenouillé dans le sable, je pleurais lamentablement en tapant du poing sur le sol. Je pleurais, pleurais, pleurais sans pouvoir m'arrêter. J'étais là, coincé sur cette île de merde avec ces étrangers et je voulais être loin, très loin de là. Je voulais que cela ne soit qu'un mauvais rêve ou qu'un *deus ex machina* arrive et me dise que c'était une blague.

Alors, je hurlai. Je hurlai vers la mer, d'un cri de désespoir, les larmes aux yeux. Je hurlai jusqu'à plus soif, jusqu'à ne plus avoir de souffle, jusqu'à avoir l'impression que mes cordes vocales allaient éclater... Et puis, je m'arrêtai. Je me mis alors à sangloter, longtemps, bruyamment, et répétant que ce n'était pas possible.

Je dus rester là jusque tard puisque, lorsque je m'éveillai le lendemain matin, j'étais encore sur la plage, avec du sable partout. Je retournai au camp, hagard et l'esprit vide, comme un légume sur patte. Katia vint me parler mais je n'entendais rien, je ne sentais plus rien. Ce ne fut que l'épée de Simha qui me passa au travers du corps qui me fit reprendre contact avec la réalité.

MOI

Aaaargh !

KATIA

Simha !

SIMHA

Désolé, c'est la seule chose qui me semblait efficace.

Et il retira l'épée d'un coup sec. Je portai les mains à mon ventre... Rien.

KATIA

Désolé démiurge, comment te sens-tu ?

Je la regardai.

MOI

Il faut que j'aille voir mes parents.

KATIA

Je suis désolé mais c'est impossible : si on te laisse y aller, ils t'attraperont.

MOI

Et alors ?

KATIA

Alors, ils te tueront, Zeus sera encore plus puissant et il mettra en danger un nombre considérable de gens.

MOI

Je m'en fiche...

KATIA

Écoute, pourquoi veux-tu voir tes parents ?

MOI

Pour leur parler de tout ça...

KATIA

Mhm, je vois, le problème c'est que si tu te rends là-bas, Zeus et son armée t'attraperont avant que tu aies eu le temps de parler à tes parents...

MOI

Ah...

KATIA

Je pense que le mieux à faire c'est de t'entraîner, développer tes pouvoirs et vaincre Zeus. Après, tu pourras avoir toutes les conversations que tu veux avec eux. Ça te va ?

Je n'avais pas vraiment le choix...

MOI

Très bien, reprenons…

KATIA

Après que tu te sois lavé, tu es plein de sable.

Nous reprîmes l'entraînement le jour même. Mais je fus incapable de me concentrer. Je ne cessais de repenser à ce qu'on m'avait dit, et ma tête ne cessait de répéter :

« Il faut que je parle à mes parents ! »

Cette nuit là, je m'éveillai en sursaut, dans mon lit, dans ma chambre, chez moi, à Chelles ! Fou de joie, je me levai rapidement et voulus courir dans la chambre de mes parents. Sans allumer, je cherchais le contact du mur pour avancer à tâtons mais, lorsque je le touchai, ma main passa au travers. Je retirai prestement la main, la devinai dans le noir. Puis doucement, je l'approchai à nouveau contre le mur, juste en l'effleurant. Je sentis alors comme des espèces de vibrations dans le mur... Soudain, c'est comme si la lumière se fit. Autour de moi, tout se mit à briller et à palpiter. En un rien de temps, dans un immense concert de vibration, je sentis tous les objets qui m'entouraient, mon bureau, ma bibliothèque, mon lit. Et, plus loin encore, deux choses qui vibraient beaucoup plus que le reste des éléments de la pièce... Je fus soudain pris d'une immense migraine, qui fit s'envoler toutes ces vibrations que je sentais pour la première fois ; le genre de migraine à vous faire perdre tout contact avec le reste du monde. C'était comme si quelqu'un cherchait à me broyer la tête. Je perdis connaissance.

Chapitre 3

Je m'éveillai en sursaut dans mon lit, à Losova. C'était le matin et les murs semblaient avoir leur consistance normale. Je devais avoir fait un mauvais rêve. Je me levai et sortis sur le ponton. Je vis que Simha et Katia étaient en train de discuter de manière animée. Je m'approchai lentement d'eux. Lorsque Simha me vit, il se rua sur moi :

SIMHA

La prochaine fois que tu fais ça sans prévenir, je te défonce la gueule!

MOI

Pardon ?

KATIA

Allons Simha ne t'énerve pas.

SIMHA

Ne pas m'énerver, putain on voit que c'est pas toi qui es allé le sauver ! Ils nous attendaient ces enfoirés, ça aurait pu mal finir !

MOI

Je ne comprends pas.

SIMHA

Bah voyons ! Tu pars faire la java la nuit et tu t'en souviens pas ? Tu te fous de ma gueule ! Qu'est-ce qui t'as pris de te rendre là-bas sans nous prévenir ?

MOI

Tu parles de chez moi ?

SIMHA

Bien sûr, bouffon !

Cela ne devait donc pas n'être qu'un mauvais rêve.

MOI

Je suis désolé, je me suis réveillé d'un coup et j'étais chez moi. Je ne me rappelle pas grand-chose, juste que je me suis levé et que j'ai été pris d'une violente migraine.

KATIA

Ce sont nos ennemis qui t'ont attaqué. Simha était de garde et est tout de suite intervenu, mais bien entendu, ils l'attendaient.

MOI

Et que s'est-il passé ?

SIMHA

On leur a pété la gueule et on s'est téléporté ici. On a fait notre job quoi.

MOI

C'est qui « on » ?

SIMHA

Toi et moi crétin !

MOI

Je me suis battu ?

SIMHA

Et pas qu'un peu ! Moi qui croyais que t'étais qu'une

lavette !

MOI

Je ne m'en rappelle pas.

KATIA

Peu importe, cela montre que nous sommes sur la bonne voie ! Après manger, tu vas travailler un peu avec Moera, maintenant que tu as réussi à activer ton pouvoir, tu devrais faire de rapides progrès !

Je ne fis pas de rapide progrès. À nouveau, je ne sentais plus la moindre vibration. Bien que sachant ce sur quoi me concentrer, je restais une bonne partie de la journée à rester là, sans rien sentir.

MOÉRA

Il doit y avoir quelque chose qui a fait que tu as activé ton pouvoir la dernière fois. Essaye de t'en rappeler.

MOI

Aucune idée, je pensais juste très fort que je voulais revoir mes parents. Je me suis endormi, et je me suis juste réveillé comme ça.

MOÉRA

Tu ne faisais pas un rêve ?

MOI

Non.

MOÉRA

Je vois, tu sais, quand quelqu'un se plaint de souffrir d'impuissance, la première chose qu'on fait, c'est de vérifier s'il a des gaules nocturnes. S'il en a, bah c'est que son impuissance n'est pas physiologique mais est probablement due à des phénomènes psychologiques !

MOI

Je vois pas le rapport.

MOÉRA

Eh bien, de jour, tu n'arrives pas à activer tes pouvoirs mais de nuit, en dormant, tu y es arrivé. Cela signifie donc que, physiologiquement, tu es tout à fait capable d'activer tes pouvoirs, mais tu as une espèce de blocage psychologique qui t'empêche de les activer en étant éveillé.

MOI

Et donc, on fait quoi ?

MOÉRA

L'idéal serait de commencer une thérapie psychanalytique, le problème c'est que ça peut prendre des années avant que ça porte ses fruits. Je crois qu'on va devoir utiliser la méthode sauvage !

MOI

C'est-à-dire ?

MOÉRA

On va te jeter dans un trou très profond et on te dit qu'il faut que tu utilises tes pouvoirs si tu veux pas t'écraser. Avec un petit peu de chance, ça peut lever l'inhibition !

MOI

Euh, t'es sérieuse ?

MOÉRA

Tout à fait.

Et elle me jeta un regard pervers de son seul œil valide.

MOI

Euh...

C'est alors qu'elle éclata de rire.

MOÉRA

Ah là là si tu avais vu ta tête !

MOI

Putain tu m'as fait peur.

MOÉRA

Non mais réfléchis : déjà l'intérêt serait limité, étant donné qu'on ne peut pas se blesser ici, en théorie du moins.

MOI

En théorie ? Il y a un moyen de se blesser quand même ?

MOÉRA

Et bien techniquement, il est possible de faire fi de cette loi en forgeant certains objets spéciaux, notamment des armes. Tu verras ça avec Simha en temps voulu. Bon et puis, si on pouvait faire en sorte que te jeter dans un trou présente un réel risque pour toi, et que ça ne marche pas, on serait obligés d'attendre une vingtaine d'années avant de pouvoir refaire mumuse. Cela dit, au moins on pourrait reprendre nos activités normales.

MOI

C'est-à-dire ? Tu faisais quoi avant ?

MOÉRA

Je faisais le clou du spectacle dans un cirque ambulant : j'étais la femme à barbe cracheuse de feu qui se brûlait la barbe à chaque fois qu'elle crachait le feu. C'était rigolo, le problème c'est qu'il fallait attendre que ma barbe repousse entre chaque spectacle, on était à deux doigts de mettre la clé sous la porte...

Pendant quelques instants, nous nous regardâmes droit dans les yeux. Et puis elle s'esclaffa... Je ne pus m'empêcher de sourire : Moera était la seule personne qui arrivait vraiment à me dérider.

MOI (APRÈS UN MOMENT)

C'est curieux, à chaque fois que j'essaie de vous soutirer des informations sur votre vie d'avant, vous racontez des bêtises ou vous éludez la question.

MOÉRA

Ou alors on dit la vérité mais tu ne veux pas entendre...

MOI

Vraiment ?

MOÉRA

Vas savoir...

MOI

Pourquoi tant de mystère ?

MOÉRA

Ça t'embête ?

MOI

Un peu... je veux dire j'aimerais bien vous connaître un peu mieux. Là, vous me paraissez juste, sans profondeur...

MOÉRA

Sans profondeur ?

MOI

Oui, vous me faites penser à des stéréotypes qu'un abruti aurait mis dans un bouquin pour faire rire, mais sans vous avoir travaillés en profondeur.

MOÉRA

Tu penses qu'on est des ébauches quoi... Fais gaffe, je pourrais mal le prendre !

MOI

C'est pas ce que j'ai dit, c'est juste l'impression que vous me faites... Pourquoi vous ne me dites rien de vous ? Vous aussi vous êtes des automates qui jouez un rôle prédéfinis à l'avance ?

MOÉRA

On n'est jamais sûr de rien... Non, si tu veux tout savoir, je ne sais pas ce que je faisais avant.

Moi

Comment ça ?

Moéra

J'ai un *blackout*. Enfin, je veux dire, j'ai quelques bribes : quelques vagues visages et un prénom en tête. Mais c'est à peu près tout. Aussi loin que je m'en souvienne, j'ai toujours été préposée à ta formation...

Moi

C'est la première fois que tu t'occupes d'un démiurge ?

Moéra

Je ne sais pas, je suppose que j'ai déjà fait ça avant, mais c'est tout.

Moi

Et les autres ?

Moéra

Aucune idée, je n'en sais pas plus que toi à leur sujet. On peut supposer qu'ils ne s'en souviennent pas, ou, si c'est le cas, ils ne veulent pas en parler. On évite d'aborder ce sujet...

Un beau jour. Alors que nous étions en train de manger des sardines grillées sur la plage, Rachel se leva d'un coup et dit :

Rachel

Ils arrivent !

Immédiatement, la pression de l'air augmenta. Je me sentis alors comme écrasé. Soudain, nous entendîmes un terrible coup de tonnerre et le ciel s'ouvrit sur un vortex. C'est alors que des centaines, des milliers d'hoplites (les fameux soldats de la Grèce antique) sortirent de ce vortex et se ruèrent sur nous en poussant un cri de guerre à dresser les cheveux sur la tête.

Katia

William, Simha, retenez-les !

William et Simha volèrent vers les soldats. Simha prit son épée et William matérialisa une lance. Ils heurtèrent de plein fouet le flux de soldats. Je crus un instant qu'ils allaient se faire étriper par le nombre mais non, ils taillaient dans les airs et massacraient des centaines de soldats. Jamais je ne vis des gens bouger si vite. Curieusement, les soldats ne s'effondraient pas au contact des armes, ils se volatilisaient, littéralement.

KATIA

Moéra ! On déguerpit !

MOÉRA

À vos ordres !

Katia m'attrapa le bras et nous nous volatilisâmes... pour réapparaître au même endroit.

KATIA

Putain, ils ont bloqué l'accès on ne peut pas quitter ce monde. O.K., Moera, tu vas te placer dans un champ de force avec le démiurge, et tu t'occupes de nous trouver une sortie. Je vais réveiller Rachel.

Elle s'approcha de Rachel, lui mit la main sur le front et lui dit dans une langue que je ne connaissais pas

MOÉRA

Osonai tapa!

Alors, l'air changea d'un seul coup, un puissant vent apparut et la terre se mit à trembler. Je vis Rachel, le visage comme illuminé, comme si, d'un seul coup elle se réveillait d'un long sommeil. Et puis, une espèce d'aura noire se dégagea de son corps et elle décolla d'un coup.

Pendant ce temps, Moera avait dressé un champ de force autour de nous et se mit à méditer.

Là-haut, la bataille faisait rage. Si William et Simha étaient particulièrement efficaces, Rachel, qui venait de les rejoindre, massacrait les Grecs avec une puissance qui me subjugua. Elle se volatilisait, tuait, se revolatilisait, tuait. Il continuait à venir des soldats mais, inexorablement, leur assaut s'arrêtait au moment où il entrait en contact avec Rachel. En voyant Simha se placer à gauche des assaillants et William à droite, je compris qu'ils essayaient davantage d'orienter le flux de Grecs vers Rachel que de l'arrêter purement et simplement. Le spectacle était magnifique : les gestes de William étaient souples et déliés, on aurait dit un danseur. Simha était moins élégant mais son épée semblait douée d'une force propre qui découpait tout sur son passage. Quant à Rachel, elle ressemblait à une déesse de la guerre au milieu d'un champ de mortels.

Soudain, deux soldats plus forts que les autres vinrent à la rencontre de Simha et William. Eux aussi se battaient merveilleusement bien.

KATIA

Les héros !

MOI

Leurs adversaires ?

KATIA

Oui, les héros de la Grèce antique sont aussi de la bataille, ça va se compliquer.

Elle avait raison, car, pendant que mes amis étaient aux prises avec les héros, les autres soldats débordèrent Rachel pour se jeter sur nous. Une irrépressible envie de fuir me prit mais, enfermé dans ma bulle, je ne pouvais rien faire.

Katia alla à leur rencontre, tout comme Rachel, elle se battait à mains nues. Elle réussissait à les repousser mais il en venait beaucoup trop. On aurait dit que le débit qui sortait du vortex avait soudainement augmenté. Il suffirait juste qu'un autre héros vienne à la rencontre de Katia et elle aussi serait submergée.

Comme si le général en face avait entendu ma pensée, un immense colosse avec une peau de bête sur le dos vint à sa rencontre. Le combat s'engagea. Son adversaire était assez lent, mais les attaques que Katia lui portait ne semblaient pas efficaces, comme s'il était insensible à ses coups. Le flux contourna alors les deux combattants pour venir se jeter sur nous. Heureusement, Simha se téléporta et vint nous défendre, William arriva peu de temps après, je supposai qu'ils venaient d'éliminer leurs vis-à-vis.

WILLIAM

Nous sommes en mauvaise posture : on est isolés de Rachel et on ne peut peu plus battre en retraite. Moera, as-tu trouvé une issue?

MOÉRA

Pas encore!

Lorsque je levai la tête pour voir où en était Rachel, je ne la vis plus, c'était comme si elle avait été avalée par le flux de soldats. Heureusement, malgré le nombre impressionnant d'ennemis, William et Simha arrivaient progressivement à repousser le flux.

C'est alors que deux hommes sortirent du vortex. Ils étaient entourés d'une aura dorée.

WILLIAM

Enfer ! Arès et Apollon !

J'entendis alors un hurlement et je vis Rachel sortir du flux et se jeter sur Arès, la bataille s'engagea. Malheureusement, pendant que Rachel était occupée avec le dieu, plus personne ne pouvait ralentir le flux. C'est alors que le vortex se referma, pour s'ouvrir sur la plage.

SIMHA

Les fils de putes, maintenant que Rachel est occupée, ils en profitent pour se rapprocher de nous.

WILLIAM

Je m'occupe des soldats, Simha, si Apollon lance des flèches sur le champ de force, il risque d'exploser.

SIMHA

Je m'occupe d'Apollon !

WILLIAM

Non remplace Katia plutôt, elle viendra s'occuper des flèches.

SIMHA

Je peux très bien m'occuper des flèches !

WILLIAM

Simha, ce n'est pas le moment de discuter, Katia est plus rapide que toi.

SIMHA

À vos ordres !

Au moment où Simha remplaça Katia, je vis des centaines de flèches s'abattre sur nous. Katia se téléporta sur le champ de force et matérialisa deux sabres dans ses mains. Elle se mit alors à dévier toutes les flèches de leur trajectoire : telle une actrice dans un film de Hong Kong, elle bougeait à une vitesse hallucinante : aucune flèche ne passait ! Apollon se téléporta alors dans un autre endroit et envoya ses flèches sous un autre angle. Mais Katia était déjà sur la trajectoire. Bien que peu rassuré, je ne pus qu'admirer sa maîtrise. Au même moment, Simha terrassa son adversaire d'un magnifique coup d'estoc.

SIMHA

À nous deux le bellâtre!

KATIA

Non n'y vas pas!

Mais c'était trop tard, Simha s'était déjà téléporté vers Apollon. Sitôt arrivé à sa distance, le nain enfonça son épée dans le ventre du Grec sans que ce dernier eut le temps de réagir. Instantanément, une vive lueur sortit de sa blessure.

WILLIAM

Saperlotte!

La lueur alla vers Simha et l'enroba. Sa peau devint toute rouge, et de la fumée s'échappa de son corps : il était en train de rôtir sur place. Il hurla tout ce qu'il pouvait. Il cuit ainsi pendant une bonne minute avant que le feu ne le lâche d'un coup et qu'il tombe à la mer.

KATIA

C'était un piège évidemment!

Soudain, un nouveau vortex s'ouvrit près de nous, puis un deuxième, puis un troisième, à nouveau des milliers de soldats sortirent de là.

MOI

Mais combien sont-ils?

KATIA

Ils donnent tout ce qu'ils ont. Moera, on en est où?

Mais Moera ne répondit pas, elle s'écroula, les yeux convulsés. Du sang sortait de son nez.

KATIA

Toi aussi, Moera.

Apollon se remit à lancer des flèches. Katia, qui avait quitté son poste pour prêter main-forte à William dut à nouveau s'occuper des flèches. William ne put alors contenir le flux : les soldats le submergèrent et foncèrent sur Katia. Cette dernière, ne pouvant repousser à la fois les flèches et les soldats, finit par recevoir une flèche en pleine poitrine. Au même moment, j'entendis un hurlement au loin : Rachel venait de se débarrasser d'Arès. Elle se jeta alors sur Apollon, mais c'était trop tard : Katia tombée, une flèche atteignit mon champ de force, qui explosa.

Les soldats se ruèrent sur moi. Mais, curieusement, ils me parurent, d'un seul coup, très lents. Le premier soldat essaya

56

de m'atteindre d'un revers du glaive. J'évitai ce coup avec une facilité désarmante et ripostai d'un coup de poing dans le ventre de mon adversaire. Je sentis alors que je pénétrai son corps vibrant et que, par la force du coup, les ondes qui formaient son corps volèrent en éclat. Mon ennemi se volatilisa. Le deuxième adversaire n'eut pas beaucoup plus de chance : ce fut un coup de pied en pleine face qui le fit exploser dans un éclat d'ondes colorées. C'est alors que je me mis à combattre avec toute mon énergie. Bien que naturellement peu doué pour le combat, je me battis avec une facilité incroyable : mes adversaires semblaient tellement lents, que je n'avais pas besoin de faire des prouesses techniques pour sortir du lot, j'étais simplement plus rapide qu'eux.

D'un coup, une violente migraine me prit, comme la dernière fois. Mais cette fois, plutôt que de m'évanouir, je résistai. Ma vue se brouilla mais je n'avais pas besoin de voir : je n'étais concentré que sur les vibrations du monde ; ce qui me donnait une conscience aiguë de tout ce qui m'entourait. Je sentais au loin la terrible puissance du combat que se livraient Rachel et Apollon. De même, je sentis aussi le moment où William fut touché et s'effondra. Ça allait devenir compliqué. Je tuai encore une vingtaine de soldats avant que la migraine, devenue tellement violente, me fit perdre l'usage de mes jambes. Je m'effondrai. Mon vis-à-vis leva alors lentement son glaive. Je tentai de me protéger de mes bras. En vain. Lentement l'épée fit un quart de cercle et vint heurter mon avant-bras, qu'elle trancha d'un coup. Je reçus le tranchant de l'épée sur la poitrine. À cet instant je ne ressentais ni peur ni tristesse; juste un petit pincement au cœur qui me disait : dommage.

Chapitre 4

Et puis, je me réveillai dans un monde tout blanc. Il n'y avait pas un meuble, rien. Juste un univers d'un blanc immaculé. Le sol, le ciel, l'horizon, tout était blanc. J'avais l'impression d'être sur une immense page blanche. Je m'assis par terre en me demandant ce que je faisais là. Je ne me rappelais plus à quel moment j'avais perdu connaissance. Étais-je encore vivant? Ou bien étais-je entré dans un monde spécial conçu au cas où je mourrais? Tout ça me laissait perplexe.

Petit à petit, des meubles apparurent. En fait de meubles, on aurait plutôt dit des esquisses de meubles faits à l'encre de Chine. Je reconnus un lit, puis un bureau, une bibliothèque, une petite armoire. C'était les meubles de ma chambre de Chelles. Je tâtai le lit et fus surpris de le sentir solide. Je m'y allongeai. C'était étrange. En regardant mes bras, je vis qu'outre le fait qu'ils étaient tous les deux là, ils étaient eux aussi dessinés à l'encre. Mais où pouvais-je bien être? J'essayai alors de penser à ma chambre à Losova. La configuration de la chambre changea mais j'étais toujours dans cet univers dessiné.

Alors que je pensai être enfermé là pour de bon, les meubles disparurent et des pylônes commencèrent à se matérialiser. Je vis une espèce de trône apparaître dans l'enchaînement des pylônes. Tout était d'abord à l'encre de Chine, puis les pylônes et le trône prirent plus de consistances. Des hommes apparurent. Finalement je me retrouvai dans une salle majestueuse, les pylônes étaient entourés d'or, le plafond était peint de tableaux magnifiques. On se serait cru dans une des salles de Versailles. Il y avait des soldats grecs un peu partout. Un homme se tenait sur le trône. C'était un jeune homme à peine plus âgé que moi. Il était roux et imberbe, et, en guise de vêtement, il portait une simple tunique grecque.

« Le démiurge! » cria quelqu'un.

Le roux me sourit :

« Bienvenue à vous démiurge, je suis Zeus. »

Je fus surpris : ce maigre jeune homme aux taches de rousseur et aux cheveux incoiffables faisait davantage penser à un jeune ashkénaze tout droit sorti d'une yeshiva qu'à un patriarche méditerranéen au large torse.

Il descendit de son trône et me serra la main.

ZEUS

J'espère que vous allez bien et que mes hommes ne vous ont pas blessé.

MOI

Ça va merci. Qu'est-il arrivé à mes amis?

ZEUS

Je suis vraiment désolé. Ces terroristes ont préféré mourir au combat plutôt que de se rendre. C'est tout à leur honneur, néanmoins nous aurions préféré ne pas avoir à en arriver là. Si ce malentendu avait pu se régler sur la table des négociations, nous aurions évité bien des morts. Mais ils ne voulaient rien entendre. Si seulement ils avaient été plus raisonnables...

Mon désarroi du s'afficher sur mon visage car, tout de suite, il ajouta :

ZEUS

Je vois qu'ils ne vous ont pas tout dit. Allons marcher un peu dans nos jardins, je vais vous raconter.

Instantanément, nous fûmes téléportés dans un jardin andalou bleu. Il faisait bon et le bruit de l'eau qui coulait donnait à l'atmosphère un certain calme et une impression de sérénité. À part quelques soldats que je pouvais distinguer au loin, nous n'étions que tous les deux.

ZEUS

J'aime venir ici, ne trouvez-vous pas cela reposant ?

Je dus reconnaître qu'il n'avait pas tort.

ZEUS

Marchons un petit peu, voulez-vous ?

Nous nous mîmes à déambuler dans ce jardin qui ne semblait pas avoir de limite.

ZEUS

Donc comme je vous le disais, cela fait plusieurs mois que nous tentons de négocier avec eux pour pouvoir vous rencontrer. Ils ne voulaient rien savoir.

MOI

C'est pour ça que vous avez essayé de me tuer?

ZEUS

Nous avons essayé de vous aborder d'une manière moins agressive dirons-nous. Mais ils surveillaient l'ensemble de vos faits et gestes. Nous avons dû mettre au point un plan qui nous permette de vous rencontrer. Notre but n'était bien sûr pas de vous tuer, simplement d'amener nos ennemis à vous déplacer.

MOI

Et c'est ce qu'ils ont fait ?

ZEUS

En effet. Voyez-vous, comme vous le savez probablement, votre monde est extrêmement bien protégé, ce qui est normal. Pour pouvoir agir et vous libérer, nous avons été contraints de faire en sorte qu'ils vous amènent dans un monde moins protégé de manière à ce que nous puissions faire une opération de sauvetage. Nous avons mis un certain temps à la mettre en place, cette opération se révélant particulièrement périlleuse. Du reste, comme vous avez pu le constater, nous avons perdu de nombreux soldats dans la bataille (ce qui est fort préjudiciable pour leur famille). Si seulement nous avions pu négocier, nous aurions évité ce pur gâchis.

J'étais atterré par ce que j'entendais. Sa façon de présenter les événements était totalement différente de ce que m'avaient raconté mes « protecteurs ». J'ignorais si ce qu'il me disait était vrai, néanmoins une partie de moi voulait y croire. Aujourd'hui je me dis que c'était peut-être pour pouvoir mieux supporter leur perte que j'étais davantage enclin à remettre en question ce qu'ils m'avaient dit. Comme si le fait de les rabaisser dans mon estime me permettait de mieux supporter le deuil.

MOI

Vous êtes sûr que vous ne vouliez pas me tuer ?

ZEUS

Tout à fait. Voyons, si nous avions vraiment voulu vous tuer, nous l'aurions fait lorsque nous vous avons attrapé, et nous ne serions pas en train de discuter dans ce joli jardin. Est-ce les membres de l'autoproclamée GPDD qui vous ont dit ça ?

MOI

Oui.

ZEUS

Je vous déconseille de les croire, ils sont prêts à tout pour arriver à leur fin ! Non, comme je vous ai dit, tout ce que nous souhaitons, c'est négocier.

MOI

Et sur quoi vouliez-vous négocier?

ZEUS

Je souhaiterais que vous abandonniez vos pouvoirs.

MOI

Pourquoi je le ferais ?

ZEUS

Parce que vous ne voulez pas être le démiurge.

MOI

Qu'est-ce qui vous fait dire ça ?

ZEUS

Permettez-moi de répondre à cette question par une autre question : à votre avis, dans un monde juste, comment un dirigeant devrait accéder au pouvoir ?

MOI

Et bien il doit être élu démocratiquement.

ZEUS

Pourquoi ?

MOI

Parce que le peuple a le droit de choisir qui le dirige.

ZEUS

Et je suppose que vous êtes d'accord avec ça.

MOI

Oui.

ZEUS

Pourtant vous n'avez pas été élu.

MOI

Je vois où vous voulez en venir : si je suis cohérent avec moi-même, je ne pourrais pas accepter d'être le démiurge sans avoir été élu démocratiquement ?

ZEUS

Tout à fait !

MOI

Mais rien ne nous dit que je n'ai pas été élu lorsque je suis devenu le démiurge il y a très longtemps...

ZEUS

Nous n'en savons rien mais permettez-moi d'insister sur un point : une fois que le dirigeant est élu, il ne peut pas l'être à vie quand même ?

MOI

Non, bien sûr que non : il faut que le peuple puisse changer de gouvernant si celui-ci ne convient pas ou ne convient plus.

ZEUS

Donc cela n'a aucune importance que vous ayez été choisi il y a de nombreuses années : il faut que le peuple puisse refaire son choix.

MOI

Je comprends... Donc vous voudriez que le peuple puisse choisir son démiurge ?

ZEUS

Tout simplement. Vous savez, je ne suis pas forcément très bien placé pour dire ce qui doit être fait en matière de gouvernance : après tout, je suis un roi élu à vie par ses frères et sœurs pour gouverner tout un monde. Néanmoins, je pense que les choses doivent changer et j'essaie de profiter de ma place pour les faire bouger ; lorsqu'elles auront changé je pourrai alors me retirer. Et j'aimerais que vous considériez les choses de la même façon que moi. Plus précisément, j'aimerais que vous m'aidiez à mettre en place une démocratie intermonde.

MOI

Donc vous ne voulez pas prendre mon pouvoir ?

ZEUS

Si. Car je pense que je suis un meilleur dirigeant que vous : j'ai été formé pour ça et, sans me vanter, je crois que mon peuple est plutôt satisfait de ce que je fais.

MOI

Mais c'est au peuple de décider ?

ZEUS

C'est évident. Voici ce que je propose : pendant un moment vous gardez votre pouvoir et nous mettons en place des élections, disons dans un délai de deux ans. Puis, vous vous pliez au choix des électeurs, qu'en pensez-vous ?

MOI

Ça me semble raisonnable mais qu'est-ce qui nous dit que la personne qui deviendra démiurge n'abusera pas de son autorité : car une fois élu, rien ne pourra l'arrêter.

ZEUS

Il faut donc un contre-pouvoir ! J'y ai pensé aussi, nous discuterons de toutes les modalités plus tard, lorsque vous aurez donné votre feu vert. Ne soyez pas pressé de répondre, je vais vous laisser le temps de digérer tout ça et nous en rediscuterons dans une semaine. Cela vous convient-il ?

MOI

D'accord.

ZEUS

Très bien ! En attendant, vous pouvez vous considérer comme mon invité, je vais faire venir une personne de confiance pour vous montrer vos appartements. C'est quelqu'un qui vous accompagnera tout au long de votre séjour. Je pense que vous vous entendrez bien. Si vous avez besoin de quoi que ce soit, n'hésitez pas à le lui demander.

Sitôt retourné dans la salle du palais, on me présenta mon page. Je m'attendais vaguement à tomber nez à nez avec un jeune garçon du genre valet de trèfle. Au lieu de ça, on me présenta une jeune femme d'une vingtaine d'années absolument magnifique, peut-être plus belle encore que Katia. Elle s'appelait Nadia et on l'aurait cru sortie d'un conte des Mille et une Nuits. Le genre de fille à faire tomber des empires. En la voyant, je compris tout de suite à quel genre de page j'avais à faire : Zeus me faisait un cadeau de toute beauté.

En temps normal, je pense que j'aurais refusé ce genre de présent: un être humain n'a pas à servir de monnaie d'échange comme cela.

Pourtant, j'ignore si c'était son corps ou simplement la tristesse d'avoir perdu les membres de la GPDD (quel nom ridicule !) mais, à l'instant présent, je n'avais que faire de mes bonnes intentions.

Nadia fut mon guide et mon interprète dans la visite du monde grec. Je dois reconnaître que, à ma grande honte, les premiers jours je ne ressentis pas de tristesse particulière due à la mort de mes amis (voilà qui n'est peut-être pas le mot le plus approprié pour les désigner mais il est bien plus joli que l'autre acronyme !) : maintenant que j'avais compris que mes ennemis ne voulaient pas attenter à ma vie, et que je n'avais pas à rester assis toute la journée sur la plage à ne rien faire, je me sentais assez égoïstement comme libéré d'un poids.

Le premier jour, je fus particulièrement surpris par le monde qui s'ouvrait sous mes yeux. Certes, comme on pouvait s'y attendre, il ne ressemblait pas vraiment à ce que j'avais imaginé : ce n'était pas la même chose d'être immergé dans un monde vivant que de le voir à travers des ouvrages écrits par des intellectuels. Ce qui me frappa le plus, c'était le métissage à chaque coin de rue : métissage des gens, des odeurs ou des objets : on y croisait aussi bien des Grecs pure souche que des Vikings, des Indiens et même quelques Asiatiques avec... des appareils photo ?

NADIA

Depuis que néo-Zeus est arrivé, beaucoup de choses ont changé : il a fait en sorte que différents mondes soient reliés les uns les autres, à tel point qu'à Athènes, on voit aujourd'hui des gens de différents mondes avec leur culture et leurs objets. Bon, bien entendu, les frontières ne sont pas complètement ouvertes, de manière à éviter un choc des cultures trop important, mais petit à petit les façons de vivre changent.

MOI

Tu viens de parler de néo-Zeus ?

NADIA

Oui c'est comme ça que les gens d'ici l'appellent ! Autrefois, ils croyaient que Zeus était éternel, mais lorsque le Zeus actuel est arrivé, il a tout expliqué au peuple, à savoir que les dieux aussi étaient obligés de se réincarner de temps en temps pour ne pas devenir fous.

Ce premier jour passé avec elle reste gravé dans ma mémoire comme un moment hors du temps : cette fille me plaisait vraiment, et pas que physiquement. Le soir, nous allâmes manger dans une petite auberge qui proposait du poisson grillé, du rouget en l'occurrence. En guise d'accompagnement, une salade de choux, un pain au miel absolument délicieux, un petit fromage de chèvre frais et des figues séchées. Le tout était accompagné d'un petit vin salé de Lesbos qui, bien qu'inattendu, n'était pas déplaisant.

NADIA

À une époque pas si lointaine, je n'aurais pas pu manger avec toi, car les femmes étaient censées manger après les hommes. Mais aujourd'hui cela est toléré.

MOI

Et est-ce qu'il y a encore des esclaves ?

NADIA

Il y en a mais de moins en moins. On assiste actuellement à une volonté de la part des dieux d'arrêter ces pratiques rétrogrades, et cela porte ses fruits.

MOI

Mais il n'y a pas de dirigeants autres que les dieux ?

NADIA

D'après ce qu'on m'a dit il y en avait avant, mais depuis que néo-Zeus est arrivé, ils ont tous été mis aux arrêts. Ce qui n'est pas plus mal car, depuis ce temps, les guerres entre les cités ont cessé.

MOI

Tu étais née lorsque néo-Zeus est arrivé ?

NADIA

En fait je ne viens pas de Grèce, je viens d'un autre monde.

MOI

Lequel ?

NADIA

Il n'existe plus aujourd'hui.

MOI

Oh, je suis désolé.

NADIA

Tu n'as pas à l'être, ce n'était pas un monde sain.

MOI

C'est-à-dire ?

NADIA

C'était un petit monde qui était devenu injuste.

Je sentais que cela la dérangeait d'en parler et je lui fis la remarque.

NADIA

Trop de mauvais souvenirs : j'y étais esclave.

MOI

Et aujourd'hui ? Tu travailles pour Zeus.

NADIA

Oui mais je suis libre de partir si je le souhaite.

MOI

Tu sembles l'apprécier...

NADIA

Je ne suis pas ici pour dire du mal de lui. Mais c'est vrai qu'il m'a recueillie quand j'en avais besoin.

Le repas se poursuivit sur un ton un peu plus plaisant, et je dois dire que, pour la première fois depuis longtemps, je passais vraiment un bon moment. Outre le fait que j'arrivais à plaisanter avec elle, je pense que la petite voix dans ma tête qui disait : « ouais tu plaisantes, c'est bien, mais nous savons tous les deux que ce soir, ce sera ta fête » m'aidait à me sentir bien.

À la fin, elle me proposa de nous promener un peu avant de rentrer sur l'Olympe. Nous marchâmes jusqu'au port puis nous nous assîmes au bord de l'eau. Il était temps de passer à l'action.

MOI

La lune est brillante ici.

Elle se mit à rire.

NADIA

La lune est toujours brillante.

MOI

Pas chez moi, je ne pensais pas qu'elle brillait suffisamment pour qu'on puisse y voir clair comme maintenant.

NADIA

Comment c'est la nuit chez toi ?

MOI

Et bien chez moi, il n'y a pas vraiment de nuit. Je veux dire, les rues sont éclairées toute la nuit donc il est rare qu'on se retrouve dans le noir comme maintenant.

NADIA

Ça doit être pour ça que tu ne vois pas la lune briller.

MOI

Je peux te prendre dans mes bras ?

NADIA

Non.

MOI

Pourquoi ?

NADIA

Parce que si je te disais oui, tu ne pourrais pas savoir si je te le dis parce que j'en ai envie, ou parce que Zeus me l'a demandé.

MOI

Et qu'est ce qu'il t'a demandé précisément ?

NADIA

De te servir de guide et de traductrice.

MOI

Tu voudrais dire qu'il aurait mis une jolie fille comme toi juste pour ça ?

NADIA

Et il m'aurait choisi pour faire quoi d'autre ?

MOI

Et bien je ne sais pas...

Et je mis ma main sur sa cuisse avec un regard entendu.

NADIA

Pour qui tu me prends ? Je ne suis pas une prostituée !

Je retirai ma main immédiatement

MOI

Pardon, je...

NADIA

T'es vraiment un con, on passait un bon moment ensemble et il faut que tu viennes tout gâcher !

MOI

Excuse-moi.

NADIA

Bon allez on rentre.

Et elle me déposa dans ma chambre sans un mot.

Ce soir-là je me couchai avec le moral dans les chaussettes. Je ne comprenais pas : pourquoi Zeus avait laissé une si jolie fille entre mes mains si ce n'était pas pour coucher avec elle ? Était-elle sincère lorsqu'elle disait qu'elle ne servait que d'interprète ? Le fait qu'elle ne fût là que pour mon plaisir physique m'avait semblé tellement évident que je ne m'étais pas dit que peut-être, elle avait été choisie pour ses qualités intellectuelles. Cela dit, c'est vrai qu'elle était intelligente cette nana. Belle, intelligente et pas pour moi... le trio habituel quoi !

Le lendemain elle vint me réveiller de bonne heure en m'apportant de quoi grignoter.

MOI

Désolé Nadia, pour hier, je me suis vraiment comporté comme un goujat.

NADIA

Ça, tu peux le dire.

MOI

Écoute, je suis désolé de m'être trompé à ton sujet. Tu es une fille vraiment sympa et ça m'embêterait de me brouiller avec toi. Alors, je sais bien que si on couche ensemble, on ne peut pas savoir si c'est Zeus qui te l'a demandé ou pas. Donc tant que tu seras à mon service, je n'essaierai pas de coucher avec toi : cela te convient-il ?

NADIA

Même si tu tombes amoureux ?

MOI

Mais je le suis déjà voyons !

Elle pouffa : en plus elle avait le sens de l'humour !

Les jours suivants, nous continuâmes notre visite, et nous rendîmes dans d'autres mondes conquis par Zeus.

Nous allâmes même nous promener dans un monde d'amusements pour participer à un tournoi de boxe virtuel. J'arrivai à passer le premier tour mais me fit battre au second. Elle, en revanche, atteignit la finale et se battit contre un panda qu'elle réussit à vaincre aux points.

Une autre fois, elle m'emmena sur une île des Cyclades où nous pouvions nous baigner avec des dauphins. J'avais l'impression d'être parti en vacances avec ma petite amie. À ceci près qu'elle n'était pas ma petite amie.

Je ne sais pourquoi, mais, parfois, des éléments anodins peuvent vous faire penser à toute autre chose, comme par magie. Alors que Nadia se baignait et que j'étais sur la plage à la contempler, elle passa sa tête dans l'eau. D'un coup, cela me fit penser à Katia se baignant à Losova, et, à travers Katia, à mes malheureux compagnons. Et ce fut comme si la digue qui me protégeait d'une immense mer de tristesse se brisait et qu'une violente vague de nostalgie m'assaillait. Je sentis soudain une boule dans ma gorge. Je demandai alors à Nadia de nous ramener dans mon appartement. Ce qu'elle fit.

NADIA

Que t'arrive-t-il ?

MOI

Rien, je pensais à mes amis que je ne pourrai plus revoir.

NADIA

Ils te manquent ?

MOI

Un peu, par moment. Je ne peux pas dire que j'ai passé les meilleurs moments de ma vie avec eux mais tout de même, j'y ai passé de bons moments. Tu crois que c'est vrai ce que Zeus m'a dit à leur sujet ? Qu'ils ne voulaient pas négocier ?

NADIA

Je n'en sais rien. Mais qu'est ce que ça changerait pour toi ?

MOI

Je ne sais pas, je me dirais qu'ils méritaient leur sort.

NADIA

Cela n'enlèverait rien à ta douleur, au contraire.

MOI

Qu'est ce que je peux faire alors pour retirer cette boule que j'ai au fond de ma gorge ?

NADIA

La laisser s'exprimer...

C'est alors que mes larmes se mirent à couler. Je pleurai mes amis, Katia, que j'aimais regarder, Simha et ses façons vulgaires. William avec sa façon de parler à la fois ridicule et attachante, Moera et son humour et puis la petite Rachel, qui semblait si fragile. Je pleurai mes parents aussi, qui étaient loin et qui devaient se faire du souci. Je pleurai mes petits frères qui me manquaient terriblement. Je pleurai ma vie simple et mon ancien bonheur tranquille. Et puis je pleurai contre ce coup du sort qui me forçait à prendre d'énormes responsabilités alors qu'au fond de moi, je ne me sentais même pas encore capable d'assumer la responsabilité de ma propre vie.

Cela dura jusqu'à la nuit tombée. Jusqu'à ce que, vanné, je m'endorme dans les bras de Nadia, la tête sur ses seins. Elle, elle resta là, stoïque.

Lorsque je m'éveillai au petit matin, elle était allongée près de moi, encore en bikini. Elle se réveilla doucement.

NADIA

Comment te sens-tu ?

MOI

Bien, mais je suis désolé pour hier.

NADIA

Ce n'est rien, c'est normal. J'aurais aussi aimé avoir une épaule réconfortante quand ça n'allait pas.

MOI

Tu as vécu des moments difficiles ?

NADIA

Oui.

MOI

Tu as toujours refusé de me parler de toi. Mais j'aimerais mieux te connaître.

Elle me regarda droit dans les yeux, sembla se perdre dans ses

73

souvenirs un instant. Puis elle parla.

NADIA

J'ai épousé à quinze ans un homme que j'aimais. Il avait le double de mon âge et était assez bourru, mais c'était quelqu'un de sensible et de particulièrement cultivé. J'étais heureuse avec lui, et j'espérais lui donner des enfants assez rapidement.

Malheureusement, les troupes de l'auto-proclamé « nouveau Calife » arrivèrent jusque dans notre village. Ils vinrent en pleine nuit, attrapèrent mon mari et l'égorgèrent sous mes yeux. Je fus violée à plusieurs reprises puis les soldats m'emmenèrent chez le Calife pour que je devienne l'une de ses nombreuses femmes. J'eus le malheur de tout de suite lui plaire. Régulièrement, j'étais obligée d'aller le visiter. C'était un homme méchant et brutal. Comme il buvait beaucoup, bien que ce fût interdit par la loi, parfois il n'arrivait pas à bander. Alors, il s'énervait et me frappait, disant que c'était ma faute...

MOI

Et comment t'es-tu retrouvée ici?

NADIA

Les troupes de Zeus débarquèrent. Le Calife fit appel à ses meilleurs sorciers et à ses meilleurs soldats. Ils se firent massacrer. Je me rappellerai toujours la joie que j'éprouvai lorsque Hermès ouvrit les portes du palais qui nous servait de prison. Ces portes qui étaient censées ne jamais s'ouvrir. Il cria dans notre langue que nous étions libres. Comme j'étais heureuse de revoir l'extérieur !

Je n'avais nulle part où aller, alors, lorsqu'ils me proposèrent de rester ici pour faire partie du personnel, j'acceptais. Dès lors, je reçus une éducation, j'appris à lire et à parler le grec, le français et d'autres langues encore. Les personnes qui me maltraitèrent furent jugées avec la plus grande sévérité et mon monde fut fermé. C'était il y a huit ans, j'avais dix-neuf ans.

Nous passâmes les deux jours suivants à discuter de tout et de rien, à nous raconter nos vies. C'était comme si, en acceptant de lâcher du lest, nous libérions par la même occasion cette distance qui nous séparait jusqu'alors l'un de l'autre. Et je crois que petit à petit, je tombais amoureux d'elle pour de vrai.

À la fin de ces deux jours, je fus convoqué chez Zeus. Ma décision était prise : j'allais rendre mes pouvoirs de démiurge. Nadia me téléporta et lorsque nous nous matérialisâmes, je me retrouvai nez à nez avec William !

Chapitre 5

William était accompagné de toute la bande !

MOI

Que faites-vous ici?

SIMHA

C'est comme ça que tu accueilles des amis que tu croyais morts?

MOI

Je m'attendais simplement à me retrouver en tête à tête avec Zeus, comment se fait-il que ce soit vous? Vous n'êtes pas censés être morts ?

De les voir tous là, bien vivant, la tête m'en tournait.

WILLIAM

Nous avons plus d'un tour dans notre sac. Pour ce qui est de Zeus, c'est grâce à ton amie que nous avons réussi à t'attirer ici.

Je me retournai vers Nadia, incrédule. Cette dernière semblait plus pâle que d'habitude.

MOI

Tu étais une espionne ?

NADIA

Pas vraiment.

MOI

Je ne comprends pas.

WILLIAM

C'est que nous avons quelques alliés au sein des proches de Zeus. Certains ont approché Nadia pour qu'elle t'amène ici. Mais elle ne travaillait pas pour nous.

MOI

Tu veux dire que tu as trahi Zeus ?

NADIA

En quelque sorte.

Je me demandais pourquoi elle avait fait ça, alors qu'elle ne tarissait pas d'éloges à son égard.

MOI

Mais n'était-ce pas dangereux de lui révéler votre présence ?

WILLIAM

En effet, nous avons tenté un coup de poker.

SIMHA

De toute manière on craignait rien, au pire, on aurait eu un comité d'accueil, ils t'auraient récupéré, on se serait cassé et on aurait trouvé un autre truc pour te récupérer.

MOI

Et comment êtes-vous sûr qu'ils ne vont pas débarquer d'une minute à l'autre ?

WILLIAM

Ils vont rappliquer, c'est évident, mais lorsqu'ils seront ici, nous serons déjà loin.

MOI

Je ne comprends pas.

KATIA

Zeus est suffisamment puissant pour nous retrouver n'importe où, simplement il lui faut un minimum de temps. C'est pour ça que dorénavant nous ne resterons pas plus de douze heures dans un même monde.

MOI

Et comment être sûr qu'ils ne nous guettent pas quelque part ?

KATIA

Nous allons nous séparer, pendant que l'un d'entre nous restera avec toi pour ta formation, les autres partiront en éclaireurs, de manière à éviter que tu ne te retrouves face à un comité d'accueil.

MOI

Et Nadia ?

SIMHA

Elle va rester là. Ce n'est pas parce qu'elle t'a amené ici, qu'on peut lui faire confiance.

MOI

Mais que lui arrivera-t-il si elle se fait reprendre par Zeus ?

WILLIAM

Et bien techniquement, je doute qu'il la laisse en vie bien longtemps.

NADIA

Ce n'est pas grave, j'assume mes choix.

MOI

Il n'en est pas question, on va t'amener avec nous.

SIMHA

T'es un ouf! Elle va nous trahir cette meuf, ça se voit gros comme une maison !

Je sentais une vague nausée arriver.

MOI

Nadia ?

NADIA

Tu penses bien que si je comptais vous trahir, je ne vous le dirais pas.

MOI

Pourquoi as-tu trahi Zeus, je croyais que tu l'appréciais ?

NADIA

J'apprécie ce qu'il a fait pour moi...

MOI

Mais ?

NADIA

Il y a quelque chose en lui qui me fait penser au Calife, une espèce d'ambition exacerbée. C'est le genre de personne prêt à tout pour obtenir ce qu'il souhaite. Je pense que dans le fond c'est quelqu'un de bien ; mais il est en train de changer, petit à petit, son désir de pouvoir anéantit sa capacité à faire la part des choses entre ce qui est bon ou mauvais, tout ce qui compte c'est de gagner plus de pouvoir... C'est l'une des deux raisons qui fait que je ne souhaite pas qu'il devienne démiurge.

MOI

Et la deuxième raison ?

Elle me regarda avec un petit sourire en coin et un regard qui semblait me défier. Décidément, elle était vraiment très pâle...

NADIA

J'avais pas envie que tu meures.

MOI

Comment ça ? Il n'était pas question que je meure !

SIMHA

Ah ouais, il t'a proposé quoi alors ?

MOI

Que le démiurge soit élu.

SIMHA

C'est-à-dire ?

MOI

Et bien que nous mettions en place une élection pour élire le prochain démiurge.

SIMHA

Tu veux dire que tu jouerais ton pouvoir aux élections ?

MOI

Oui.

SIMHA

Mais quel boulet ! Tu crois qu'il arrivera quoi quand tu ne seras plus le démiurge ? Parce que tu peux être sûr que si ce bouffon se présente il fera en sorte d'être élu !

MOI

Eh bien je ne sais pas, j'espère que tout redeviendra comme avant.

WILLIAM

Je crains que ce ne soit pas possible démiurge.

MOI

Pourquoi ?

WILLIAM

Moera, peux-tu le lui expliquer ?

MOÉRA

Tu ne peux pas perdre tes pouvoirs. Tu es le démiurge, et tu ne peux pas faire autrement que de l'être, ce n'est pas un mandat que tu remplis, c'est une essence qui est en toi. Perdre tes pouvoirs de démiurge n'a aucun sens.

WILLIAM

Je ne peux qu'acquiescer.

MOI

Je ne comprends pas bien ce que ça veut dire.

SIMHA

T'es lent à la détente putain, c'est pourtant simple : toi démiurge, toi avoir pouvoir, si toi perdre pouvoir, toi mourir. Kapisch ?

MOI

Ah bon ?

Alors que je disais cela, ma tête se mit à tourner plus vite d'un coup et je fus pris d'un haut-le-cœur...

MOI

Je suis donc condamné à être le démiurge... Et le reste des gens est condamné à être gouverné par moi ?

J'avais de plus en plus de mal à respirer et c'est dans un souffle que je dis.

MOI

C'est une malédiction en fait!

Je me sentais de plus en plus mal :

MOI

J'ai chaud tout d'un coup.

WILLIAM

Assieds-toi, cela doit être l'émotion.

MOI

Je ne sais pas, je me sens vraiment patraque. J'ai la nausée.

Je sentais que mon corps commençait à trembler de partout. Je tombai à genou et me mis à vomir.

MOI

Qu'est-ce qui m'arrive, je me sens vraiment pas bien.

SIMHA

Euh les gars, c'est normal que la bombasse se soit évanouie ?

Je vis en effet Nadia, allongée par terre, inconsciente, Quant à moi, je sentais mon cœur palpiter, j'avais de plus en plus de mal à respirer.

KATIA

Moéra ?

MOÉRA

Je crois que ce n'est pas bon, ils ont dû recevoir un poison qui ne se déclenche qu'en dehors de l'empire de Zeus. Je me disais bien que tout était trop facile ! À tous les coups, ils ont dû leur mettre une espèce d'alarme. Cela va alerter les troupes de Zeus, on ne va pas pouvoir rester positionner très longtemps ici.

La terre se mit alors à trembler et on entendit quelque chose craquer dans le ciel.

SIMHA

Euh pourquoi il fait tout noir d'un coup ?

MOÉRA

Holy shit ! Ils leur ont mis un virus qui est en train de contaminer le monde ! C'est pire que ce qu'on aurait pu imaginer. Si ça continue, le monde va complètement s'effondrer...

KATIA

Tu peux faire quelque chose ?

MOÉRA

Pour le démiurge ou pour le monde ?

KATIA

Pour le démiurge dans un premier temps.

À demi inconscient, je réussis à ramper jusqu'à Nadia.

MOI

Soignez-la d'abord.

KATIA

Ce n'est pas ce qui est prévu démiurge.

MOI

Rien... à foutre... soignez-la d'abord... c'est un ordre !

Il y eut un silence pendant lequel je suppose qu'elles se consultèrent d'un regard.

MOÉRA

Très bien, je vais faire mon possible.

KATIA

Bon, on ne reste pas ici : si le monde devait s'effondrer, mieux vaut que ce soit dans un endroit désert! On file sur Seth et on se met tous en position défensive en attendant l'attaque ! Moera, on compte sur toi : dès que tu les as soignés, tu les emmènes en lieu sûr, on vous rejoindra dès que possible !

Il faisait si chaud et pourtant je tremblais de tous mes membres. J'avais du mal à rester connecté à ce qui m'entourait. Et puis, c'est comme si, en un instant, je me retrouvai partout à la fois : dans ma chambre à Chelles, à Losova, dans le monde blanc, sur mon lit d'hôpital. Puis, subitement, je me retrouvai en haut d'un bâtiment, en plein cœur de Paris, sur le toit de la chapelle de la Sorbonne. Tout en continuant à trembler, je me regardai et je vis que j'étais dans une armure resplendissante. Le soleil couchant se reflétait sur mon armure. Un instant je me sentis mieux. C'est alors qu'une terrible douleur naquit dans ma cuisse gauche, qui me fit hurler de douleur. La chapelle se déroba soudainement sous mes pieds et j'atterris dans une forêt, humide. La douleur était insoutenable. Dans un élan de folie, je saisis le glaive que j'avais à ma hanche et, d'un coup net, je m'ouvris la cuisse avec. Alors, ce fut un petit homme noir qui en sortit, tout en arme. Il resta un instant par terre, sans bouger. Puis il se mit à s'agiter, et se redressa sur ses jambes. Alors qu'il faisait ça, je vis son corps grandir rapidement jusqu'à atteindre la taille d'un homme normal. Il avait sur la tête une espèce de couronne d'épines. Il me regarda d'un œil triste et il me parla dans une langue que je ne connaissais pas et qui, pourtant, me semblait familière :

HOMME
Du host mikh keimol nisht leibn gehat.

Et je me mis à hurler dans cette même langue :

MOI
Nein! siz nisht rikhtik !

Mais il partit en marchant dans la forêt. Je me sentais très faible, et mon corps me faisait mal partout. Néanmoins, j'essayai de le suivre, moitié rampant, moitié à quatre pattes. Heureusement, il avançait suffisamment lentement pour que je réussisse à le garder dans mon champ de vision. Au bout de quelques minutes, il atteignit l'entrée d'une grotte. Il s'arrêta, me regarda de ses yeux tristes, et entra.

Au moment où il franchissait le seuil, la grotte se transforma en un immense vagin noir, poilu et humide, prêt à faire l'amour. Je me glissais à l'intérieur de ce vagin. Il y faisait chaud, humide, j'avais du mal à respirer. Petit à petit, je sentis des petites bêtes venir vers moi et m'escalader. Elles rentrèrent alors par l'ensemble de mes orifices : mes narines, mes oreilles, mon anus. Je sentis une vive douleur dans mon entrejambe, comme si quelque chose s'ouvrait au niveau de mes testicules. Je me saisis les parties et je fus saisi d'effroi : un vagin venait d'apparaître sous mon pénis ! À nouveau je hurlai, mais ce n'était pas un hurlement qui sortit de mon gosier : ce fut un immense cri de cochon. L'incongruité de cette situation me fit sourire d'effroi : j'étais en train de me transformer en cochon hermaphrodite au milieu d'un vagin humide !

Alors que je ne bougeais plus, comme paralysé, je vis sur la paroi, tout contre mon visage, des espèces de peintures rupestres en train de s'animer. Elles semblaient se livrer à la chasse de quelques animaux préhistoriques. J'approchai mon visage de l'une d'elle, et poussait un léger grognement. Alors, c'est comme si je fus happé par la peinture. En un instant, je devins un homme en deux dimensions, en train de chasser des animaux aujourd'hui disparus. Je sentis comme un regard extérieur se poser sur moi. Une femme, au loin, que j'aimais et qui me rendait plus fort. Cela me fit du bien et je me sentis à nouveau mieux, plus à même de respirer. Mais cela ne dura qu'un court instant, car, alors, de partout, des animaux préhistoriques vinrent à ma rencontre. Ils ne semblaient pas très amicaux. Soudain, un mammouth chargea. Étant dans un environnement en deux dimensions, je ne pus me décaler pour l'éviter. Il me heurta de plein fouet ce qui me propulsa un mètre plus loin. Alors que je me relevais tant bien que mal, un auroch fonça sur moi et m'enfonça sa corne dans le ventre, exactement à l'endroit où, quelques mois plus tôt, j'avais reçu le fameux coup de couteau à l'origine de cette aventure. Je tombai à genou, foudroyé. Dans un état de semi-conscience, je sentis que, progressivement, je commençais à m'effacer : la peinture dont j'étais fait commençait à se fondre dans la roche. Je me laissais faire, comme soulagé.

C'est alors qu'un bison se jeta sur moi, et, je ne sais comment, réussit à me faire réapparaître sur la paroi.

Bison

Il vaut mieux que tu restes ici démiurge, sinon tu risques d'aller à un endroit où ton amie ne pourra pas te rejoindre.

MOI

Tu es, Bison ?

BISON

Cela fait longtemps qu'on ne s'est pas vu !

MOI

Je suis où ?

BISON

Tu es en toi.

MOI

Je suis mort ?

BISON

Si je ne t'avais pas retenu, tu le serais probablement.

MOI

Comment ça se fait que je connaisse ton nom ?

BISON

Ce n'est pas très difficile de s'en souvenir.

MOI

Tu es quoi au juste ?

BISON

Je suis une peinture rupestre.

MOI

Ah... Et je peux faire quelque chose pour toi ?

BISON

Non. Mais moi je peux peut-être faire quelque chose pour toi.

MOI

Ah oui ? Quoi donc ?

BISON

T'apprendre l'avenir.

MOI

C'est-à-dire ?

BISON

Dans la kabbale, il existe trois voiles de la connaissance :
le premier est l'initiation, où tu prends conscience du
monde non matériel. La deuxième est la petite illumination
où tu prends conscience de ta nature profonde et que tu n'es
fait que de cinq éléments et la troisième, est la conscience
en elle-même où tu comprends la mystique des choses. Si
on en croit un certain philosophe danois, un jour, il te
faudra te choisir et t'assumer tel que tu es. C'est la seule
condition à respecter si tu veux franchir le deuxième voile.

Mise à part la dernière phrase, je n'avais rien compris à ce qu'il
venait de me raconter..

MOI

Et le troisième voile ?

BISON

J'ai bien peur qu'il ne soit pas pour toi.

MOI

Pourquoi ?

BISON

Chacun doit rester à sa place. Salut Moéra !

Je vis une silhouette avec des hanches immenses arriver. J'en
déduisis que c'était Moera.

MOÉRA

Bison. Merci d'avoir été là, je craignais de ne pouvoir le
rattraper.

BISON

À ton service. Tu as le bonjour de Sandrine.

MOÉRA

Dis-lui d'aller se faire voir.

BISON

Comme tu veux !

Et il partit au petit trot.

MOI

Qui est Sandrine ?

MOÉRA

C'était ma femme, la seule personne dont je me souvienne.... une garce.

Au ton qu'elle utilisa pour me répondre, je sentis qu'il ne valait mieux pas insister.

MOI

On fait quoi maintenant ?

MOÉRA

Comment te sens-tu ?

Je ne pus que constater que je me sentais beaucoup mieux.

MOÉRA

Tu vas rejoindre ta réalité. Je te préviens cela va être douloureux.

Et je me réveillai au bord d'un étang lugubre. Je sentis une vive douleur un peu partout dans le corps.

MOI

Ah putain !

Rapidement, la douleur s'estompa pour laisser place à une grande fatigue. Je vis alors, au bord de l'étang, Nadia, emmitouflée dans une couverture. Tant bien que mal, je la rejoignis et m'assis à côté d'elle.

MOI

Où sont passés les autres ?

NADIA

Ils se battent encore, mais je suppose qu'ils ne devraient pas tarder.

MOI

Et Moéra ?

NADIA

Elle était là il y a un instant mais elle est partie rejoindre les autres.

MOI

Comment te sens-tu ?

NADIA

Comme si j'avais reçu un coup de marteau sur la tête.

MOI

Que nous est-il arrivé ?

NADIA

Zeus avait fait en sorte qu'on ne puisse pas quitter son empire facilement et en bonne santé. Heureusement que le bison est venu aider et que ton amie est plutôt douée, car sinon on n'aurait pas pu être là. Merci !

MOI

Je n'ai pas fait grand-chose tu sais.

NADIA

Si, tu leur as demandé de me soigner et tu m'as envoyé le bison.

MOI

Je t'ai envoyé le bison ?

NADIA

C'est ce qu'il a dit.

Elle sembla réfléchir un instant en se mordillant la lèvre inférieure.

NADIA

Tu n'étais pas obligé de faire ça. Je veux dire, tes amis ont raison je pourrais être une menace pour toi.

MOI

Cela m'est égal. Je voulais que tu restes avec moi.

NADIA

Pourquoi ?

MOI

Parce que les choses semblent avoir un sens pour moi lorsque tu es là.

Elle me fit un léger sourire en coin.

NADIA

Ah ? Je pensais que c'était parce que tu avais peur de pas retrouver des seins suffisamment gros pour pleurer dedans !

Je ris.

MOI

Des gros seins sur lesquels pleurer, je peux en avoir quand je veux !

NADIA

Vraiment ?

MOI

Absolument, attends je suis le démiurge !

NADIA

T'es surtout pas très malin !

Elle me fit un rapide baiser sur les lèvres et me lança un regard de défi. Je fis un sourire à la Mona Lisa et, lentement, je tendis la main vers son visage, que je caressai. Puis, toujours lentement, je continuai mon geste et lui attrapai la nuque. J'approchai alors mes lèvres des siennes et l'embrassai pour de bon.

SIMHA

Ah bordel, pendant qu'il y en a qui sont en galère, y en a d'autres qui s'amusent bien !

Simha venait de sortir de l'étang, il était tout en sang et se traînait misérablement. À sa suite, venait Rachel, qui elle, en revanche, n'avait pas une seule égratignure. Je me levai un peu trop précipitamment pour aller à leur rencontre et ma tête se mit à tourner.

SIMHA

Ouais doucement, faut te remettre de tes émotions mon cochon. Putain, j'ai horreur de devoir faire ça !

MOI

Où sont les autres ?

SIMHA

Tu verras l'un des autres dans douze heures. Pour l'heure, c'est avec moi que tu vas reprendre ton apprentissage.

Il peut paraître surprenant que je fasse confiance aussi rapidement à mes amis, alors même que Zeus, qui m'avait bien traité, m'avait conseillé de me méfier de ce qu'ils pouvaient me dire. C'est que, au fond de moi, je savais qu'ils avaient raison, et que je ne pouvais pas abandonner mes pouvoirs de démiurge. Par ailleurs, le fait que Zeus ait bel et bien failli m'assassiner montrait clairement que ses intentions à mon égard n'étaient pas aussi amicales que ce qu'il voulait bien dire. Mais, finalement, la raison principale pour laquelle je suivais mes amis, c'était Nadia : tout ce que je souhaitais c'était qu'elle soit vivante, or je n'avais aucun doute que, si Zeus la reprenait, il lui ferait payer très cher sa trahison...

Je restais douze heures auprès de Simha puis j'enchaînai avec Moera.

MOÉRA

On peut, entre autres, se représenter l'ensemble de l'Univers comme un immense concert de vibrations. C'est à lire et à utiliser ces vibrations que je vais t'initier.

Douze heures plus tard, ce fut au tour de William :

WILLIAM

Mon but c'est de t'apprendre tout ce qu'il faut savoir sur les différents mondes, pour que tu sois un spécialiste de la question.

Douze heures plus tard, Katia :

MOI

Aïe ça fait mal !

KATIA

Il va pourtant bien falloir que tu apprennes à te défendre !

Douze heures plus tard, repos :

MOI

Ouf, je suis vidé !

Et de nouveau, douze heures plus tard, Simha :

SIMHA

Vois-tu, pour faire une pizza correctement, il faut que tu vives ta pizza au plus profond de ton être : que tu te représentes sa couleur, sa texture, son goût et son odeur. Ce n'est que comme ça que tu apprendras à créer une quatre fromages qui décalotte sa race. Une fois que tu auras maîtrisé ça, on pourra passer à la phase supérieure !

MOI

Qui est ?

Simha

Créer la femme idéale.

Moi

Pour quoi faire, je l'ai déjà rencontrée !

Simha

Putain, mais t'es vraiment une baltringue !

Était-ce la présence de Nadia qui me revigorait ou le combat de la semaine passée, toujours est-il que mon niveau n'était plus celui que j'avais avant de rencontrer Zeus. Cette fois je voyais les vibrations ! Et ma puissance n'avait plus rien à voir avec celle de mes débuts.

Moéra

Vois-tu, un monde ce sont des vibrations : toutes les choses qui composent un monde peuvent être représentées sous forme d'ondes. Tu te souviens peut-être de tes cours de physique quantique du lycée ?

Moi

Je n'ai pas eu de cours de physique quantique au lycée.

Moéra

Ah. Bon eh bien pour faire simple, la physique quantique explique qu'il y a deux façons de voir les objets et les choses physiques : on peut soit se les représenter sous forme de matière, c'est-à-dire de molécule, soit sous forme d'onde. Par exemple, si on considère la lumière, on peut se la représenter sous forme de molécule, de photon, ou alors sous forme de fréquence. Vois-tu, ici c'est la même chose à ceci prêt qu'on peut ressentir les ondes et interagir avec. Prends ce caillou veux-tu. Ferme les yeux un instant et essaie de te concentrer dessus. Qu'est ce que tu ressens ?

Je fermai les yeux et tâchai de ressentir quelque chose.

MOI

Il est froid.

MOÉRA

Est-ce désagréable ?

MOI

Non c'est plutôt rassurant. C'est drôle mais je le trouve assez léger pour sa taille.

MOÉRA

Si tu devais lui donner une couleur ?

MOI

Et bien, gris

MOÉRA

En es-tu sûr ?

MOI

Mhm. Non, attends, j'ai l'impression qu'il tend plus vers le bleu. Il est plutôt gris bleu en fait ! Plus exactement, je n'ai pas l'impression qu'il soit d'une couleur uniforme. Tiens si je touche cette partie avec mon index, je sens que c'est un peu moins froid que le reste. Moéra ?

MOÉRA

Oui ?

MOI

Instinctivement, je dirais qu'il s'agit d'une sorte de minerai, du fer.

Et soudain, je vis le caillou. Ou plutôt je pus le ressentir comme je n'avais encore jamais ressenti un objet. C'était comme si les vibrations qui émanaient de mon corps avaient fusionné avec celles de l'objet, j'avais l'impression que l'objet était une partie de moi et je pus en ressentir les moindres détails !

MOI

C'est un quartz avec des taches de fer...

J'ouvris les yeux : c'était un quartz gris bleu avec des taches rouges.

MOI

Comment j'ai fait ?

MOÉRA

C'est ton pouvoir : tu peux ressentir chaque objet, chaque partie d'un monde comme s'il faisait partie de ton propre corps, et comme si l'objet avait toujours fait partie de toi. Tu as le pouvoir de savoir à quelle matière correspond chaque vibration. Tu es le seul de l'univers à pouvoir ressentir les objets comme cela.

MOI

Et toi ?

MOÉRA

Moi j'ai appris à reconnaître les objets, mais ça reste laborieux comparé à toi !

*

J'évitai le coup de pied de Katia en reculant le buste d'un coup sec mais le temps que je le ramène en avant, je fus heurté par un coup de poing en pleine figure. Je tombai à terre, fit une roulade et me redressai... pour me prendre un coup de pied en pleine figure qui m'assomma sur le champ.

*

WILLIAM

Attrape ça.

MOI

Encore un caillou ?

WILLIAM

Pas exactement, tu vois les deux encoches de chaque côté ?

MOI

Oui ?

WILLIAM

Places-y tes doigts.

Ce que je fis. Instantanément, je me retrouvai dans un monde noir avec des indications un peu partout.

WILLIAM

Bienvenue dans la Matrice !

MOI

C'est la Matrice ?

WILLIAM

À vrai dire non, ce n'était qu'une boutade. Disons plutôt que c'est la base de données de l'Univers. Tout y est répertorié, les mondes et leurs caractéristiques : le nombre d'habitants, les lois physiques. Y sont aussi répertoriées chaque molécule de l'ensemble de l'Univers. Cela peut être très utile pour ton travail avec Simha.

MOI

Incroyable... On peut accéder à une carte de l'univers ?

WILLIAM

Aucun problème : tu vois les inscriptions au-dessus de ta tête ?

MOI

Oui.

Il y avait au-dessus de ma tête différents boutons : à droite il y avait des signes : un triangle en haut, une croix en bas. Et sur la droite il y avait une espèce de bouton directionnel.

MOI

Mais c'est une manette de PlayStation !

WILLIAM

N'est-il pas ? Pour le début, il est plus facile d'utiliser les interfaces que tu connais, mais, à terme, tu n'en auras plus besoin : il te suffira juste de penser à la carte pour qu'elle apparaisse. Frappe le bouton sélect.

Je m'exécutai. D'un coup nous nous mîmes à voler et nous vîmes sous nous une espèce d'immense toile d'araignée avec des points de différentes couleurs.

MOI

Que veulent dire ces couleurs ?

WILLIAM

Ah oui, voilà quelque chose d'intéressant ! Tu remarques le grand groupe bleu ?

MOI

Oui ?

WILLIAM

Voici les mondes que nous avons identifiés comme conquis par Zeus.

À vue de nez, cela constituait à peu près un tiers de la toile d'araignée. Un autre tiers était en blanc et une grosse partie était dans différentes teintes de vert.

WILLIAM

En blanc, ce sont les mondes libres : des mondes où les gens ont conscience du multimonde mais où ils ne peuvent pas utiliser de pouvoirs particuliers.

MOI

Et les quelques nœuds noirs qu'on voit un peu partout ?

WILLIAM

Ce sont les mondes morts.

MOI

Comment ça ?

WILLIAM

Et bien chaque monde repose sur un équilibre. Tu as dû apprendre de la bouche de Moera que, quand des ondes sont modifiées, cela crée un déséquilibre.

MOI

Ah bon ?

WILLIAM

Ah je vois que je devance Moera sur ce sujet. Peu importe à vrai dire. Tu sais qu'un monde peut être représenté par un ensemble d'ondes ?

MOI

Oui.

WILLIAM

Cet ensemble d'ondes constitue un écosystème équilibré. Maintenant que se passe-t-il si nous modifions ces ondes ? Nécessairement, l'écosystème s'en trouve perturbé. Alors, en temps normal, ces perturbations sont tout de suite corrigées par le monde, qui se répare de lui-même. Mais des fois, il y a des ratés, et le monde ne peut se réparer tout seul. Alors, au début ce n'est pas très grave, ce sont de simples bogues, certes gênants, mais néanmoins minimes. Ainsi, tu peux vouloir te téléporter à un endroit et te retrouver ailleurs. Il existe un certain nombre d'anecdotes savoureuses à ce sujet, mais passons. Lorsque ces bogues deviennent un peu plus présents, cela commence à poser problème. Le monde peut par exemple devenir invivable pour un humain normal : il peut se désintégrer. Ou alors, simplement, il devient impossible de s'y téléporter, les habitants se retrouvant enfermés à l'intérieur. On a ainsi une histoire horrible sur un monde qui s'est retrouvé enfermé sur lui-même : plus moyen d'en sortir ou de rentrer dedans. Puis, le monde continuant à être contaminé, les gens sont tombés malades tant et si bien que quand on a réussi à réparer suffisamment le monde pour pouvoir y accéder, la majorité des habitants avait été littéralement avalée par le monde : leurs ondes ayant fusionné avec le reste du monde. Il n'y avait que trois rescapés.

MOI

C'est terrible ! Et je suppose que mon rôle c'est de faire en sorte de réparer ce genre de bug.

WILLIAM

C'est exact.

MOI

Et pourquoi est-ce qu'il y a plus de points noirs dans les zones contrôlées par Zeus ?

WILLIAM

Réfléchis.

MOI

Ils n'ont personne pour réparer les mondes ?

WILLIAM

Ils doivent en avoir, personne d'aussi fort que toi c'est vrai, mais des gens d'un niveau similaire à Moera.

MOI

Alors comment cela se fait ?

WILLIAM

En fait Zeus essaie de donner le pouvoir à tout le monde, c'est son dada.

MOI

Mais il ne l'a pas fait en Grèce !

WILLIAM

Justement, il voudrait le faire mais il sait qu'en donnant le pouvoir à des gens, il multiplie les agressions du monde. Ainsi, quand on se téléporte, on crée un micro-bogue dans le monde. Alors si une seule personne le fait, cela ne pose pas de problème mais si tout le monde le fait, c'est plus problématique. Il fait donc en sorte de faire ses expériences hors de Grèce !

MOI

Mais il n'existe pas des mondes sans restriction, c'est-à-dire où tous les habitants peuvent utiliser leurs pouvoirs ?

WILLIAM

Si ! Si tu regardes bien vers le centre, tu verras un nœud doré.

MOI

Oui !

WILLIAM

C'est ce qu'on appelle la capitale, il y a à peu près cinq-mille âmes, qui ont toutes les pleins pouvoirs !

MOI

Et il n'y a pas de problèmes ?

WILLIAM

Eh bien, vois-tu, c'est à la base un monde construit pour ce genre d'activité, donc extrêmement résistant, je t'épargne les détails techniques à ce sujet : tu verras ça avec Moera. Mais cela ne suffit pas. Aussi il existe des gens qu'on appelle les gardiens et dont c'est le métier de réparer la capitale. Ils sont une dizaine.

MOI

Et on ne peut pas en mettre pour chaque monde ?

WILLIAM

Non, c'est un métier extrêmement difficile qui ne supporte l'erreur. Il n'existe que très peu de personnes capables de mener à bien une telle activité. Je crois que Zeus essaie d'en former de nouveaux, mais je doute qu'il y arrive...

MOI

Et qu'en est-il des nœuds verts que nous voyons ?

WILLIAM

Ce sont les mondes protégés, où l'usage des pouvoirs n'existe pas. Tu vois qu'il y a différents degrés de vert. C'est qu'il y a des mondes plus ou moins protégés, où les habitants ont plus ou moins conscience des autres mondes : en vert clair, seuls les membres de certaines castes ont accès à cela et plus on se rapproche du vert foncé, moins il y a de personnes au courant. Tu ne le vois pas sur cette carte, mais, à l'origine, la Grèce était vert clair. À vrai dire, la plupart des mondes conquis par Zeus étaient des mondes verts. Pour la petite histoire, il existe cinq nœuds couleur de jade : ils représentent les mondes extrêmement protégés où même nous, nous ne pouvons accéder facilement : il y a ton monde, évidemment, et quatre mondes qu'on appelle les mondes traditionnels.

MOI

Qu'est ce que c'est ?

WILLIAM

Des mondes où les habitants ont choisi de vivre dans une totale autarcie, selon des rites ancestraux. Même leurs morts sont en partie soumis à la tradition, ils sont en dehors du système de réincarnation universel.

MOI

Et mis à part les habitants de ces mondes tout le monde se réincarne ?

WILLIAM

Oui.

MOI

Même ceux qui n'ont pas conscience du multimonde ?

WILLIAM

Oui : une fois mort, on leur apprend tout. Parfois, ils ont du mal à l'entendre mais, heureusement, les gens payés pour le leur expliquer font un travail remarquable !

MOI

Et lorsqu'ils se réincarnent, ils oublient l'existence du multimonde ?

WILLIAM

S'ils sont dans un monde où ils n'ont pas conscience du multimonde, ils l'oublient en effet. En fait, ils oublient tout se qui s'est passé préalablement à leur réincarnation : leur ancienne vie, leur choix dans la mort...

MOI

Du coup, ce ne sont pas les mêmes personnes.

WILLIAM

Si on considère que les souvenirs font les individus, effectivement...

MOI

J'ai une dernière question en ce qui concerne la carte.

WILLIAM

Oui ?

MOI

On ne peut pas utiliser cette carte pour se téléporter dans le monde sélectionné ?

WILLIAM

Malheureusement non. Ce caillou est une simple encyclopédie : il te fournit les informations dont tu as besoin. Si tu veux te téléporter en un endroit, il te faut l'apprendre.

*

Je venais d'éviter un deuxième coup de pied et fonçai sur Katia pour contre attaquer. Encore une fois, je fus cueilli par un coup de poing dans la figure.

KATIA

Tu te jettes trop, lève ta garde !

Je repris mon souffle et m'approchai d'elle, avec une belle garde.

Elle essaya de me donner un circulaire bas, je parai le coup du tibia. Elle enchaîna ensuite avec un coup de poing direct du droit, que j'esquivai. À mon tour, je donnai un coup de pied circulaire mais elle attrapa ma jambe et me fit un croche-patte. Je m'écroulai par terre.

*

SIMHA

Tu comprends, gros, tant que t'auras pas un minimum appris à maîtriser les ondes, on ne peut pas faire grand-chose. Une fois que Moera aura fait son travail, on pourra s'y coller.

MOI

Et le travail de Moera sera fini ?

SIMHA

Pas vraiment, elle, elle t'apprend à utiliser les ondes au niveau d'un monde entier. C'est du travail de bourrin. Nous on est dans la subtilité, dans l'art t'as vu.

MOI

Je vois.

Ce n'est finalement qu'au bout de nombreuses semaines que commença mon travail avec Simha.

SIMHA

Avant de faire une pizza de la mort, je te propose que nous fassions des caleçons.

MOI

Des caleçons ?

SIMHA

Ouais, c'est formateur les caleçons. Bon, ferme les yeux,

imagine un caleçon dans les moindres détails. Sa structure, son tissu, sa taille, sa résistance.

MOI

Et ensuite ?

SIMHA

Et bien à chaque matière, tu associes une onde.

MOI

Oui...

SIMHA

Très bien, une fois que t'as bien en tête les ondes nécessaires, il te faut capter les ondes environnantes. Tu les sens ?

MOI

Bien sûr.

SIMHA

Bon bah, il te reste plus qu'à modifier ces ondes pour qu'elles arrivent à la fréquence que tu recherches.

MOI

Comment on fait ?

SIMHA

Quoi, tu n'as pas appris à modifier des ondes ?

Je venais de l'apprendre avec Moera, mais je n'en étais qu'aux balbutiements. Ce n'est pas facile à décrire, disons qu'il faut capter une onde et se concentrer pour la faire se modifier. C'est pas évident et ça ne marche pas tout le temps.

MOI

Ça y est ?

SIMHA

Euh, oui, pense à t'arrêter quand tu en as suffisamment. Oh putain, merde arrête, t'es en train de transformer le sol en tissu synthétique !

MOI

Je sais pas comment on arrête !

SIMHA

Nom de...

Le monde entier était en train de se transformer en un immense caleçon, sans que je n'arrive à arrêter la machine infernale. Est-ce que ça les avait alertés ? Toujours est-il que c'est à ce moment qu'arrivèrent une dizaine de Grecs armés jusqu'aux dents.

SIMHA

Manquait plus qu'eux, on s'arrache !

D'autres Grecs venaient d'arriver. Je courus auprès de Nadia, prêt à me battre.

SIMHA

Écoutez les gars il va falloir que vous disparaissiez par vous-mêmes, il faut que je reste là pour réparer tes bêtises.

MOI

Mais je ne sais pas comment on fait !

SIMHA

Putain j'ai pas le temps avec ces conneries, demande à Nadia !

MOI

Tu sais bien qu'elle ne peut plus le faire depuis qu'elle a quitté l'empire !

NADIA

Je peux tenter...

MOI

Non c'est bon, je vais essayer.

Je tâchais de réfléchir au moyen de me téléporter, mais j'étais bien incapable d'imaginer comment faire. Un Grec arriva à ma hauteur, mais, alors qu'il allait frapper, Moera apparut, nous attrapa, Nadia et moi, par le bras, et nous nous volatilisâmes.

MOI

C'était moins une !

MOÉRA

Ici, nous serons à l'abri...

Elle s'arrêta un temps et me toisa.

MOÉRA

Bon, il faut battre le fer tant qu'il est encore chaud, je vais t'apprendre à te téléporter.

MOI

Maintenant ? Normalement j'ai cours avec Simha.

Elle eut un sourire triomphal.

MOÉRA

Trop tard, il a laissé passer son tour. Bon, ne t'inquiète pas, c'est assez facile : est-ce que William t'a déjà montré la toile ?

MOI

Oui.

MOÉRA

OK, tu peux voir que les mondes sont connectés entre eux. À ton avis, au niveau des ondes, comment deux mondes pourraient être connectés entre eux ?

MOI

Je ne sais pas...

MOÉRA

Et bien c'est simple, dans chaque monde, il y a des ondes qui viennent d'autres mondes. Bon, elles sont en nombre minime mais elles sont bien visibles.

MOI

Comment on les reconnaît ?

MOÉRA

Elles sont plus évanescentes.

MOI

Plus évanescentes ? Comment on fait pour savoir si une onde est évanescente ?

MOÉRA

Quand tu la touches, tu as l'impression qu'elle vient de très loin. Essaie.

Je fermai les yeux et me concentrai sur les ondes. Je pus facilement percevoir les ondes qui m'environnaient. Les ondes chaudes de Nadia, celles un peu plus froides de Moera, les rochers qui nous entouraient, le ciel, les arbres. Un oiseau dans le ciel, un aigle vraisemblablement.

MOI

Je ne vois rien... Ah si attends, je viens de percevoir une petite onde mais je ne sais pas à quoi elle correspond. C'est...

MOÉRA

C'est ça, concentre-toi dessus. Un peu mieux. Essaie de la faire tienne...

Je me concentrai dessus et, alors, je me sentis littéralement aspiré.

SIMHA

Putain je t'ai dit de te tirer d'ici.

Simha était joyeusement en train de tabasser quelques Grecs qui étaient restés sur place. Le sol ressemblait toujours à une espèce d'immense caleçon. C'est alors qu'à nouveau, des dizaines de Grecs, arrivèrent.

SIMHA

Casse-toi boulet, tu vois bien que tu les attires !

J'étais complètement paniqué, il fallait que je trouve un moyen de changer de monde. Se concentrer, se concentrer. Les ondes... Tout était perturbé par la bataille, ce n'était pas évident de distinguer quoi que ce soit. Là, une onde qui semblait différente. Je me concentrai dessus. et...

GREC

Aargh !

Et il explosa. Cela ne devait pas être la bonne !

MOÉRA (QUI VENAIT D'ARRIVER)

Bon, il va falloir qu'on travaille ça !

Et nous nous téléportâmes à nouveau.

MOI

Mais comment on fait pour savoir où se téléporter ?

MOÉRA

Chaque monde a des ondes particulières. Elles se ressemblent toutes quand on n'a pas l'habitude, mais tu apprendras à les reconnaître. Il me semble que dans le caillou que t'as donné William , il y a des échantillons d'onde pour chaque monde. Ce qui est très utile pour aller dans un endroit que tu n'as jamais visité.

MOI

Chaque monde a ses ondes particulières... C'est pareil pour les humains !

MOÉRA

C'est-à-dire ?

MOI

Eh bien j'arrive à vous repérer tout de suite quand je me concentre sur les ondes.

MOÉRA

C'est exact !

MOI

Est-ce que c'est grâce à ça qu'ils m'ont retrouvé ? Ils ont senti mes ondes ?

MOÉRA

C'est à peu près ça.

MOI

Mais comment se fait-il qu'ils ne m'ont jamais trouvé avant ?

MOÉRA

C'est simple, il suffit juste d'effacer ses traces !

MOI

Ce que vous n'aviez pas fait ?

MOÉRA

Si, mais en modifiant le monde comme tu l'as fait, tu as envoyé un gros signal avec ta signature. Il va falloir que vous travailliez plus discrètement !

Lors de mes douze heures de « repos », je passais le plus clair de mon temps avec Nadia. Quand je dis « repos », à vrai dire, je ne me reposais pas beaucoup : on passait notre temps nus, à nous envoyer en l'air : c'était à la fois physique, bestial et tendre. Autant le dire tout suite, nous n'avons pas perdu de temps avant de coucher ensemble la première fois ! Personnellement, cette fille m'attirait vraiment, et je ne me plaignis pas que ça aille trop vite. De son côté, en revanche, je ne comprenais pas très bien pourquoi, d'un coup, elle s'était jetée sur moi, alors qu'en Grèce, même si nous avons tout de suite eu une certaine complicité, elle n'avait pas semblé donner de signes indiquant une quelconque attirance. Par moment, je me disais qu'il y avait anguille sous roche, qu'elle ne faisait pas ça parce qu'elle était attirée par moi mais parce qu'elle se sentait obligée : par reconnaissance ou bien pour suivre un scénario pré-établi. Et puis à d'autres moments je me prenais à rêver, à me dire que peut-être c'était vrai, que peut-être, je lui plaisais vraiment...

MOI

> Je comprends pas ce que tu me trouves.

NADIA

> En voilà une question... Et si je te répondais que moi aussi je me demande ce que tu me trouves, qu'est ce que tu dirais ?

MOI

> Franchement, t'es belle, intelligente, souriante, je vois pas ce que je pourrais te reprocher.

NADIA

> Et si je te disais la même chose ?

MOI

> Arrête tes conneries, j'ai encore plein de boutons d'acné !

NADIA

> Je vois pas le problème.

MOI

> Non, mais je veux dire, tu as dû en rencontrer des hommes plus baraqués que moi, plus masculins, plus intelligents. Moi je suis qu'un adolescent boutonneux...

NADIA

> Tu n'es plus un adolescent et je sais pas, tu es un peu aux antipodes de tous ceux que j'ai connus.

MOI

> Comment ça ?

NADIA

> Tu doutes.

MOI

Et en quoi est-ce une qualité ?

NADIA

C'est ce qui te rends plus fort : tu doutes en permanence de savoir si ce que tu fais est bien, si tu es vraiment à ta place ici. Si tu seras à la hauteur.

MOI

Et les autres, ils ne doutaient pas ?

NADIA

Je suppose que si, mais pas autant que toi et puis, ils n'avaient pas le courage de l'avouer.

MOI

T'es quand même bizarre.

NADIA

Pourquoi ?

MOI

Je sais pas, je me disais que si j'étais une fille j'aimerais être avec un homme, un vrai, qui craint rien et qui pleure pas dans les bras d'une fille qu'il connaît depuis une semaine...

NADIA

Et qui ne pense qu'à son nombril ? Non merci, j'ai déjà donné.

C'est fou ce que j'aimais le franc-parler de cette fille. Pour elle, je redoublais d'efforts auprès de mes amis : je voulais rapidement retrouver mes pouvoirs pour être en mesure de me débarrasser de toute cette histoire et essayer de construire quelque chose avec elle. Quelque chose où elle ne serait pas obligée de me suivre comme un petit toutou partout où j'allais. Je sentais en effet que, même si elle ne disait rien, cela lui pesait et je la comprenais : ma Nadia, elle était faite pour courir, pas pour rester tranquillement à la maison pendant que monsieur rapportait de l'argent au foyer.

Deux ou trois fois nous croisâmes la route de Grecs. Si nous réussîmes à nous en sortir sans grande difficulté, malheureusement, un soir, ce fut l'attaque de trop. Alors que nous étions justement de retour sur le territoire désertique de Seth et que je me battais dans les airs avec Katia, Nadia, comme à son habitude, s'était installée non loin de là et lisait un roman d'Irving.

J'esquivai une attaque de Katia et ripostai d'un gauche droite qu'elle esquiva facilement. Je me téléportai dans son dos mais elle se téléporta à son tour. Plus par chance qu'autre chose, je devinai l'endroit où elle apparut et lui assénai un coup de coude au visage. Sonnée, elle recula et j'en profitai pour faire un rapide enchaînement de poing et un circulaire sur la jambe. Je m'approchai pour lui asséner un crochet du droit, qu'elle réussit à parer. C'était exactement ce que j'attendais pour lui envoyer un violent coup de tête, me téléporter au-dessus d'elle et lui donner un magistral coup de pied dans la tête, ce qui l'envoya s'écraser plus loin. Fier de moi, je baissai la tête vers Nadia.

Je vis alors un Grec se matérialiser dans son dos, prêt à frapper. J'ignore pourquoi, mais plutôt que de me téléporter vers elle, je volai dans sa direction en criant son nom. Nadia leva la tête pour me regarder, souriante, sans voir le danger. Katia, plus vive que moi, se téléporta et se matérialisa contre le Grec, pour essayer d'arrêter son geste. Elle fut légèrement trop lente. D'un geste rapide et précis, l'homme décapita Nadia sans qu'elle eût le temps de le voir venir. Katia saisit le grec, qui explosa ! Elle fut projetée quelques mètres plus loin. J'atterris près de Nadia mais Katia se matérialisa à mes côtés, m'attrapa le bras et nous téléporta dans un autre monde.

MOI

Qu'est ce que tu fous ? On peut pas la laisser là-bas !

KATIA

C'est trop tard démiurge.

MOI

Mais qu'est-ce que tu racontes, il faut qu'on aille la rechercher, et qu'on lui rende la vie !

KATIA

Je suis désolée. On va envoyer Moera récupérer son corps.

MOI

Et on la ramènera à la vie ?

KATIA

C'est impossible, elle n'est pas comme nous, je suis navrée.

MOI

Mais qu'est ce que tu racontes putain ! Je suis le démiurge, c'est moi qui décide comment les gens sont.

WILLIAM (QUI VENAIT D'ARRIVER)

Katia a raison, c'est trop tard.

On envoya Moera retrouver le corps. Qu'elle amena. Sans la tête.

Je me mis près du corps, en pleurs. Simha, qui lui aussi venait d'apparaître mit sa main sur mon épaule. Je le chassai d'un geste vif.

MOI

Laissez-moi.

J'ignore combien de temps je restai prostré là, mais au bout d'un moment Katia, qui était restée à mes côtés, me dit :

KATIA

Écoute, il va falloir qu'on se déplace, on ne peut pas rester là indéfiniment. On devrait l'enterrer et faire une petite cérémonie.

MOI

Je vais aller la retrouver chez les morts.

KATIA

Tu ne peux pas aller là-bas.

MOI

Ah oui ? Et j'aimerais bien savoir pourquoi !

KATIA

Ce n'est pas ta place.

MOI

Ce n'est pas ma place ? Ce n'est pas ma place ?!

KATIA

Non.

MOI

Putain mais tu sais que je commence à en avoir assez de vos histoires. Je suis le démiurge je fais ce que je veux !

KATIA

Pas exactement, tu sais bien...

MOI

Je sais surtout que j'en ai marre de vos histoires de merde. J'ai pas choisi d'être là. Putain, j'ai pas choisi d'être le démiurge !

KATIA

Je suis désolée mais c'est comme ça.

MOI

Tu es désolée ? Toute ma vie n'est qu'une pièce de théâtre du début à la fin et tu es désolée ? Arrête tes conneries, je sais bien que vous me manipulez depuis le début !

KATIA

Mais qu'est ce que tu racontes ?

MOI

Ne fais pas l'innocente, je suis sûr que cette histoire de Zeus de merde, c'était prévu depuis le début ! Vous m'avez fait croire que c'était exceptionnel, mais tout ça c'est de la connerie ! Vous avez tout manigancé pour faire en sorte que je devienne un démiurge bien docile. Et vous faites ça à chaque fois, à chaque fois que je ressuscite dans ce putain de multimonde !

KATIA

Allons, cela ne tient pas la route.

MOI

Bien sûr que si ! Même cette histoire avec Nadia c'était de la blague. Je le sais bien. Je le savais depuis le début en fait !

KATIA

Et pourquoi nous as-tu suivis alors ?

MOI

Parce que tant que Nadia était là, j'en avais rien à foutre : j'aimais cette femme. Putain j'aimais cette femme ! Tu comprends ? J'aimais cette femme et toi, toi et ta bande de salauds, vous avez fait en sorte qu'elle disparaisse ! Qu'elle meure ! Vous l'avez tuée bande d'assassins !

KATIA

Tu sais que c'est faux, tu as bien vu que j'essayais de la protéger.

MOI

Bah voyons ! Et comme par hasard tu es arrivée trop tard ! Allez vous faire foutre, j'en ai marre de vous et de votre façon de me traiter comme un idiot. Si vous saviez comme je vous hais! Je vous hais ! Je vous hais !

J'étais en larmes, j'étais en furie, animé par une irrépressible envie de lui fracasser la tête.

KATIA

Tu es sous le choc, calme-toi.

Moi

Vas te faire foutre !

Et je disparus dans l'un des endroits vert foncé de la carte, où je pensais qu'ils ne viendraient pas me chercher : le Vemarana !

Chapitre 6

J'arrivai au milieu d'un village, en plein jour. Il faisait chaud et moite. Personne ne semblait présent, mais cela n'avait pas grande importance. Je me dirigeai vers la grande case qui se tenait au centre du village. Un feu était allumé dans un coin et un vieil homme noir se tenait tout près. Je le regardai, mais il ne semblait pas m'apercevoir. Je sortis de la case. Je marchais alors, un peu au hasard, comme un zombie. Des bruits au loin. Des rires. Sans que je n'y fasse vraiment attention, mes pas me menèrent vers la source de ces rires. Je débouchai dans une espèce de clairière. Trois femmes cueillaient des tubercules, c'étaient des femmes noires d'un âge incertain. Elles ne portaient, en guise de vêtement, qu'un simple pagne d'écorce autour de la taille et étaient entourées d'enfants nus, tout aussi noirs qu'elles.

Une des femmes m'aperçut, à l'orée de la forêt. Elle dit quelque chose à ses camarades dans une langue que je ne connaissais pas. Elles me regardèrent, apeurées, puis s'enfuirent. J'hésitai entre les suivre, ou revenir sur mes pas. Cela n'avait guère d'importance. Je restai dans cette clairière un instant puis retournai au village.

Le temps était passé plus vite que ce que j'imaginais, puisque que, lorsque j'arrivai, il commençait à faire nuit. Les gens étaient en train de manger. Je me rendis dans la case principale. Lorsque je rentrai, je m'attendais plus ou moins à créer un phénomène de surprise. Rien. Les gens ne semblèrent même pas me remarquer. Devais-je faire comme si j'étais un habitué et prendre une part de l'espèce de grand gâteau qu'ils avaient fait ? Ou attendre qu'on me serve ? Je m'assis et attendis. Personne ne vint me donner quoi que ce soit. Je finis par en avoir assez et je partis de là, le ventre vide. À vrai dire, je n'avais pas faim.

Je trouvai une petite case qui semblait abandonnée. Elle n'avait pas de porte. J'y entrai et y trouvai un banc sur lequel je m'allongeai. Pourquoi les gens semblaient-ils m'ignorer ? Était-ce une espèce de coutume d'accueil ? Ou une façon de me faire comprendre que ma présence n'était pas souhaitée ? Et puis, je me dis que ça aussi n'avait pas beaucoup d'importance. À vrai dire, rien n'avait d'importance. Je revis le visage de Nadia qui me regardait lorsque... Des larmes vinrent perler sur le bord de mes yeux. Elle était morte. Nadia était morte.

J'ignore si je dormis, je ne pouvais m'empêcher de ressasser cette scène. Comment un événement aussi bref et rapide pouvait-il avoir autant d'incidence sur la vie d'une personne ? Il n'avait suffi que de quelques secondes pour que tout, ma joie, mon bonheur ; tout s'effondre. Nadia était morte.

Le lendemain matin, je me levai. Non pas que j'en avais particulièrement envie, c'est juste que j'avais mal au dos et, qu'accessoirement, ma vessie avait besoin d'un peu d'exercice. Je vis les femmes qui s'étaient enfuies la veille. Je m'approchai d'elles, mais elles ne semblèrent pas me voir. Étais-je devenu invisible ? Non, je vis que les enfants, qui étaient moins rodés que leurs parents, me jetaient des regards de biais lorsque je ne les regardais pas. Mais il suffisait juste que je tourne mon visage vers eux pour qu'ils détournent les yeux. J'en déduisis que les gens m'ignoraient. Après tout, si ça pouvait les amuser.

Et puis, dans la journée, la faim commença à se faire sentir. J'hésitai un instant à chaparder la nourriture. Mais je choisis de n'en rien faire. Je me disais que je me contenterais de manger ce que la nature me laisserait, en l'occurrence, des fruits que je voyais les habitants manger. C'est ce que je fis les premiers jours, mais finalement, j'abandonnai l'idée : je n'avais plus faim.

Je passais le plus clair de mon temps à dormir d'un sommeil sans rêve. (Pour ce qui est de l'eau, j'avais repéré un puits duquel je pouvais puiser de l'eau avec de grandes feuilles pliées. Les premiers jours, j'eus une violente tourista, mais finalement je m'y habituai.) Curieusement, par moments, bien que faible, je me sentais mieux moralement. Peut-être parce que j'étais trop faible pour penser à Nadia. À d'autres moments, j'étais pris d'une tristesse sans fond et je pleurai silencieusement sur ma couche. En fait, mon esprit faisait le yo-yo en permanence et il m'arrivait de passer certaines journées à rire, à pleurer, à pleurire. Je ne sais pas quelle fut la réaction des villageois, cela m'était égal, mais je pense qu'ils me prirent pour fou.

Combien de jours passèrent... Je l'ignore : au bout d'un moment, à force de dormir, j'avais perdu la notion du temps, les jours s'enchaînaient et je restais là, sans bouger. Alors qu'au début j'essayais de me faire une toilette, je finis par abandonner cette idée. Pourquoi rester propre ? Les gens m'ignorant royalement, je me fichais de leur jugement. De même, au début, j'allais boire de temps en temps. Et puis, à un moment, trop faible, je cessais de sortir de ma case. Je voulais juste rester sur mon banc, à dormir. Je me laissais dépérir, lentement, inexorablement, attendant une hypothétique libération grâce à laquelle je pourrai rejoindre Nadia...

C'est curieux, mais, parfois, c'est quand on est au fond du gouffre, prêt à tout abandonner, qu'on trouve la force nécessaire pour aller à nouveau de l'avant. C'est parfois quand il n'y a plus d'espoir, que la solution à notre problème, que l'on croyait insoluble, nous saute aux yeux comme une évidence. À moitié mourant sur mon banc, je fis ce constat qui, probablement, sauva ma vie : Nadia était morte, c'était comme ça. Et finalement, cette acceptation d'un fait, que, je crois, au fond, je refusais de m'avouer, fut comme une libération pour moi. Nadia était morte, c'était comme ça. Quoi que je fasse, quoi que j'essaie de faire, rien ne la ferait revenir. Et, alors qu'un instant plus tôt la mort me semblait comme une possible libération, je songeai d'un coup, non sans un certain effroi, que cela n'était pas une solution envisageable. En effet, moi mort, qui pourrait se souvenir de Nadia et des moments hors du temps que nous avions vécus ? Qui pourrait témoigner du fait que cette personne ait existé : qu'elle ait eu des rêves, des idéaux, que ce n'était pas juste un nom qu'on mettrait dans une chronique, mais un être humain qui avait aimé et qui avait été aimé ?

Tel l'insecte qui, agonisant, trouve, avant d'être inexorablement entraîné vers la mort, une dernière force pour se redresser ; je me levai, et, vaille que vaille, sortis de ma case pour me diriger vers la case centrale. C'était le soir et il y avait un peu d'animation. Lorsque j'entrai, tout le monde se tut : cela faisait des jours qu'ils ne m'avaient pas aperçu et je devais faire encore plus peur à voir que lors de notre dernier contact. Passée la première stupeur, à nouveau, ils reprirent leurs activités, sans me jeter un regard. Je me dirigeai vers le feu, attrapai une espèce de pomme de terre qui rôtissait et mordis dedans avec toute la force qu'il me restait. C'était chaud, c'était brûlant. Lentement, je mâchais, sentant le goût de l'aliment, appréciant sa texture qui fondait dans la bouche. Je mâchai très lentement. Et puis j'avalai. Je sentis l'aliment passer lentement dans mon œsophage. Je mangeai, toujours lentement, un deuxième morceau. Puis un troisième. Ça suffit, je n'avais plus faim. Je rentrai chez moi et me couchai.

Le lendemain, je me réveillai en même temps que les poules. Je me levai. Marchai lentement jusqu'au point d'eau. Et je bus. Lentement, c'était difficile. À mesure que je buvais, la soif revint, une soif insatiable. Je réussis à me réfréner, il eut été bête de tomber malade en sortant d'une si longue diète.

Et c'est ainsi que, progressivement, je recommençai à prendre goût aux choses simples de la vie comme manger, boire et pisser. Je recommençais à me laver quotidiennement. Je revivais. J'espérais alors que, grâce à ma résurrection miraculeuse, les habitants allaient essayer de communiquer avec moi. Il n'en fut rien.

Plus exactement, il n'en fut rien jusqu'à ce que des visiteurs viennent au village. Ils étaient quatre. La personne qui semblait être leur chef, et qui était traitée avec le plus de déférence, était un homme d'une quarantaine d'années, assez musclé. Il était accompagné de deux jeunes gens, presque encore adolescents, armés de casse-têtes. Cela devait être ses gardes du corps. Enfin, le quatrième membre de cette équipée était un vieillard que les gens regardaient avec un profond respect mêlé d'une légère crainte. J'appris rapidement que c'était le chaman. Au vu de la manière dont les villageois traitaient les invités et de la grande fête que l'on fit en leur honneur, et qui dura trois jours, j'en déduisis que c'était des personnes d'une certaine importance...

La nuit du deuxième jour de fête, le vieil homme vint dans ma case.

HOMME

I ! Hi ni ? I emnεð te ? We mere aðŋœn ohe te?

Si je m'étais quelque peu habitué aux sonorités de la langue, je n'en comprenais pas un traître mot, n'étant pas amené à communiquer avec les locuteurs. Voyant mon désarroi, il répéta sa question puis il redit une autre phrase, probablement dans une autre langue. Je n'en comprenais pas plus. J'essayai alors de lui parler lentement en français

MOI

Je m'appelle...

J'hésitai à lui dire mon nom, craignant qu'il fût plus facile pour mes poursuivants de me retrouver.

MOI

Je m'appelle Métèque !

C'était le premier nom qui me vint à l'esprit, un peu ridicule, mais bon, il allait bien falloir faire avec.

HOMME

Semapèl...

MOI

Métèque, Métèque

HOMME

Metɛk, Metɛkɛ

MOI

Métèque oui !

HOMME

Metɛkwi !

MOI

Non Métèque, Mé-tèque!

HOMME

Metɛk !

Tout en disant mon nom je me touchais le torse, espérant qu'il comprenne que je veuille lui dire mon nom. Il sembla content de m'entendre parler et il redit quelque chose plus longtemps. Finalement, il s'arrêta de parler et tenta de me sentir. M'étant lavé quelques heures avant, je le laissai faire en remarquant au passage qu'il dégageait une odeur assez désagréable de charogne. Cela dit, je ne pouvais pas lui en faire le reproche, cela devait être l'odeur que j'avais quelques jours plus tôt.

Pensant que j'avais enfin rencontré quelqu'un qui pouvait me voir, je décidai d'aller le saluer le lendemain matin. Il fit semblant de ne pas me voir. Curieux.

La nuit suivante, il revint dans ma case, me regarda sans rien dire, puis me cracha violemment à la figure une espèce de poudre verte. Surpris, j'eus un soubresaut. Il se leva alors et cracha autour de moi, puis il sortit et je le vis cracher le reste de sa poudre vers la lune. Il s'en fut.

Le lendemain matin, je le vis recracher sa poudre tout autour de chez moi. Pourtant, il continua à m'ignorer royalement. Je dois reconnaître qu'il dégageait une présence peu rassurante, c'est pour cette raison que, la nuit venue, j'hésitai à changer de case. Mais je n'en fis rien : étant donné que c'était la seule personne avec qui j'arrivais à avoir une interaction, il valait mieux que je reste.

Il ne vint pas.

Le lendemain, je fus réveillé par les deux gardes du corps, qui vinrent me saisir par les bras et les pieds et me soulevèrent sans ménagement. Je me débattis, réussis à les faire lâcher prise, et je m'enfuis. Je fus cueilli à la sortie de la case par le chef qui me donna un violent coup de casse-tête dans le plexus. Je tombai à terre, le souffle coupé. Les deux acolytes me traînèrent alors vers le centre du village, où se tenait le chaman. On m'attacha fermement à une espèce de grand poteau qu'on avait dressé. Le chaman s'approcha de moi et il mit de l'eau sur ma tête. Puis, je le vis prendre une pierre particulièrement aiguisée... pour égorger un cochon avec le sang duquel, il me badigeonna le visage ! Je soufflai un bon coup. C'est que s'il avait cherché à me tuer, j'aurais peut-être été contraint d'utiliser mes pouvoirs, ce que je ne voulais pas pour deux raisons. Tout d'abord, cela aurait alerté les gens qui devaient me chercher. Mais surtout, depuis que Nadia était morte, je me refusai à utiliser mes pouvoirs. Tout ce qui m'intéressait c'était de vivre comme un homme normal... Et si, pour cela, je devais en mourir... Je frissonnai, mais je pris une décision importante : si d'aventure ma vie était menacée, je me refuserais à utiliser mes pouvoirs. Car vivre comme un homme normal, c'est aussi, et peut être avant tout, accepter de mourir comme un homme normal.

On se mit à cuisiner le cochon accompagné de toutes sortes de tubercules. Je restai attaché jusqu'à la nuit tombée. Alors on me détacha. Le chef des invités vint à ma rencontre :

LE CHEF
Jœn, asɛʁ Tame !

MOI

Euh…

LE CHEF

I Metɛk ?

MOI

Oui Métèque !

LE CHEF

Jœn Tame, Ta-me !

Il essayait de me dire son prénom.

MOI

Tamé !

Il me fit signe de le suivre dans la grande case, où l'on m'offrit un breuvage qui s'appelait *yvyr*. Je le bus, et fis la grimace : il avait un goût absolument infect. Devant la tête que je faisais, l'assemblée, qui ne m'ignorait plus, rit de bon cœur. Cette boisson devait avoir un effet anesthésiant puisqu'après quelques secondes, je ne sentais plus ma gencive du haut. Les autres hommes burent du breuvage, mais je remarquai que tous ne purent y toucher, les jeunes gens semblaient ne pas y avoir droit. Petit à petit, sous l'effet du narcotique, je commençais à me détendre. Je me sentais même mieux que détendu, j'avais l'impression qu'un grand poids venait de me quitter subitement. Je me demandais alors si c'était vraiment dû au narcotique, ou à autre chose... En fait, je me sentais comme purifié.

Les gens furent particulièrement sympathiques, ils me montrèrent différents objets de la case et me donnèrent leurs noms. J'eus beaucoup de mal à retenir plus de cinq mots, mais ils semblaient tous contents que je fasse des efforts. Après avoir mangé des tubercules (au risque de susciter de l'incompréhension, je ne touchais pas au cochon), je ne retournai pas à ma case : on m'invita à dormir sur un banc de la grande case, qu'on appelle *yvjyl*. Pour la première fois depuis que j'étais arrivé, je dormis bien, sans cauchemars.

Le surlendemain, Tamé et son groupe partaient et ils m'invitèrent à les accompagner, ce que j'acceptai sans hésiter. Les gens du village pleurèrent notre départ et on nous offrit deux petits cochons que nous tenions au bout de cordes faites à base de lianes. Nous partîmes donc à cinq : Tamé, le chaman, qu'on appelait Harring, et les deux jeunes gens du nom de Rtaval et Tyvle.

Marcher à travers la forêt n'était pas une partie de plaisir, d'abord parce que la forêt était très dense et ensuite, parce que nous marchions dans une espèce de bouillasse infâme. Tout cela faisait que nous n'avancions que très lentement. De plus, Tamé choisissait de s'arrêter plusieurs jours dans tous les villages que nous rencontrions. Je le voyais alors échanger ses petits cochons avec d'autres cochons un peu plus volumineux.

Un soir, nous débarquâmes dans un village et on nous mena à des troncs d'arbres avec de l'eau à l'intérieur, tous, excepté le chaman, prirent un peu d'eau qu'ils mélangèrent avec des feuilles et ils se lavèrent avec. Ils m'intimèrent d'en faire de même. Un peu gêné, j'enlevai mes vêtements. C'était la première fois que je me lavais en présence de quelqu'un : habituellement, je me mettais dans un coin pour que personne ne me voie. Les hommes me regardèrent d'un drôle d'air. Je songeai un instant que peut-être ils pensaient que mes vêtements ne s'enlevaient pas ? Ou alors était-ce ma couleur de peau qui les laissait perplexes? Ou bien ma nudité complète ? Pourtant, eux-mêmes se promenaient tout nus. Ou plutôt pas exactement : ils se promenaient tous avec un étui pénien... Harring dit quelque chose et Rtaval attrapa mes vêtements que j'avais laissés par terre et les jeta dans le feu que nous avions allumé.

MOI

Eh !

Tamé me fit signe que je n'avais rien à craindre : il était en train de me tresser un étui pénien. Qu'il me donna. J'eus quelques problèmes à le mettre, mais je réussis tant bien que mal.

Les premiers jours, cela me procura une sensation très étrange : j'avais l'impression d'être complètement nu. Pourtant, mes nouveaux amis n'avaient pas l'air de s'en soucier. Du reste, personne ne s'en souciait, seule ma couleur de peau leur semblait étrange. (Comme je l'ai déjà mentionné, les habitants de ce pays étaient noirs, toutefois il m'est arrivé de croiser un ou deux albinos, ce qui fait que ce n'était pas vraiment la première fois qu'ils voyaient un « blanc ».)

On mit une vingtaine de jours pour arriver à destination, à savoir un village du nom de Loran. Partis avec deux petits cochons, on arriva au village avec trois gros cochons, dont un avec des défenses. Comme d'habitude, les gens furent surpris de me voir. Mais il suffit que le chaman fasse un petit discours pour que je fusse accepté par la communauté. Je constatai alors que ce village était plus grand que les autres villages visités jusque-là : il devait bien avoir dix fois plus d'habitants, c'est-à-dire au moins deux-cents âmes. Par ailleurs, je fus impressionné par la taille de l'yvjyl, la maison des hommes : elle devait bien faire cinquante mètres de long tandis que dans les autres villages, elle atteignait difficilement les vingt mètres. Enfin, la chose qui frappait le plus ici, c'était le grand nombre de cochons qui vaquaient en liberté : il devait y en avoir pas loin d'une centaine !

Le soir, comme à chaque fois que nous arrivions dans un nouveau village, nous fîmes la fête puis allâmes tous nous coucher dans l'*yvjyl*.

***

Au début, ne connaissant personne et parlant à peine la langue, je ne restai pas loin de Tamé ou de Harring. Et puis, un jour, alors qu'accompagné de Tamé, j'étais en train de visiter un morceau de terrain qu'il voulait que je l'aide à défricher, nous croisâmes un groupe d'adolescentes en train de plaisanter. L'une d'elles me regarda et vint vers moi.

ELLE

Nnεm !

Elle me présenta une noix de coco pour que je la boive. Les filles se mirent à rire. J'attrapai la noix de coco et allais la boire, mais Tamé engueula la jeune fille qui s'enfuit rejoindre ses amies en riant.

J'appris plus tard que c'était la fille de la deuxième femme de Tamé et qu'elle s'appelait Arlette. C'était une adolescente d'une quinzaine d'années, toujours souriante et de bonne humeur. Elle avait la peau relativement claire pour une *athgœn-ohé* —puisque c'était le nom par lequel les gens d'ici se désignaient (littéralement cela signifie « homme du pays »)— ses cheveux étaient blonds, phénomène assez rare ici. Bien qu'avec son corps petit et râblé on ne puisse pas dire qu'elle était jolie selon les canons occidentaux, les jeunes gens d'ici la considéraient comme une belle jeune femme. Elle semblait être la chef de son groupe d'amies, et j'appris que c'était souvent la première à faire des bêtises. Du reste, c'était la seule fille qui osait venir me parler, les autres étant assez timides.

Bien sûr, au début, je ne comprenais rien à ce qu'elle me disait : à mon arrivée à Loran je savais nommer un certain nombre d'objets que les gens m'avaient désignés, mais je ne maîtrisais pas assez bien le vocabulaire des verbes pour pouvoir construire des phrases simples. Grosso modo, je savais utiliser les verbes souvent employés à l'impératif tel « mange ! », « bois ! », « attrape ! », « vas ! », « viens ! » et quelques autres. Heureusement, grâce à son aide et à celle de personnes disponibles comme Harring ou sa femme, j'appris à parler correctement en quelques mois. Il faut dire que lorsque vous êtes obligé d'utiliser une langue que vous ne connaissez pas, si vous voulez survivre, vous faites des progrès assez rapidement. En un mois à peine, je réussis à me faire pas mal comprendre, notamment en utilisant les gestes. Au bout de deux mois, bien que faisant d'horribles fautes de grammaire, j'arrivais à m'exprimer dans la vie de tous les jours et, au bout de trois mois, mon *wanohé* — puisque c'est ainsi qu'ils appellent leur langue — était presque devenu fluide. Dire qu'en sept ans d'anglais, je n'étais alors pas capable de m'exprimer convenablement...

Au début, Arlette venait souvent avec ses amies et puis, à un moment, elle se mit à venir seule. Elle me bombardait de questions, voulant savoir d'où je venais, ce que je faisais là, etc. J'essayais tant bien que mal de ne rien lui révéler, essayant d'éluder les questions. Mais voyant que ça ne faisait qu'attiser sa curiosité, un jour, je finis par lui dire la vérité, sans entrer dans les détails :

MOI

Je viens d'un pays dont je ne peux pas te révéler l'origine.

ARLETTE

Pourquoi ?

MOI

Parce que je m'en suis enfui et que si je révèle mon origine, j'ai peur qu'on me retrouve, et je ne veux pas.

ARLETTE

D'accord.

Elle avait cette façon un peu étrange de dire d'accord à mes phrases, comme si elle ne comprenait pas vraiment bien la raison de ce que je disais, mais l'acceptait quand même. Ce qui ne l'empêchait pas de poser d'autres questions ensuite :

ARLETTE

Mais pourquoi tu t'es enfui ?

MOI

Parce qu'ils ont tué quelqu'un qui m'est cher.

ARLETTE

Et tu avais peur qu'ils te tuent ensuite ?

MOI

Non, c'est juste que je n'ai pas réussi à la protéger. Donc je me suis enfui.

ARLETTE

Parce que tu as eu peur qu'on te punisse ?

MOI

Je crois surtout que c'est moi que j'ai voulu punir.

ARLETTE

D'accord.

Toujours ce d'accord étrange. Elle garda le silence quelques instants.

ARLETTE

Moi aussi, ils ont tué quelqu'un qui m'est cher.

MOI

Qui ça ?

ARLETTE

Mon père.

MOI

Ce n'est pas Tamé ?

ARLETTE

Non, papa Tamé c'est son frère, il m'a élevé quand mon père est mort.

MOI

Et ta mère ?

ARLETTE

Elle s'est pendue à la mort de mon père.

MOI

Oh. Et qui a tué ton père ?

ARLETTE

On sait pas, il a été empoisonné. C'était quand j'étais petite.

MOI

Tu te souviens encore d'eux ?

ARLETTE

Bien sûr. Tu sais, je vais les voir de temps en temps.

MOI

Tu veux dire que tu vas voir leur... l'endroit où ils les ont mis quand ils sont morts ?

ARLETTE

Non, je les vois vraiment, de temps en temps, la nuit, surtout quand j'étais petite, je disais que j'allais au petit coin, mais ce n'était pas vrai : je sortais me promener dans le bush.

MOI

Tu n'avais pas le droit ?

ARLETTE

Non, c'est dangereux, le bush, la nuit, on peut se faire attaquer par des esprits. Les gens ne restent pas dans le bush la nuit tombée.

MOI

Et toi tu n'avais pas peur ?

ARLETTE

Non, je voulais voir mes parents.

MOI

C'était des esprits ?

ARLETTE

Bien sûr! Alors, on discutait et je leur racontais mes journées. Ça me faisait plaisir de les voir.

MOI

Et ils ne t'attaquaient pas ?

ARLETTE

Non, ce sont mes parents !

MOI

Et tu peux voir d'autres esprits comme ça ?

ARLETTE

Oui, si je veux, d'ailleurs ce qui est rigolo, c'est que la plupart des esprits sont des gens qu'on a déjà connus. Enfin je veux dire, il n'y a aucun esprit très ancien : je ne peux pas rencontrer des esprits qui sont morts très longtemps avant ma naissance.

MOI

Comment ça se fait ?

ARLETTE

Je ne sais pas, on ne m'a pas dit pourquoi, mais j'ai une idée sur la question.

MOI

Ah oui ?

ARLETTE

Je pense que c'est nous qui les maintenons encore présents. Je pense que c'est parce qu'on se souvient d'eux qu'ils peuvent venir. Si on les oublie, ils disparaissent.

MOI

Ça me semble être un point de vue intéressant.

ARLETTE

Oui... d'ailleurs, je pense que c'est pour cette raison que les gens essaient tous de devenir des grands chefs : en fait, ils veulent qu'on se souvienne d'eux dans plusieurs générations, pour pas qu'ils disparaissent !

Se souvenir de Nadia, pour qu'elle ne disparaisse pas complètement...

Je pus voir Arlette en tête à tête deux ou trois fois encore. J'étais assez dérouté par la capacité qu'elle avait à passer, au sein même d'une conversation, des derniers ragots du village à un débat philosophique bien plus profond. Du reste, elle avait la faculté de savoir faire un pas de côté pour analyser ce qui se présentait à elle d'un regard lucide et rationnel, ce qui me surprit les premières fois. Bien sûr, je ne m'attendais à ce que les gens du Vemarana soient des imbéciles, mais, comme ils n'allaient pas à l'école, j'avais ce préjugé, un peu stupide il est vrai, qu'ils n'étaient pas censés être capable de faire des analyses construites. C'était totalement faux. En fait, le trio de personnes que je fréquentais le plus, à savoir Tamé, Harring et Arlette avaient tous trois des capacités intellectuelles au-dessus de la moyenne. Si Arlette était spécialisée dans l'analyse et l'esprit critique, Harring, lui, avait une mémoire époustouflante, il était capable de se souvenir de toutes les transactions de cochons qui avaient lieu, le cochon étant en quelque sorte une monnaie locale. Il savait précisément à qui son chef, Tamé, devait des cochons et combien de gens devaient des cochons à ce dernier. Quant à Tamé, j'étais impressionné par ses capacités de négociation et de persuasion : je pense qu'il aurait été capable de faire croire qu'une banane valait mieux qu'une maison. Et je dois dire que cela n'était pas sans servir ses affaires : il arrivait régulièrement à échanger des objets, deux ou trois fois leur prix !

Un jour que je m'en étonnais auprès d'Arlette, elle me dit :

ARLETTE

> Tu sais, la négociation c'est assez facile : plus tu es généreux envers les gens, plus ils le seront avec toi : si tu penses toujours à eux, que tu vas les voir régulièrement, éventuellement que tu leur prêtes un morceau de terrain s'ils en ont besoin, ou bien que tu arranges certains de leur mariage, alors les gens te sont grandement redevables, et ils n'hésitent pas à t'échanger des cochons ayant une plus grande valeur que ce que tu leur donnes.

MOI

Les cochons semblent avoir une valeur particulière ici...

ARLETTE

Un peu ! Tout est tourné vers l'élevage du cochon : c'est en tuant des cochons que les hommes deviennent chefs : il y a plusieurs grades de chef, et pour atteindre chaque grade, il faut tuer un nombre de cochons particulier au cours d'une cérémonie. Au début, c'est facile, tu tues quelques petits cochons et tu deviens un petit chef. Mais si tu veux monter dans la hiérarchie, il te faut tuer de plus en plus de cochons à chaque fois. Au dernier grade, tu dois tuer 1 000 cochons, dont cent *érès* : des cochons femelles avec des défenses, très rares. Quand tu as franchi ce grade, tu deviens un *vystèr*, tu es très puissant.

MOI

Et Tamé, il veut atteindre ce grade ?

ARLETTE

Il aimerait l'atteindre avant de mourir, oui. D'ailleurs, dans deux lunes, on va faire une cérémonie de passage de grade, une fois cette cérémonie franchie, il ne lui restera plus que deux grades pour devenir *vystèr* !

MOI

Donc, le but du jeu c'est d'avoir plein de cochons le moment venu.

ARLETTE

Oui.

MOI

C'est pour ça que lorsque je suis venu ici, Tamé échangeait des cochons avec les habitants des villages alentour ?

ARLETTE

Oui.

MOI

Mais à quoi ça lui sert de faire des échanges ? Je veux dire, il ne peut pas élever des cochons dans son coin, jusqu'à atteindre le nombre donné ?

ARLETTE

C'est impossible, cela demanderait trop de travail ! Disons que, dans l'idéal, la moitié des cochons sont de ta propre production, l'autre moitié provient d'échanges. Mais, tu sais, les cochons, ça a besoin de beaucoup de terres cultivées : ça mange plus qu'un homme !

MOI

Ah d'accord. Donc si tu dois tuer 1000 cochons, il faudrait que tu en aies 500 et que le reste vienne de négociations ? Mais si un cochon mange plus qu'un homme, pour nourrir 500 cochons, il doit en falloir de la terre !

ARLETTE

Oui, et de la main d'œuvre !

MOI

Et donc tout le monde ne peut pas devenir chef ? Il faut avoir de la terre et des gens qui travaillent pour toi, ainsi que des capacités en négociations.

ARLETTE

Exactement, et il faut que les récoltes soient assez bonnes, sinon, ça devient plus compliqué de nourrir les cochons.

MOI

Ah oui, donc il vaut mieux être bon en agriculture.

ARLETTE

Je dirais qu'il faut plutôt avoir de bons sorciers, pour pouvoir faire pleuvoir quand il le faut, et éviter les maladies.

MOI

D'où la présence d'Harring.

ARLETTE

D'où ta présence ! Ahahaha !

MOI

Comment ça ?

ARLETTE

Eh bien oui, depuis que tu es là, les récoltes ont jamais été aussi bonnes ! Tu es un sorcier et tu le sais même pas.

MOI

Euh, peut-être... Mais revenons-en au chef...

ARLETTE

Ça te gêne ?

MOI

De quoi ?

ARLETTE

Que je dise que tu es un sorcier ?

MOI

Non pourquoi ?

ARLETTE

J'ai l'impression que tu n'as pas envie d'en parler.

MOI

Disons qu'il y a des choses dont je ne veux pas me rappeler.

ARLETTE

D'accord.

MOI

Donc, si on en revient aux chefs : il vaut mieux être chef de clan pour devenir vystèr ?

ARLETTE

Ouais : c'est le chef de clan que les gens écoutent et puis, comme c'est lui qui décide de l'attribution des terres, il peut en faire un peu ce qu'il veut.

MOI

Et ton père c'était le chef de son clan ?

ARLETTE

Oui, le chef du clan de la banane.

MOI

Et quand il est mort ?

ARLETTE

Papa Tamé l'a remplacé.

MOI

C'était le numéro deux du clan ?

ARLETTE

Non, mais ils ont fait la guerre entre prétendants, et Papa Tamé a gagné.

MOI

Et il y a d'autres personnes qui aspirent à devenir *vystèr* ?

ARLETTE

Oui, il y en a un au sud, il s'appelle Syl. Autrefois, il y en avait plus, mais on a fait la guerre pour qu'ils se soumettent. Ce qui veut dire qu'en plus des terres, il vaut mieux avoir de bons chefs de guerre et beaucoup de soldats. Ensuite, il a fallu organiser des mariages pour que le clan des rivaux s'allie à celui de Tamé.

MOI

En fait, si je comprends, plus les gens de ton clan font des enfants mieux c'est : il y a plus de mains d'œuvre, plus de soldats.

ARLETTE

L'idéal c'est plutôt que ce soit les clans alliés qui aient beaucoup de personnes. Parce que toi, dans ton clan, plus tu as de gens, plus tu dois partager la terre, puisque chaque membre du clan a droit à un morceau de terrain.

MOI

Donc il faut avoir des grands clans alliés, pour qu'ils fournissent des hommes pour aller à la guerre. Du coup, la guerre ne se fait pas entre clans, mais entre coalition de clans !

ARLETTE

Oui. Ainsi, mon clan, qui est celui de ma mère, puisque c'est les mères qui transmettent le clan, fera toujours la guerre au côté de Tamé.

MOI

Et donc, vous êtes en guerre avec les clans des gens plus au sud...

ARLETTE

En ce moment, pas vraiment, disons que les deux armées sont à peu près aussi puissantes l'une que l'autre. Donc chacun se débrouille pour trouver des alliés ailleurs. Une fois que l'un des deux groupes estimera être plus puissant que l'autre, il attaquera.

MOI

Et je suppose qu'on peut se faire des alliés en aidant des clans dans certaines guerres. Par exemple, si un clan, avec lequel je ne suis pas encore allié, se fait attaquer, il me suffit juste d'envoyer des soldats à la rescousse pour que ses membres deviennent mes alliés.

ARLETTE

C'est une possibilité. Par exemple, il a quelques années, un monstre puissant terrorisait les gens à l'ouest. Il en a massacré plein. Mon père a envoyé des hommes pour aider à vaincre ce monstre. Ils se sont fait battre. Et puis, un jour, deux frères de là-bas ont réussi à tuer ce monstre. Mon père a alors de nouveau envoyé des hommes, mais cette fois pour aider à reconstruire les champs abandonnés et à repeupler le pays. Depuis, on sait que les gens de là-bas seront nos alliés. Une autre fois aussi, à l'époque où Tamé a fait la guerre pour prendre possession de son clan, une partie des gens du clan de l'igname l'ont aidé, parce qu'ils espéraient qu'il aide l'un des leurs à devenir chef de leur clan. Ce qui a réussi.

C'est fou le nombre de choses que j'ai pu apprendre auprès d'Arlette : elle savait tout de la coutume et elle était capable de prendre du recul par rapport à tout ce qu'elle voyait, et cela était assez vivifiant.

Malheureusement, peu de temps après cette conversation, je n'eus plus le droit de la voir : alors que j'étais en train de boire de l'*yvyr* avec des amis, Harring vint me voir.

HARRING

Je peux te parler ?

Nous sortîmes de l'*yvjyl*, alors il me déclara bien fort, de manière à ce que tout le village puisse entendre.

HARRING

Il faut que tu arrêtes de voir Arlette.

MOI

Pourquoi ?

HARRING

C'est tabou.

MOI

Comment ça ?

HARRING

Tu comprends, il s'agit de ta sœur.

MOI

De ma sœur ?

HARRING

Oui, c'est la fille de Tamé.

140

MOI

Et alors ?

HARRING

Et bien toi aussi tu es un peu comme le fils de Tamé.

MOI

Comment ça ?

HARRING

Il t'a accueilli, il s'est occupé de toi, il t'a permis de dormir dans son yvjyl, c'est donc comme ton père.

MOI

Oui, mais on n'a aucun lien de sang avec Arlette, et puis Tamé n'est pas son vrai père.

HARRING

Oui, mais c'est pareil, c'est la fille de son frère, c'est donc sa fille aussi.

MOI

Oui, mais...

HARRING

Il n'y a pas de mais, c'est comme ça.

Cette conversation peut paraître surprenante à qui ne connaît pas la coutume locale. Disons que dans cette société, on a poussé le tabou de l'inceste à son paroxysme : non seulement on n'a pas le droit de coucher avec sa sœur, ce qui nous paraît normal, mais en plus on est soumis à divers interdits très étranges : ainsi des frères et sœurs (à vrai dire, c'est aussi valables entre frères et entre sœurs) n'ont pas le droit d'avoir des contacts physiques, même des plus anodins, l'un avec l'autre. De même, était prohibé le fait d'avoir des comportements qui risqueraient de provoquer un contact, comme s'asseoir côte à côte sur un banc ou s'échanger des objets de la main à la main. C'est pour ça que, lorsqu'Arlette m'avait passé la noix de coco la première fois, les gens ont râlé : elle aurait dû donner la noix de coco à une de ses cousines, qui

141

aurait pu me la donner en main propre. Il va sans dire que les frères et sœurs ont encore moins le droit de se retrouver seuls dans un même endroit. À l'opposé, les relations entre cousins sont très permissives, et ils n'hésitent pas à s'invectiver au moyen de noms d'oiseaux, juste parce que c'est drôle.

Peut-être devrais-je apporter une précision quant à ce qu'on entend par frères et sœurs. Dans cette société il faut savoir qu'on considère comme père, tous les frères de son père et comme mère toutes les sœurs de sa mère, et les enfants d'un de ces « pères » ou d'une de ces « mères » sont frères et sœurs. Prenons l'exemple d'Arlette : comme la sœur de sa mère est aussi sa mère, les enfants de cette « tante » sont ses frères et sœurs. Simple en apparence ? Poussons la logique plus loin : étant donné que les filles de cette tante, ses « cousines », sont ses sœurs, si elles ont des enfants, Arlette sera leur mère, et ces enfants seront leurs frères et sœurs ! Et cela continuera ainsi, de génération en génération : il suffit que la mère de la mère de la mère de sa mère et la mère de la mère de la mère de quelqu'un aient été sœurs pour qu'ils soient, à leur tour, frères et sœurs !

On raconte qu'à l'origine Ietar, le père créateur, avait créé deux couples, appelons les monsieur et madame Israël et monsieur et madame Ismaël. La famille Israël a eu des enfants, de même pour la famille Ismaël. Les filles Israël ont épousé les fils Ismaël avec qui elles ont eu des enfants, et, puisque contrairement à nous, c'est la mère qui transmet le nom, ces enfants s'appellent Israël. Étant donné qu'ils ont comme mère une des sœurs Israël, ils sont donc frères et sœurs. Lorsque ces enfants deviennent grands, on recommence : les filles Israël épousent les fils Ismaël, et ont des enfants. Puisque les filles Israël sont sœurs entre elles, ces enfants sont à nouveau frères et sœurs. Et ainsi de suite jusqu'au temps présent : à chaque génération les filles Israël épousent les fils Ismaël et les mères de chaque génération d'Israël étant sœurs entre elles, chaque enfant portant comme nom de famille celui d'Israël sont frères et sœurs ! J'ai pris comme exemple les Israël, mais c'est exactement la même chose avec les Ismaël : chaque enfants Ismaël sont frères et sœurs : les filles de madame Ismaël sont sœurs entre elles, du coup, tous les enfants Ismaël sont frères et sœurs entre eux.

À cela, il faut ajouter l'histoire des clans : à un moment donné de l'histoire, les enfants Israël se sont séparés en différents clans, de même pour les enfants Ismaël. Mais cela n'a rien changé à l'affaire : les enfants d'un des clans de la famille Israël sont frères et sœurs et ne peuvent épouser que les enfants d'un des clans Ismaël.

Pour savoir quel comportement avoir avec une personne que l'on croise, il faut donc, en théorie, connaître le clan de cette personne et savoir s'il s'agit d'un des clans de la famille Israël ou de la famille Ismaël... Heureusement, il existe un petit tuyau pour pallier à ce genre de difficultés : il suffit juste de connaître un de ses frères et de voir comment il se comporte avec d'autres gens : s'il plaisante avec eux, c'est qu'ils sont de l'autre groupe, s'il les évite c'est qu'ils sont de son groupe... (Cela restreint donc le nombre d'époux potentiels, puisqu'on ne peut épouser son « frère ». Toutefois, la question ne se pose pas vraiment, puisque la plupart des mariages sont arrangés.)

Le soir même, je songeais à ce que le vieux m'avait dit. J'étais en colère. Je comprenais vaguement pourquoi je ne devais pas fréquenter Arlette : c'était leur loi, et, étant donné que je ne me considérais que comme un observateur extérieur, je m'étais promis de ne pas interférer dans leurs coutumes. Pourtant, malgré mes bonnes résolutions, je ne pouvais m'empêcher de trouver cette loi irrationnelle et injuste. Car, si je comprenais très bien l'idée de m'interdire de la fréquenter de manière amoureuse, je n'arrivais pas à accepter de ne pas pouvoir la fréquenter de manière simplement amicale. Peut-être que si j'avais grandi dans ce monde, avec ses coutumes, je ne me serais même pas rebellé contre cet état de fait, mais cela n'était pas certain. Peut-être que le fait de codifier les relations comme cela ne pouvait que donner à certains adolescents un peu rebelles l'envie de transgresser, par souci de s'extraire d'une société un peu trop contraignante ou tout simplement, pour faire râler les vieux barbons. Arlette devait probablement être de ces adolescents, car, sinon, pourquoi m'aurait-elle fréquenté : elle devait bien savoir que c'était interdit ? Et comme le fait d'interdire quelque chose donne plus de valeur à cette chose, de m'interdire de voir Arlette, augmenta mon envie de la voir !

Je pris la décision d'aller discuter de la situation avec elle, en cachette, et de voir ce qu'elle en pensait. Si elle souhaitait qu'on arrête de se fréquenter, je l'accepterais, après tout, toute relation, même amicale, se fait dans les deux sens.

Malheureusement, les jours suivants, je ne pus mettre la main sur elle. On m'apprit qu'elle était allée chez un oncle dans un village assez loin du nôtre, mais que je la reverrai au passage de grade de Tamé, un mois plus tard. Est-ce qu'elle me fuyait ? Ou avait-elle été écartée volontairement ? Je l'ignorais.

Cette absence eut pour effet de multiplier mes résolutions. Alors qu'au départ je souhaitais simplement me contenter d'entretenir une relation amicale avec elle, j'en vins progressivement à ne plus la considérer comme une simple amie, mais comme une amante potentielle. D'abord, parce que je sentais que j'avais besoin de tendresse. Ensuite, parce que, finalement, c'était l'une des rares personnes avec qui j'aimais être et que, elle partie, la vie ici devenait plus morne. En fait, sans télévision, sans ordinateur et sans filles (car comme je le disais les autres filles semblaient ne pas être très intéressées par moi, probablement par timidité), je m'ennuyais ferme.

Peut-être que c'est cet ennui qui me faisait idéaliser les moments que nous avions passés ensemble. Ils me semblaient beaucoup plus colorés, beaucoup plus magiques. Et, évidemment, plus j'idéalisais ces moments, plus elle me manquait. Et plus elle me manquait, plus j'idéalisais ces moments. C'était un cercle infernal. Pire, au fur et à mesure que j'idéalisais ces moments, je la trouvais de plus en plus attirante. Et, alors qu'au début je ne songeais qu'à sa conversation, c'était à présent à son corps auquel je pensais.

Lorsque le jour de la fête arriva, j'étais comme un lion en cage, j'attendais qu'elle vienne pour qu'on ait une discussion franche et... plus si affinités. Pris dans les préparatifs, je ratai malheureusement son arrivée. Du reste, elle était elle aussi trop occupée pour qu'on ait le temps de se voir et ce ne fut que le soir que je trouvais le moment opportun : alors que je l'observais du coin de l'œil, je la vis se diriger vers le bush. C'était ma chance ! Je fonçai vers elle, en espérant que personne ne nous voit :

MOI

Arlette.

Nous étions alors à l'orée du bois.

ARLETTE

Pas ici *Metek*. Viens, enfonçons-nous plutôt dans le bush, les gens ne nous suivront pas.

C'est ce que l'on fit.

MOI

Tu crois qu'on verra des esprits ?

ARLETTE

Je ne pense pas, ils n'aiment pas quand il y a trop d'activités. Tu comprends, comme ils font tout le temps la fête chez eux, quand ils vont se promener, ils préfèrent le faire dans le calme.

MOI

Tu m'as manqué Arlette.

ARLETTE

C'est vrai ? Toi aussi tu m'as manqué !

MOI

Qu'est ce que tu penses de toute cette histoire ?

ARLETTE

C'est comme ça.

Elle s'était arrêtée et s'était assise sur un rocher suffisamment grand pour qu'on puisse s'asseoir l'un à côté de l'autre. En fait, on aurait même pu nous y allonger pensé-je dans un élan de lubricité. J'hésitai à m'asseoir à côté d'elle... Finalement, je m'assis à côté d'elle, elle ne fit pas mine de bouger. J'essayai de mettre ma main dans son dos. J'eus peur qu'elle se rétracte, mais non, elle vint même se blottir contre moi. Alors, dans un geste fluide, délié et qui me sembla le plus naturel du monde, je me penchai pour l'embrasser. Elle me rendit mon baiser. Pire, elle me saisit le visage et prolongea notre baiser. Mon pénis se dressa en un rien de temps. Quand elle s'en aperçut, elle rit. Autoritairement, je lui pris la main et la mis contre mon sexe. On reprit nos embrassades, violemment. Je portai ma main à ses seins et, pendant qu'elle me caressait le pénis, je lui caressais les seins.

À un moment, n'en pouvant plus, je lui dis d'attendre. Je retirai mon étui pénien tant bien que mal (c'est que ça fait mal de bander dans ce genre de truc). Elle reprit ses caresses. Je m'allongeai sur le rocher. Elle se pencha vers moi et continua à m'embrasser. Soudain, je l'attrapai par les hanches et la fit venir sur moi. Elle enleva sa jupe et vint frotter son vagin contre mon pénis. Et puis, je la pénétrai. Du sang coula. Une vierge !

MOI

Tu n'as pas mal ?

ARLETTE

Un peu, mais c'est bon en même temps.

Je l'attrapai par les hanches et lui fit faire des aller-retours assez tranquillement pour qu'elle n'ait pas mal et pour que je ne jouisse pas trop vite. Et puis, d'elle-même, elle accéléra. Son souffle se fit plus rapide, plus haletant. J'avais envie de lâcher prise. Je voulus me retirer, mais elle me retint.

ARLETTE

Non, je veux te sentir.

Alors, j'explosai en elle. Était-ce le manque de pratique, ou le fait de briser un tabou ? Toujours est-il que ce soir-là, je jouis plus longtemps que d'habitude : après une explosion intense et brutale, je sentis que mon corps continuait à irradier, moins violemment certes, mais c'était toujours là, cela ne semblait pas s'arrêter. C'était agréable, mais en même temps cela me fit un petit peu peur : j'avais l'impression que ma machine s'était déréglée et avait bloqué sur le mode orgasme. Je dus me concentrer pour revenir à l'état normal.

ARLETTE

Il t'arrive quoi ? Pourquoi tu bouges plus ?

MOI

Bah c'est fini, j'ai donné ce que j'avais.

ARLETTE

C'est tout, je pensais que ça durait plus longtemps !

MOI

C'est une question d'entraînement.

ARLETTE

Tu veux dire que si on le refait souvent, cela ira de mieux en mieux ?

MOI

Normalement oui.

ARLETTE

Et il faut que t'attendes combien de temps pour pouvoir recommencer ?

MOI

Pas très longtemps, il faut que j'arrive à rebander.

ARLETTE

Si je caresse ta bite, ça ira ?

MOI

Essaie toujours.

Elle réussit à me faire repartir encore une fois, et elle était prête à le refaire une troisième fois si je ne lui avais pas dit que quelqu'un risquait de s'apercevoir de notre absence.

Heureusement, les jours suivants elle resta à Loran, ce fut l'occasion pour nous de nous revoir. C'était toujours au cœur de la nuit : on avait mis sa cousine, avec qui elle partageait la case, dans la confidence. Ainsi, cette cousine ne révélait rien et — puisque mes camarades de chambrée n'étaient pas dupes quant à mes sorties nocturnes — je faisais croire que c'était elle que j'allais chercher...

Je ne pouvais pas dire que j'étais vraiment amoureux d'Arlette au début : je ne voulais que coucher avec elle et, dans le fond, je ne sentais rien de ce sentiment violent que j'avais pu éprouver pour Nadia ou bien pour Katia. Cette espèce de feu intérieur qui me brûlait et qui me faisait me sentir puissant et fragile en même temps. Mais, petit à petit, quelque chose de différent se construisait entre nous. C'était une espèce de conscience d'avoir trouvé quelqu'un qui me comprenait et, surtout, que je comprenais vraiment. Il y avait eu de la complicité avec Nadia, mais ce n'était pas pareil, je n'avais pas cette sensation de pouvoir la comprendre d'un simple regard. À bien y réfléchir, je n'avais pas l'impression d'avoir vue Nadia telle qu'elle était vraiment : lorsque je songeai à elle, je n'arrivais pas à lui trouver de défaut, ce qui, en soit, était louche, après tout, si je l'avais vraiment connue, j'aurais justement identifié ses petits défauts, j'aurais connu ses rêves, ses angoisses, ces choses qui l'aurait rendu vraiment humaine. Au lieu de ça, elle était comme une perfection incarnée, un fantasme.

Finalement, Nadia, je l'aimais parce que, narcissiquement elle me faisait me sentir puissant : c'était une espèce d'étonnement, au sens propre, qu'une fille de sa classe s'intéresse à moi. Lorsque je dis ça, je ne veux pas dire qu'Arlette n'avait pas de classe. Certes, elle avait dix ans de moins que Nadia, et ça se ressentait, mais elle avait quand même une certaine prestance. En revanche, je ne m'étais pas laissé aveugler par le physique d'Arlette, et du coup, j'avais appris à la connaître avant de tomber amoureux d'elle. Tandis que, pour Nadia, je n'avais pas beaucoup cherché à aller au-delà de son apparence physique, à essayer de trouver ces petites choses dans son caractère qui auraient fait que je n'aurais pas pu me passer d'elle bien longtemps. Au fond, je pense que je n'avais pas su l'aimer comme elle le méritait.

Un jour que je lui faisais remarquer qu'elle était toujours de bonne humeur, elle me donna une réponse inattendue :

ARLETTE

C'est peut-être parce que c'est la seule chose que j'ai trouvée pour ne pas pleurer.

MOI

Tu n'es pas heureuse ?

ARLETTE

Comment pourrait-on l'être quand tout le monde t'épie pour savoir ce que tu fais ? Quand dès que tu t'éloignes du droit chemin, un vieux père la vertu arrive pour te faire la morale et t'exiler dans un endroit où tu n'as pas envie d'aller ?

En fait, plus je la connaissais, plus j'appréciais d'être avec elle. Pire que ça, les fois où ne nous voyions pas, j'éprouvais un vide en moi : j'avais besoin d'être auprès d'elle, de la serrer dans mes bras. De l'entendre rire et de la faire se sentir bien. Et finalement, je me mis à l'aimer. Cela se fit simplement, sans que je puisse réellement mettre une croix dans un calendrier et dire : c'est ce jour-là que je suis tombé amoureux d'elle. Non, ce ne fut pas un coup de foudre, le genre de truc qui vous fait vous marier en deux semaines et divorcer tout aussi vite, ce fut une lente évolution de mon être. Et je pense que c'est mieux ainsi.

Et, finalement, ce qui devait arriver arriva, nous étions en train de discuter elle et moi et je sentais, à son attitude un petit peu gênée, qu'il y avait quelque chose qu'elle voulait me dire, quelque chose qui semblait la perturber :

ARLETTE

Tu sais, des fois, j'aimerais être une fille sage comme ma cousine.

MOI

Pourquoi ?

ARLETTE

Comme ça, je me poserais moins de questions : je serais vertueuse et tout le monde serait content.

MOI

Je ne sais pas si je serais très content que tu sois vertueuse.

ARLETTE

Pourquoi ça ? Ce serait moins risqué pour ta vie !

MOI

Parce que si on nous trouvait, cela pourrait être dangereux ?

ARLETTE

Bien sûr, mon cousin pourrait vouloir te tuer.

MOI

Qui ça ?

ARLETTE

Ietar !

MOI

Et pourquoi il voudrait me tuer ?

ARLETTE

Tu ne vois pas comment il me regarde ?

MOI

Oh... Tu crois que ?

ARLETTE

J'en suis sûre, il a déjà essayé de coucher avec moi, tu sais.

MOI

C'est vrai ? Et qu'est ce que tu as fait ?

ARLETTE

J'ai dit d'accord.

MOI

Quand ça ?

ARLETTE

La semaine dernière,

Un blanc

ARLETTE

Tu es jaloux ?

MOI

Non, tu fais ce que tu veux.

En réalité, j'étais jaloux, et déçu.

ARLETTE

Tu es jaloux !

Elle approcha son visage du mien.

MOI

Non.

Je reculai mon visage.

ARLETTE

Tu es jaloux !

Elle s'approcha encore et essaya de m'embrasser. Je reculai brusquement ma tête.

MOI

Puisque je te dis que non !

ARLETTE

Si, si tu es jaloux !

MOI

Oui d'accord tu as gagné, je suis jaloux !

Et elle éclata de rire.

MOI

Je vois pas ce que tu trouves de drôle.

Son rire redoubla, il se faisait blessant, cruel même.

ARLETTE

Si tu voyais ta tête tu es trop drôle !

MOI

Arrête de te moquer de moi, ça me fait de la peine.

Elle essaya de réprimer son fou rire.

ARLETTE

Pardon.

MOI

Tu as vraiment couché avec lui ?

ARLETTE

À ton avis ? Tu crois que j'en serais capable ?

MOI

Je n'en sais rien, je ne sais pas si c'est bien ou mal d'avoir plusieurs amants ici.

ARLETTE

Je peux tomber enceinte de n'importe quel homme avec qui je couche, tu sais ?

MOI

Et alors ?

ARLETTE

Alors je ne coucherai pas avec quelqu'un dont je ne veux pas avoir d'enfant.

MOI

Et tu ne veux pas avoir d'enfant avec Ietar ?

ARLETTE

Certainement pas, c'est un petit con, je n'ai aucune envie que mon fils lui ressemble de près ou de loin ! Tu es —et tu seras— la seule personne que j'ai connue *Metɛk* !

Elle me regardait droit dans les yeux, d'un regard de défi.

ARLETTE

Est-ce que ça te dérangerait si je tombais enceinte de toi ?

La question qui fâche ! Je réfléchis un moment tout en la regardant. Au début, je ne l'avais pas trouvée jolie avec son corps râblé et ses grosses hanches. Et puis, avec le temps, j'avais appris à goûter la finesse de ses traits, ses lèvres charnues et la douceur de sa peau : et j'avais fini par la trouver jolie.

Soudain, c'est comme si quelque chose se passa dans mon esprit et la réponse fut d'une limpide évidence : oui, je voulais avoir un enfant avec elle.

MOI

Non, j'en serais content.

ARLETTE

Pourquoi ?

MOI

Et bien parce que... Parce que je t'aime tiens !

ARLETTE

Ça tombe bien ! Moi aussi je t'aime.

Et elle m'embrassa.

ARLETTE

D'ailleurs en parlant d'être enceinte...

MOI

Quoi ?

Arlette

Devine !

Son regard franc, son sourire figé...

MOI

Tu n'es pas sérieuse ?

ARLETTE

Si, on ne peut pas encore le sentir, mais la vieille *Asyrke* est formelle, et elle ne se trompe jamais. Je suis enceinte *Metɛk* !

Chapitre 7

J'allais être papa. Cette nouvelle me faisait l'effet d'un tourbillon. Parfois, il m'arrivait d'y songer à des moments improbables : alors que j'étais au champ ou que je discutais avec un camarade. D'un coup, sans que cela ait pu être provoqué par une quelconque activité, j'étais pris d'un drôle de vertige. Souvent, le soir, en me couchant, j'avais du mal à m'endormir. Je me retournais sans cesse, perturbé. En réalité, je faisais le fier auprès d'Arlette, disant que ça allait être super, mais je mentais : j'étais mort de trouille. Je suppose que cela doit arriver à la plupart des futurs pères : c'était comme une impression d'être dépassé par les événements. De se dire qu'on est pris dans un engrenage que rien ne peut stopper.

Face à cette panique, les gens réagissent différemment : les lâches choisissent la fuite, d'autres se contentent de nier l'évidence ou, du moins, s'ils l'acceptent, font comme si de rien n'était. Et enfin d'autres, peut-être la majorité, choisissent la fuite en avant : ils se mentent à eux-mêmes en faisant comme si tout était formidable, comme si c'était la plus belle chose qui allait leur arriver. C'est ce que je faisais à ceci près que ni Arlette ni moi n'étions dupes : je ne me sentais définitivement pas prêt pour une telle responsabilité. Pire, j'avais l'impression de prendre un coup de vieux bien trop tôt ; sans avoir eu le temps de profiter de ma jeunesse, je m'accrochais un boulet au pied.

À cette panique, s'ajoutait la peur de se faire prendre. Ou plutôt l'idée que, tôt ou tard, lorsque le bébé naîtrait par exemple, les gens finissent par découvrir le pot aux roses : à savoir que j'entretenais une relation avec ma propre sœur. Je craignais que cela risque de provoquer un immense scandale au dénouement tragique. Mais, en même temps, j'en avais assez d'avoir à me cacher et j'attendais, non sans une certaine espérance, que cette mascarade prenne fin.

À mesure que le ventre d'Arlette grossissait, il devenait de plus en plus difficile de la voir : elle était entourée des femmes de sa famille qui, en plus de veiller à ce qu'il ne lui arrive rien, essayaient de lui tirer les vers du nez quant à savoir qui était le père. Elle fit preuve d'une ténacité remarquable et tout le monde ignorait l'identité du père.

Bien entendu, les rumeurs allaient bon train, certains allaient même jusqu'à prétendre que c'était une espèce d'Immaculée Conception. D'autres pensaient plutôt que c'était un démon qui l'avait engrossé. Ce en quoi ils n'avaient pas forcément tort.

Tamé, seul, ne semblait pas dupe. Un jour, il vint même me voir et me dit sans ambages :

TAMÉ

Tu aurais dû me dire que tu fréquentais Arlette.

MOI

Qu'est-ce qui te dit que je fréquente Arlette ?

TAMÉ

Allons mon garçon, je ne serais jamais devenu chef si je ne savais pas en avance les informations cruciales.

MOI

Et qu'est ce que ça te ferait de savoir que je fréquente Arlette ?

TAMÉ

Et bien je pourrai préparer ta défense lorsque d'autres voudront te trucider.

Finalement Sɛr naquit : c'est ainsi que nous avions choisi de l'appeler, cela signifiait l'origine. Bien entendu, je n'était pas présent à l'accouchement. À vrai dire, même si j'avais été le père reconnu, je n'aurais pas pu, seules les femmes avaient le droit d'y assister. Il se passa plusieurs jours pendant lesquels nous reçûmes des nouvelles contradictoires : certains disaient que c'était une jolie petite fille, d'autres que c'était un garçon. Il semblait en tout cas que le petit était bien portant. Malheureusement la maman avait particulièrement souffert et les nouvelles à son sujet étaient assez inquiétantes puisque certains disaient qu'elle était morte en couche. Je me faisais un sang d'encre.

Finalement, au bout de trois jours, n'y tenant plus, je me décidai à pénétrer dans la maternité et à les enlever tous deux vers un autre monde. C'est en m'approchant de la maison d'accouchement que je les vis sortir. Arlette tenait à peine sur ces pieds, mais elle était vivante. Et le petit était un joli garçon tout blanc!

Il fallut peu de temps pour que les gens associent la peau du petit avec la mienne. Deux jours après que Sɛr fut sorti de la maternité, je n'avais toujours pas pu passer quelques instants avec ma famille. Alors que j'étais dans le bush pour faire mes besoins, c'est alors que quelqu'un se jeta sur moi par-derrière et me plaqua au sol. D'autres vinrent à la rescousse pour m'attraper solidement et me redresser. J'eus le malheur de me débattre un peu trop violemment et reçus en échange une volée de coups au ventre. Étant donné que je continuais à refuser d'user de mes pouvoirs, cela me calma assez rapidement.

On me traîna sans ménagement vers l'*yvjyl*, la maison des hommes, où des gens étaient engagés dans une conversation agitée. Ietar, le jeune homme amoureux d'Arlette, était en train de faire un discours particulièrement véhément à mon sujet :

IETAR

C'est inadmissible, cet homme vient de je ne sais où, nous lui offrons l'hospitalité et que fait-il ? Il engrosse sa sœur, il lui fait un petit démon dans les entrailles. Cet homme est dangereux, il est mauvais. Si on le laisse faire, il va engrosser toutes les jeunes filles qu'il croise et on va avoir une armée de démons sur le dos. C'est ça que vous voulez ? Vous voulez signer la fin de notre village ? Qu'est ce que vous ferez quand ces démons seront plus grands ? Vous croyez vraiment qu'ils accepteront de travailler pour nous ? Je pense plutôt qu'ils vont essayer de nous asservir, nous travaillerons pour eux et, pendant ce temps, ils coucheront avec nos femmes ! Je vois bien d'ici le moment où nous rentrerons du champ fatigués, alors qu'eux, ils se seront prélassés toute la journée. Je vois le moment où ils nous donneront juste un petit morceau d'igname pour ne pas qu'on meure de faim, pendant qu'ils seront en train de faire des repas pantagruéliques. Et ça, c'est si on a de la chance. Parce que peut être qu'ils se contenteront de faire comme le démon de *Laðajaʁ* et qu'ils nous dévoreront tous ! Au début, nos femmes leur donneront le sein, elles les nourriront, et puis, ensuite, une fois devenus grands, ils viendront tous nous dévorer. Franchement, c'est ça que vous voulez ? Souvenez-vous, à *Laðajaʁ*, il était tout seul ce démon. Nous, ici ce seront des dizaines de démons que nous devrons affronter. Eh bien je ne sais pas vous, mais moi je ne veux pas de ça.

UN VIEUX

Que proposes-tu donc ?

IETAR

Débarrassons-nous d'eux avant qu'il ne soit trop tard ! Nous n'avons qu'à les égorger et en faire un festin, pour montrer que s'il a des petits copains, on saura comment les recevoir !

UN VIEUX

Tamé ?

TAMÉ

Je pense qu'il y a deux problèmes : le problème de sa sœur et l'histoire de démon : pour ce qui est de cette histoire de démon, Ietar se trompe. Tout d'abord, *Metɛk* a été testé par Harring qui ne l'a pas identifié comme un démon et je pense que personne ici n'oserait s'opposer à ce qu'Harring dit. Ensuite, je ne vois pas pourquoi, s'il s'agissait d'un démon, il n'aurait pas essayé de nous manger plus tôt, pendant qu'on dormait par exemple !

IETAR

C'était pour mieux nous faire des enfants dans le dos !

TAMÉ

Tu ne crois pas que si c'est ce qu'il voulait, il l'aurait fait avant ? D'autres bébés tout blancs seraient nés depuis déjà quelques lunes. Ce qui n'est pas le cas ! Honnêtement, Ietar, voudrais-tu te débarrasser de lui ? Depuis qu'il est là, nos récoltes n'ont jamais été aussi bonnes, les enfants ne se sont jamais aussi bien portés et les femmes n'ont jamais enfanté autant d'enfants ! Et tu voudrais te débarrasser de lui ? Supposez un instant que ce garçon ait été envoyé par nos ancêtres pour nous protéger ! À votre avis, que se passerait-il si nous le tuions ? Les ancêtres risqueraient de se déchaîner contre nous : les récoltes seraient alors mauvaises et les maladies reviendraient ! Ce garçon, c'est l'homme providentiel, voilà ce que j'en dis. Et j'irai même plus loin, je pense que s'il fait des enfants, ils seront aussi protégés par les ancêtres ! Alors voilà Ietar, tu penses que c'est la fin de notre société ? Tu te trompes, c'est au contraire l'avenir de notre société qui se joue ici ! Franchement, tu crois qu'après tout ce que j'ai fait pour cette société, je prendrais le moindre risque de voir tout s'effondrer ? Tu sais très bien que c'est moi qui ai le plus à perdre dans cette histoire !

J'entendis une faible rumeur d'approbation.

TAMÉ

Pour ce qui est du deuxième problème, à savoir qu'il ait entretenu des relations avec Arlette. Inutile de faire les prudes : ce n'est pas la première fois que quelqu'un couche avec sa sœur. Cela aurait été sa vraie sœur, c'eut été plus problématique, mais ici ce n'est pas le cas, *Metɛk* n'a pas été adopté officiellement que je sache ! Je pense néanmoins que c'est un affront qui a été fait au clan d'Arlette et cela nécessite une réparation, et je pense que c'est à Pyn, l'oncle d'Arlette de décider du prix.

LE VIEUX

Tu as bien parlé Tamé, je suis d'accord avec toi, nous ne pouvons pas risquer de fâcher les ancêtres. Ietar ?

IETAR

Je pense qu'il faudrait faire une coutume pour s'assurer que les ancêtres soient d'accord avec nous. Par ailleurs, je propose que nous observions le bébé, s'il se comporte étrangement, il faudra songer à s'en débarrasser.

LE VIEUX

Tamé ?

TAMÉ

Très bien. Nous allons faire une coutume, *Metɛk* offrira trois cochons adultes à Ietar.

LE VIEUX

Ietar ?

IETAR

D'accord.

LE VIEUX

Quant à cette histoire de réparation vis-à-vis du clan d'Arlette. Pyn que proposes-tu ?

Il s'adressait à un jeune homme de mon âge, Pyn, l'oncle d'Arlette. Il s'agissait du benjamin de sa fratrie, mais aussi du seul garçon ; ce qui expliquait qu'il était chef si jeune et qu'il y ait une grande différence d'âge avec la mère d'Arlette, qui, elle, était l'aînée.

PYN

Je propose deux hermaphrodites.

Une vague d'étonnement parmi les membres.

PYN

Par ailleurs, il faut qu'il l'épouse, il doit donc d'abord changer de clan puis, après, qu'il la paie avec des cochons. Comme Arlette est ma vraie nièce, elle vaut donc cher. Or Metɛk n'a aucun statut, il va donc falloir qu'il la paie très cher. Je propose cinq hermaphrodites et dix cochons adultes.

LE VIEUX

Tamé ?

TAMÉ

C'est entendu, je le ferai adopter par ma sœur. Et mon clan paiera le clan de Pyn.

Sauvé.

En sortant, j'allai vers Tamé pour le remercier et le féliciter de sa victoire.

TAMÉ

De quelle victoire parles-tu ? Je me suis fait ridiculiser.

MOI

Oui, enfin, à l'origine ils voulaient me tuer ainsi que mon fils.

TAMÉ

Pas vraiment, ils savaient que je n'aurais jamais été d'accord. Son discours n'était que pour m'obliger à prendre ta défense de manière claire et tranchée. Une fois que j'étais dans la position de ton protecteur, j'étais obligé de payer tout ce qu'on me demandait de payer. D'ailleurs, je ne serais pas surpris d'apprendre qu'il s'était mis d'accord avec Pyn pour me soutirer le maximum. Bande de salauds. Je te préviens, tu n'as pas intérêt à coucher avec une autre de tes sœurs, parce que, la prochaine fois, si je ne veux pas être complètement désavoué par mon clan, je ne pourrai pas payer.

MOI

Je suis désolé, écoute, je vais travailler dur pour rembourser tous ces cochons. Je peux voir mon fils à présent ?

TAMÉ

Oui, tu peux, mais évite de trop te faire remarquer.

MOI

Très bien !

Je me rendis donc sur-le-champ auprès d'Arlette et du petit Sɛr. Lorsque j'arrivai dans sa case, elle était en train de lui donner le sein. En me voyant, le visage d'Arlette s'éclaira. Sans rien dire, elle continua quelques instants à lui donner le sein. Je m'assis face à elle. Lorsque le petit n'eut plus soif, elle se contenta de me le tendre. Je m'avançai et pris le bébé dans mes bras. Mon fils. Tout d'abord j'eus un peu de mal à le saisir et, devant ma gaucherie, elle se mit à rire. Elle se leva et me montra comment faire : elle me plaça la main droite sous les fesses du petit et la main gauche dans son dos avec le bout des doigts sur la nuque. Il était tout chaud. Instinctivement, il plaça ses petites mains contre ma poitrine. Et il resta là, calmement. Il était si petit, et semblait tellement fragile ! Une soudaine émotion me submergea. Je tenais mon fils dans mes bras. Je souris bêtement et regardai Arlette dans les yeux. Qu'est-ce que j'aimais cette femme ! J'eus un flash, et, soudain, j'imaginai mon père me prenant dans ses bras lorsque je venais de naître. Ressentait-il ce que je ressentais alors : cette joie, cette fierté et cette impression, oui... cette impression de toucher à quelque chose de plus important que tout ce qu'il avait pu accomplir alors ? Mon père. Parfois il en faut peu pour qu'un sentiment de joie se transforme en tristesse. Tristesse éprouvée pour ceux qui ne sont pas là et dont on aimerait avoir la présence à nos côtés. Pour la première fois depuis que j'étais au Vemarana, j'eus l'envie de rentrer chez moi.

Après avoir payé mon amende, on envoya des hommes un peu partout pour annoncer mon adoption et notre mariage, qui étaient censés se faire à quelques jours d'intervalle. Quelques jours avant le jour J, on commença à s'agiter pour faire tous les préparatifs et tout le monde s'activa pour préparer les festins : chacun était affairé à la confection des *iði*, les plats de fêtes qui consistent en des tubercules râpés cuits dans des feuilles, elles-mêmes mises sur des pierres brûlantes pendant plusieurs heures.

Deux jours avant la fête, nous nous réunîmes dans l'*yvjyl* pour boire l'*yvyr* avec les nombreux visiteurs présents. Je bus deux ou trois moitiés de noix de coco, avant de me sentir mal. J'avais mal au ventre, et je sentis que je salivais plus que d'habitude. Je m'excusai et sortis de l'*yvjyl* pour prendre l'air. Cela ne changea rien à mon malaise. Je fus pris de haut-le-cœur et je me mis à vomir au pied d'un arbre. J'attendis quelques secondes, mais cela ne calma pas ma nausée, et je vomis à nouveau. Me sentant un peu mieux, j'eus besoin d'aller aux toilettes et constatai que mes selles étaient particulièrement liquides. C'était décidément une belle indigestion !

Je retournai dans l'*yvjyl* et allai voir le vieil Harring pour qu'il me donne une plante de manière à calmer mon indigestion. Mais, alors que j'allai lui parler, je me mis à vomir à ses pieds. Alerté par ce fait inhabituel, Harring saisit un tison et s'approcha du vomi. C'était du sang ! J'eus un nouveau haut-le-cœur et revomis. Encore du sang. La tête me tournait. On me fit m'allonger. J'étais brûlant. Harring se pencha vers moi et me souffla quelque chose que je ne compris pas. Je sentis que je me vidais de l'autre côté. J'étais mort de trouille. On me porta dehors et on m'apporta de l'eau. J'essayai d'en avaler un peu, mais rien n'y fit. Je vomis à nouveau, mais cette fois cela me fit plus mal que d'habitude. J'avais du mal à respirer. Les gens commençaient à s'attrouper autour de moi. Harring, qui s'était absenté, revint avec de l'eau en putréfaction dans une feuille. Il me versa cette eau sur la tête. L'odeur était horrible. Soudain j'entendis quelqu'un crier et se jeter vers moi. Arlette !

ARLETTE

Que se passe-t-il grand-père ?

HARRING

C'est fini.

ARLETTE

Comment ça c'est fini ? Tu dois faire quelque chose !

HARRING

Pas contre ça : il a été empoisonné. Et je ne peux plus rien faire.

ARLETTE

Il va mourir, c'est ça ? Il va mourir ?

HARRING

Oui.

ARLETTE

Non, non, non ! *Metɛk* regarde-moi, regarde-moi !

J'allais mourir. C'était fini. Cette nouvelle me glaça le sang (du moins celui dont je ne m'étais pas encore vidé).

ARLETTE

Metɛk fais quelque chose! Utilise tes pouvoirs, je sais que tu peux le faire !

Mes pouvoirs... oui c'est vrai, elle pensait que j'étais un sorcier... J'hésitai à les utiliser. Non. Je n'en avais pas envie. C'était inutile : en utilisant mes pouvoirs, cela aurait prouvé que j'étais un démon, et cela risquait de créer bien plus d'ennuis qu'autre chose.

ARLETTE

Metɛk, pense à Sɛr : qu'est ce qu'il va devenir sans toi ? Dis-moi !

Sɛr, mon petit, mon tout petit. Je suis désolé, mais s'ils apprennent que je suis un démon, ta vie risque d'être en danger. J'essayai d'articuler quelque chose, mais du sang sortit de ma bouche.

ARLETTE

Quoi, quoi ?

Allez mon vieux, un petit effort.

MOI

Je ne veux pas qu'il soit le fils d'un démon.

Je ne garde pratiquement aucun souvenir de ce qui s'est passé ensuite. Je suppose qu'Arlette resta longtemps sur mon corps à pleurer. Tout ce dont je me rappelle, c'est que ma dernière pensée alla vers ma mère. Comme j'aurais aimé pouvoir lui dire que j'allais bien. Juste pour ne pas qu'elle s'inquiète…

Chapitre 8

Cela faisait une heure que j'étais coincé face à cet arbre qui ne voulait pas me laisser passer. Mon corps était lacéré par les traces de fouet qu'avaient laissées les branches qui m'avaient attaqué. Je saignais abondamment. Je ne pensais pas qu'une fois mort, je continuerais à saigner et à éprouver de la douleur. C'était étrange, comme si mon corps s'était dédoublé : il y avait ce corps mort qui était posé dans une case utilisée comme mausolée et ce corps-ci, fait de chair et de sang, qui se battait contre un arbre ! Tout au long de mon séjour dans ce pays on m'avait prévenu :

Quand un homme meurt, il doit avancer pour aller vers Takar, seulement, s'il s'agit d'un homme, il devra se battre contre un arbre. S'il bat cet arbre il pourra accéder à Takar. En revanche, si l'arbre le bat, il disparaîtra purement et simplement. En réalité tant que tu ne t'es pas battu contre l'arbre, tu n'es pas encore vraiment mort. Ce n'est qu'une fois le combat fini que l'on peut te considérer comme mort.

Et c'était donc face à cette ultime épreuve que je me retrouvai. Près de mon corps mort, on avait placé un casse-tête, ce qui me permettait de l'utiliser contre l'arbre. Mais comment vaincre un arbre avec un malheureux gourdin ?

Je pris mon gourdin et je fonçai vers le tronc, puisque je

supposais qu'il me fallait frapper le tronc. Je me baissai pour éviter une branche destinée à mon visage, puis parai une branche qui arrivait sur la gauche. Une troisième branche vint me gifler, mais j'encaissai le coup. J'allais atteindre le tronc quand une racine sortit de terre et m'attrapa à la cheville, me faisant trébucher. Je heurtais alors violemment le tronc de la tête. Sonné, une branche me prit par la gorge et me souleva, m'empêchant de respirer. Je vis alors sur le tronc comme un visage se dessiner, souriant. Alors que j'allais perdre connaissance, la branche m'éjecta au loin et je heurtai le sol violemment. Complètement sonné, je tentai de reprendre mon souffle. Mes forces commençaient à me lâcher. Il fallait que je réfléchisse plutôt que de foncer bêtement. Je me dis qu'il était possible d'atteindre le tronc à force de persévérance, je sentais que j'anticipais déjà mieux les coups. La seule question était de savoir si j'arriverais à tenir jusqu'à pouvoir anticiper tous les mouvements. Certaines personnes devaient réussir à le faire, mais il me semblait improbable que des vieillards puissent vaincre cet arbre avec leur seule force et leurs réflexes. Comment ferait le vieux Harring dans ce cas, est-ce qu'il disparaîtrait? J'en doutais, il était trop puissant : il devait donc être possible de le vaincre par magie. Malheureusement, je ne connaissais pas la magie locale et ce n'était pas parce que j'étais mort que je pouvais utiliser mes pouvoirs ! Poussant mes réflexions plus loin, je me demandai à quoi servait cet arbre. Étant donné que lorsque l'on vainc l'arbre, on peut faire partie des ancêtres, il était évident qu'il était là pour tester notre capacité à faire partie des ancêtres. A priori cette capacité reposait sur l'un des deux critères suivants : être suffisamment fort pour vaincre un arbre ou bien avoir une magie puissante. Mais il devait y avoir d'autres critères, la question était de savoir lesquels !

VOIX

> Il faudrait déjà que tu te considères comme un *athgoen ohé* !

D'où venait cette voix ?

MOI

Qui est là ?

Pas de réponse. J'ignorais si cette voix venait de mon imagination, toujours est-il qu'elle avait raison; tant que je ne me considérerais pas comme un *athgoen ohé*, un homme d'ici, il n'y avait aucune raison que les ancêtres m'acceptent en leur sein. Mais pouvais-je me considérer comme tel? Je vivais avec les *athgœn ohé*, je parlais leur langue, j'aimais une femme de chez eux, pourtant, au fond de moi-même, je ne me sentais pas comme un des leurs : j'étais là comme un être extérieur à ce monde, un spectateur. À vrai dire, cela n'était pas nécessairement dû au fait d'être au Vemarana : cette sensation d'être spectateur du monde avait toujours été en moi, même quand j'étais dans mon monde... peut-être était ce dû à un quelconque syndrome du juif en diaspora, je ne sais pas.

Dès lors, que faire pour pouvoir me considérer comme un des leurs ? C'était impossible, il aurait fallu que je grandisse dans cet environnement : que je ne conçoive ma vie, mon existence, qu'à travers le prisme de la culture des *athgœn ohé*. Il aurait fallu que l'idée de fréquenter Arlette me soit inconcevable pour avoir une chance de me considérer comme un des leurs !

MOI

Que dois-je faire ?

Aucune réponse. Arlette... était-ce elle le problème ? Était-ce parce que j'avais péché que je ne pouvais vaincre cet arbre ?

MOI

Est-ce pour ça que je ne peux pas te vaincre, parce que j'ai péché et que j'en suis fier ?

VOIX

C'est vrai que ça n'aide pas...

MOI

Est-ce toi l'arbre qui me parle?

VOIX

Les arbres ne parlent pas voyons !

MOI

Les arbres ne fouettent pas ceux qui cherchent à s'en approcher!

VOIX

Pas faux, mais je ne suis pas plus un arbre que toi.

MOI

Qui es-tu?

VOIX

Tu connais Jimmyny cricket ?

MOI

Le truc dans Pinocchio là? Sa conscience? Tu es ma conscience?

VOIX

C'est un truc approchant...

MOI

Ah. Et tu n'aurais pas une idée pour vaincre cet arbre?

VOIX

Tu étais bien parti dans tes réflexions, simplement avant que tu ne cherches à te considérer comme un a*thgœn ohé* et aller faire la fête éternelle, il serait peut-être bon que tu saches qui t'as tué!

MOI

Quelqu'un m'a tué?

VOIX

Bah oui ! Comme par hasard tu meures le soir ou tu devais te racheter, c'est quand même une drôle de coïncidence.

MOI

Et bien quoi ? Tu crois qu'on m'a empoisonné?

C'était une cause fréquente de mortalité d'après les dires de Tamé.

VOIX

Haha voilà une bonne idée!

MOI

Mais pour quoi faire?

VOIX

Un jaloux ou quelqu'un qui voit un intérêt politique à se débarrasser de quelqu'un de gênant.

MOI

Ietar ?

VOIX

Non! Ce dernier est fort amoureux d'Arlette, mais je pense qu'il a peur de toi. En fait tu es peut-être au courant que tout le monde pense que tu es un démon. Cela n'est pas sans te causer quelques ennuis, il est vrai, mais cela a quand même un certain avantage. Par exemple le fait que peu de gens oseraient de tuer : ils auraient trop peur que tu reviennes pour te venger, d'une manière ou d'une autre... À vrai dire, les gens accuseront probablement Ietar, mais ce n'est pas lui. Il faudrait plutôt que tu cherches du côté de quelqu'un qui ne te craint pas, ou, tout du moins, quelqu'un que tu ne pourrais pas soupçonner. Car pas de soupçon, pas de vengeance...

MOI

C'est un peu compliqué...

VOIX

Oui c'est en effet assez tordu, mais bon tu sais, la politique...

MOI

Harring ?

VOIX

Ce dernier n'agirait pas de son propre chef. Il n'est que l'instrument.

MOI

Ce ne serait pas...

Je me disais qu'Arlette aurait pu avoir un intérêt à le faire... Non, son amour était sincère. Et, du reste, je ne voyais pas en quoi Harring agirait pour elle.

MOI

Tamé ?

VOIX

En plein dans le mille!

MOI

Mais pourquoi lui ? Il venait de me prêter des cochons pour me protéger, il m'aimait!

VOIX

En politique il n'y a pas d'amitié.

MOI

Mais je ne comprends pas quel serait son intérêt!

VOIX

Tu iras lui demander si tu veux.

MOI

Mhm pour l'instant je dois surtout vaincre cet arbre.

Tamé m'avait tué... Quelle déception !

VOIX

Comme tu veux, mais, si je peux te donner un petit conseil : plutôt que d'affronter les ancêtres des autres, il te serait peut-être plus judicieux d'affronter les tiens.

MOI

Comment ça?

VOIX

Lample ! (viens voir !)

Et je vis un chemin partant à droite de l'arbre se former à travers le bush. Je pris ce chemin, marchai une bonne demi-heure avant de déboucher sur un grand lac, calme, entouré de collines. Une petite île était au milieu et un vieil homme, un blanc, était sur cette île.

VOIX

Viens !

MOI

Je ne suis pas très bon à la nage.

VOIX

Oui je le sais, tu as voulu apprendre tout seul et du coup tu nages un peu n'importe comment. Mais, en l'occurrence, je pense que tu peux te contenter de marcher.

MOI

Comment ça?

VOIX

Eh bien en mettant un pied devant l'autre mon garçon.

MOI

Sur l'eau ?

VOIX

À défaut de pont, je pense que c'est à peu près ça.

Je mis alors un pied sur l'eau. Il ne s'enfonça pas. Je mis mon deuxième pied sur l'eau et je restai là. Sans couler. En fait c'était comme si je marchais dans une flaque.

VOIX

Bon arrête de te prendre pour Jésus et ramène ta fraise, il faut qu'on parle.

Je me dirigeai alors vers la petite île au centre du lac et arrivai près du vieux. Il semblait très âgé, n'avait plus de cheveux sur le haut du crâne, ce qui contrastait avec sa crinière bien fournie et totalement incoiffable sur les côtés : avec ses lunettes rondes, cela lui donnait un vague air de savant fou. Il portait un jean et une chemise hawaïenne ouverte jusqu'au troisième bouton. Son visage me semblait curieusement familier, mais j'étais incapable de savoir où j'avais bien pu voir une tête pareille.

MOI

Qui êtes-vous ?

VOIX

Allons, tu ne te reconnais plus, c'est vrai que je ne suis plus tout jeune, mais quand même : le menton, les fossettes, tiens regarde mes auriculaires.

Ils étaient courbés vers l'intérieur, comme les miens.

MOI

Tu es mon ancêtre ?

VOIX

Mhm c'est à la fois vrai et à la fois faux.

Soudain je compris.

MOI

Tu es... moi ? Enfin je veux dire, tu es le premier démiurge ? Ou le précédent.

VOIX

Le premier, le meilleur !

MOI

Je ressemblerai à ça quand je serai vieux ?

MOI VIEUX

Et bien techniquement si tu deviens le démiurge tu pourras choisir la forme que tu veux, mais si tu devais vieillir naturellement, c'est probablement ce à quoi tu ressemblerais : un octogénaire en pleine forme et bourré de charme !

Moi

J'aurais plutôt dit un savant fou.

M.V.

Eh ! N'oublie pas que c'est à toi que tu parles, un peu de respect !

Moi

Ça me fait bizarre de reparler français !

M.V.

T'as l'impression d'être rentré à la maison ?

Moi

Mhm, disons que j'ai l'impression de refaire du roller après dix ans sans en avoir fait.

M.V.

Intéressant. Bon, c'est pas tout ça, mais je préfère te prévenir : mon temps est limité. Donc si tu veux qu'on cause, il va falloir qu'on se dépêche. Je suppose que tu as des tas de questions à me poser.

Des questions, j'en avais effectivement un certain nombre.

Moi

Qu'est ce que tu fais ici?

M.V.

La question c'est qu'est-ce que toi tu fais ici? Moi j'ai toujours été à l'intérieur de toi, depuis le début.

Moi

Mais pourquoi es-tu arrivé maintenant?

M.V.

Et bien tu pensais à des histoires d'ancêtres, je me suis dit que c'était le bon moment pour intervenir.

MOI

Tu veux dire que tu aurais pu intervenir n'importe quand?

M.V.

Seulement en cas d'urgence !

MOI

Et c'était une urgence là?

M.V.

Oui, parce que si tu bats cet arbre, cela voudra dire que tu auras choisi de devenir un vrai *athgœn ohé*, et que tu auras totalement refusé d'être le démiurge. Il fallait intervenir pour éviter que tu prennes cette décision à la légère.

MOI

Je t'avoue que je suis un peu embêté : je ne me sens pas plus démiurge qu'*athgoen ohé*...

M.V.

Exactement, parce que tu ignores ce que c'est qu'être le démiurge. Du reste tu te crois prisonnier de ta propre condition.

MOI

Et est-ce que c'est vrai ?

M.V.

Quoi donc ?

MOI

Est-ce que tout n'était que cinéma? Mes parents, leurs réactions, mes amis, est-ce que c'étaient des automates qui se contentaient de suivre un programme préétabli?

M.V.

C'est marrant ce que tu me racontes, cela me fait penser à Leibniz.

MOI

Tout est pour le mieux dans le meilleur des mondes?

M.V.

Dans le meilleur des mondes possibles, oui celui-là même, un sacré personnage!

MOI

Et en quoi cela te fait penser à lui?

M.V.

Je pense que pour commencer je devrais t'expliquer un peu de sa pensée. Je sais, tu vas me dire qu'on perd notre temps, que tu as des choses plus importantes à faire que de parler de philosophie, mais sache que c'est justement dans ces moments-là qu'il est le plus intéressant de le faire. Donc, D a fait le monde. Enfin du moins c'est ce que croit Leibniz, chacun ses croyances. Moi par exemple je n'y ai jamais cru, mais bon, passons. Donc dans la pensée leibnizienne, D a fait le monde. Or, étant donné que D n'est que bonté et perfection, le monde qu'il a créé ne peut qu'être bon et parfait. Logique, n'est-ce pas ? Pourtant, si c'est le cas, comment peut-on expliquer l'existence du malheur, de la mort, de la maladie, des massacres en tout genre et autres génocides?

M.V. (TOUJOURS)

La réponse que propose Leibniz est de dire que tous ces malheurs relèvent d'un plan divin qui nous est impossible à comprendre, et ce plan ne peut qu'amener le monde vers quelque chose de bon et juste qui est compris dans le dessein divin. Tous ces malheurs ne sont que des maux nécessaires pour arriver au monde bon et juste que prévoit l'Éternel. Tu suis ?

MOI

Pour le moment, oui, mais je ne vois pas le rapport avec mon histoire.

M.V.

Patience, j'y viens ! Vois-tu, cette idée du dessein divin nous oblige à imaginer un dieu qui tirerait les ficelles du monde...

MOI

Oui.

M.V.

Mais dans ce cas, se demande Leibniz, que fait-on de la notion du libre arbitre ? Si le mal est prévu dans le dessein divin, peut-on condamner celui qui fait ce mal ? La personne qui tue une autre personne est-elle responsable de son acte ?

MOI

Et quelle est la réponse proposée par Leibniz ?

M.V.

Eh bien j'en sais rien ! Il pense bien qu'il y a un libre arbitre et que les hommes sont responsables de leurs actes, mais je n'ai jamais réussi à comprendre ce qu'il essayait de dire. Faut dire qu'on n'a jamais été très bon en philo canonique dirons-nous. Néanmoins je pense avoir trouvé une réponse satisfaisante à ce paradoxe.

MOI

Ah oui ?

M.V.

As-tu déjà essayé de regarder chaque molécule qui composent un gaz?

MOI

Euh non, mais quel est le rapport?

M.V.

Si tu regardes chaque molécule d'un gaz en mouvement, tu t'apercevras qu'elles se promènent de manière totalement aléatoire.. Pourtant, si tu regardes le gaz dans son ensemble, tu t'aperçois qu'il a une direction ! Ici, c'est exactement la même chose : chaque individu fait ce qu'il veut, l'Éternel ne s'occupe pas de ça : seul compte le mouvement général !

MOI

Je vois. Cela signifie donc que seuls les grands événements qui changent le monde sont d'origine divine, c'est ça? César qui franchit le rubicond ou encore les nazis, le 11 septembre?

M.V.

C'est impossible à dire tant que nous n'aurons pas atteint la destination finale proposée par l'Éternel.

MOI

Mais c'est impossible de prouver ce qu'il dit !

M.V.

C'est vrai, pourtant cette idée du gaz est valable pour ta situation : il est impossible de gérer chaque individu, chaque « monade », pour reprendre le terme de Leibniz, séparément : ce qui compte c'est le mouvement général.

MOI

Donc, si je comprends bien, à chaque fois que mon monde revient à zéro, plein de petits éléments sont différents : notamment, les gens peuvent se comporter différemment ?

M.V.

Exactement ! Ils gardent leur libre arbitre.

MOI

Pourtant ils sont quand même embarqués dans le même train, un train qui doit mener à ce que je devienne le démiurge, c'est bien ça ?

M.V.

Exactement !

MOI

Mais qui est le conducteur du train ? Qui veille à ce qu'on arrive à destination ?

M.V.

Quelqu'un d'autre que je ne connais pas.

MOI

Mais le démiurge n'est-il pas censé tout connaître ?

M.V.

Non, il y a des choses qui le dépassent.

MOI

Cela signifie donc qu'il y a d'autres personnes qui ont des grands pouvoirs ?

M.V.

Il vaut mieux, suppose que le démiurge devienne fou ?

MOI

Il y a donc des gens plus puissants que le démiurge ?

M.V.

Ce n'est pas comme ça qu'il faut réfléchir.

MOI

C'est-à-dire ?

M.V.

Eh bien, tu connais le jeu pierre-feuille-ciseau ?

MOI

Bien sûr, la feuille est plus forte que la pierre qui est elle-même plus forte que les ciseaux qui sont eux-mêmes plus forts que la feuille, elle-même plus forte que la pierre et ainsi de suite.

M.V.

Et donc qui est le plus puissant des trois ?

MOI

C'est impossible à dire !

M.V.

Exactement, eh bien, dis-toi que pour les « dieux » c'est la même chose !

MOI

Il n'y a donc que trois dieux ?

M.V.

Je ne sais pas combien il y en a, mais je pense que c'est un peu plus que ça.

MOI

Et chaque dieu a une fonction particulière ?

M.V.

Oui !

MOI

Quelle est celle du démiurge ?

M.V.

Tu es le gardien du *statu quo* : tu t'arranges pour que les mondes restent tels qu'ils sont : avec les mêmes lois physiques.

MOI

Je n'ai pas le droit de détruire un monde ?

M.V.

Quel horreur ? Pourquoi voudrais-tu faire ça ?

MOI

Je sais pas, si je trouve qu'un monde va contre mes valeurs ?

M.V.

Non non, tu n'as pas à faire de jugement sur les valeurs d'un monde : chaque monde est différent et a des valeurs différentes, il faut savoir les respecter.

MOI

Mais...

M.V.

Non il n'y a pas de mais, c'est comme ça.

MOI

Pourtant...

M.V.

Écoute, tu finiras pas comprendre ce que j'entends par « respecter les mondes ». En attendant, je suppose que tu as d'autres questions à me poser.

J'aurais pu continuer à essayer d'argumenter, mais je sentais que je risquais de perdre mon temps, mieux valait se concentrer sur des questions plus pressantes.

MOI

Il y a quelque chose qui me turlupine dans tout ce que tu me dis.

M.V.

Oui ?

MOI

J'ai beaucoup réfléchi à cette histoire de réincarnation.

M.V.

Et ?

MOI

Étant donné que ce qui fait un individu ce sont, outre ses gènes, son expérience et ses souvenirs. Je veux dire, si je me sens moi c'est parce que j'ai été forgé par mes souvenirs.

M.V.

C'est une façon de voir.

MOI

Et bien d'après moi, pour qu'il y ait une vraie réincarnation...

M.V.

Qu'est ce que tu appelles « vraie » réincarnation ?

MOI

Disons, une réincarnation dans laquelle la personne réincarnée est exactement la même personne que lors de sa précédente vie.

M.V.

D'accord.

MOI

Pour qu'il y ait une vraie réincarnation, il faudrait que la personne réincarnée aie les mêmes souvenirs que lors de sa précédente vie.

M.V.

Ça me semble logique !

MOI

Pour faire ça il y a deux possibilités : soit on transfère dans la tête de la personne réincarnée les souvenirs de sa vie passée.

M.V.

Oui.

MOI

Soit on fait en sorte que la personne revive encore une fois sa vie précédente. Mais il faudrait que la vie qu'il vive soit exactement la même, sinon ça ne marchera pas.

M.V.

D'accord.

MOI

Bon, lorsqu'on m'apprend que je suis le démiurge, il faut qu'à ce moment là j'ai vécu la même vie que la dernière fois, en d'autres termes il faut que j'ai eu la même enfance à la virgule près. Sinon, on ne peut pas dire que je suis la même personne

M.V.

Oui, et ?

MOI

Si tu me dis que les gens conservent leur libre arbitre et qu'il existe une variation dans leurs actions d'une réincarnation sur l'autre. Ça veut dire que les choses que j'ai vécues étant enfant ne sont pas exactement les même que celles que tu as vécues !

M.V.

Oui.

MOI

Je n'ai donc pas grandi exactement dans le même environnement que toi ! Donc ce n'est pas une vraie réincarnation : je ne suis pas exactement la même personne que la dernière fois !

M.V.

Oui ! C'est exactement ça !

MOI

Mais si chaque démiurge est différent, pourquoi se fatiguer à faire revenir mon monde à zéro à ma mort et à veiller à ce que le démiurge ait toujours le même patrimoine génétique ?

M.V.

Parce que ça marche !

MOI

Comment ça ?

M.V.

Tu as toujours été un bon démiurge !

MOI

Mais comment peut-on être sûr que je devienne un bon

démiurge ?

M.V.

Comment peut-on être sûr que lorsque tu plantes une graine, elle donnera un arbre ?

Moi

Je ne sais pas.

M.V.

Tu ne peux jamais en être sûr, la seule chose que tu peux faire, c'est la mettre dans un terreau fertile, en sachant que chaque graine est unique, et l'endroit où elle pousse, la luminosité qu'elle aura, la température qu'elle aura dans l'année pourra varier. Pourtant, pour peu que ta graine soit fertile et que ton environnement n'est pas trop hostile, il y a de fortes chances que ta graine donne un arbre. Eh bien, en ce qui nous concerne, c'est la même chose : nous ne sommes qu'une graine d'une certaine espèce qui est plantée dans un terreau qui a déjà porté ses fruits.

Moi

Je vois... et qui a été le premier qui a décidé de planter une graine ? Toi ?

M.V.

Si je te dis que j'ai oublié ?

Moi

Ça me semble peu crédible.

M.V.

Pourtant c'est la vérité.

Tout ce que me révélait cet homme remettait en question ce que m'avaient dit mes amis. Et, curieusement, en écoutant ce qu'il disait, c'est comme si, la sensation d'angoisse qui ne me quittait plus depuis le début de mon aventure, disparaissait.

MOI

Tu veux que je te dise le fond de ma pensée ?

M.V.

Vas-y !

MOI

Non seulement tu n'es pas moi, mais tu n'es pas non plus le premier démiurge.

M.V.

Qu'est-ce qui te fait dire ça ?

MOI

Je ne sais pas, quelque chose me dit que tu n'es pas celui que tu prétends être, appelle ça un sixième sens si tu veux.

Et soudain, le vieil homme se métamorphosa en... Bison !

MOI

Toi ?

BISON

Oui.

MOI

Pourquoi te fais-tu passer pour le premier démiurge ?

BISON

Peut-être parce que je suis le premier démiurge. Ou alors peut-être que je me disais que ce serait plus rigolo, va savoir...

MOI

Tu es qui en fait ?

BISON

Une énigme. J'ai bien aimé notre discussion, je pense que ce que tu as découvert était vraiment pas mal.

J'allais ajouter quelque chose, mais il me coupa.

BISON

Je suis désolé, je ne peux pas rester. Je pense t'avoir révélé toutes les informations dont tu as besoin pour faire ton choix. Alors que vas-tu faire ? Reprendre ta place ou essayer de vaincre cet arbre ?

MOI

Pour commencer, je vais prendre ton bâton.

BISON

Pardon ?

MOI

Rien, c'était une citation. J'avoue que j'aurais bien besoin de réfléchir. En fait, j'éprouve une certaine sympathie pour le projet de Zeus...

BISON

Il ne respecte pas le choix des morts.

MOI

Mais il se bat pour la liberté des vivants...

BISON

La question est donc de savoir si tu veux qu'il vienne ici et qu'il rende la liberté à tout le monde, que tout le monde se mette à parler grec et qu'ils abandonnent leurs croyances en des arbres et aux démons. Car c'est ça qui finira par se produire. Ou si tu te dis que le choix des morts est tout aussi valable que celui de Zeus et, qu'après tout, la diversité n'est pas une mauvaise chose.

MOI

Je peux laisser ce choix au prochain démiurge.

BISON

Ce serait lâche.

MOI

Oui, je sais. Je ne faisais cette remarque que pour la forme.

On était donc à la croisée des chemins, il était temps pour moi de prendre mon destin en main. Au fond de moi, je savais que cet instant allait arriver, que je n'allais pas pouvoir fuir éternellement. Il était temps de finir le travail entrepris, que je le veuille ou non. J'eus le visage de Nadia qui apparut dans mon esprit, sans crier gare.

MOI

Bon... j'aime ce pays.

BISON

Et?

MOI

Ce n'est pas de gaîté de cœur que je demande ça, mais : est-ce que tu penses que mes amis m'apprendront à le vaincre ?

BISON

Honnêtement, je ne le pense pas, ils ne peuvent que t'apprendre les rudiments, mais ce n'est pas suffisant pour vaincre Zeus. En revanche je connais quelqu'un qui peut t'aider. Enfin si tu acceptes de prendre tes responsabilités...

MOI

Puisqu'il le faut bien, oui, j'accepte.

BISON

Dans ce cas vas voir le soleil écumant de rage dans sa grotte, elle pourra-t-aider!

Ethique

Chapitre 9

Lorsque je m'éveillai de mon lit de mort, j'étais entouré de femmes, dont certaines m'étaient inconnues, en train de se lamenter sur mon sort. Nécessairement, ce réveil provoqua une crise de panique parmi ces femmes qui, bien que pieuses, n'avaient encore jamais vu un mort se réveiller. En un rien de temps la case se vida de tout ce qu'elle avait d'humain exceptées deux personnes : Arlette et moi.

ARLETTE

C'est... toi ?

MOI

Oui c'est moi.

ARLETTE

Comme as-tu fait pour revenir ?

MOI

Disons que j'ai rencontré un ami.

ARLETTE

Qui ça ?

MOI

Peu importe. Écoute, il va falloir que je retourne de là où je viens.

ARLETTE

Pour quoi faire ?

MOI

Une guerre se prépare.

ARLETTE

Comment ça ?

MOI

Tu te rappelles quand je t'ai dit que, si j'étais ici, c'était à cause de la mort d'un ami ?

ARLETTE

Oui.

MOI

Et bien si cette personne est morte, c'est en partie à cause de la guerre qu'il y a là-bas. Comme tu le sais, je suis un puissant sorcier, probablement le plus puissant sorcier de mon pays. Seulement, quelqu'un cherche à prendre ma place.... Il va falloir que je l'en empêche.

ARLETTE

Je ne comprends pas très bien, pourquoi, alors que tu es resté un an sans te soucier de cette personne, d'un coup, tu décides de partir reprendre ta guerre ?

MOI

Parce qu'il finira par venir ici. Et, même s'il a des défauts, j'aime ce pays et je veux le protéger.

ARLETTE

Est-ce que je pourrai venir avec toi ?

MOI

C'est dangereux.

ARLETTE

Et alors ?

MOI

Je ne veux pas te mettre en danger.

ARLETTE

La belle affaire !

MOI

Le problème c'est que comme tu n'as pas de pouvoir...

ARLETTE

Je ne suis pas en mesure de me défendre c'est ça ?

MOI

Euh... oui.

ARLETTE

Je ne serai qu'un boulet qu'il faudra traîner, je risque de vous ralentir !

MOI

Euh...

ARLETTE

Ça va j'ai compris, je ne te suis utile que pour coucher, mais une fois que c'est fait, je ne sers à rien, juste à m'occuper des mômes et basta. En fait, je dois me tromper sur ton sort : tu n'es qu'un vulgaire misogyne !

Elle dit tout ça d'un ton assez neutre en me regardant droit dans les yeux. Elle était en colère. Bien sûr, je savais qu'elle ne croyait pas vraiment à ce qu'elle disait, elle essayait simplement de me provoquer. Je songeai un instant à faire comme si je ne l'avais pas entendu. Mais cela l'aurait vexée. Du reste, elle me pointait une vraie contradiction : je lui avais toujours dit que je n'étais pas homme à interdire à ma femme de faire quoi que ce soit.

MOI

C'est faux Arlette, mais, que veux-tu que je fasse ? Il faut bien que quelqu'un s'occupe de Sɛr, et je ne peux pas l'emmener avec moi. Tu sais, je ne suis pas sûr de gagner. Que se passera-t-il si nous perdons la guerre ?

ARLETTE

Mais *Sɛr* n'est pas à l'abri ici non plus, et tu le sais ! Les gens t'ont vu te réveiller, ils ont vu que tu étais un démon, à ton avis tu crois qu'ils vont faire quoi à ton fils ? Ça se trouve à l'heure qui l'est, on pense à un moyen de le tuer !

MOI

Alors que faire ? Dans les deux cas on est perdant...

En disant ça, je me fis la réflexion que, finalement, cette Arlette-là n'avait plus grand-chose à voir avec l'Arlette que j'avais connue au début. Mais, en formulant cette réflexion dans ma tête, je m'aperçus qu'elle était inexacte. En réalité, elle avait appris à s'affirmer et, alors qu'autrefois elle pouvait s'indigner en silence, elle acceptait à présent de dire à haute voix ce qu'elle pensait. Ce n'était plus une adolescente que j'avais en face de moi, mais une vraie femme, une maman amoureuse. À bien y réfléchir, bien que notre conversation allât vers une impasse, cette nouvelle Arlette me plaisait davantage. Et c'est avec une pointe de condescendance que je me dis que la colère lui saillait bien physiquement.

Je la vis hésiter et c'est en prenant sur elle qu'elle me fit cette déclaration d'amour qui me marqua particulièrement :

ARLETTE

Excuse-moi de me mettre en colère. Mais quand tu me dis que tu veux me protéger, cela me met mal à l'aise, comme si tu attendais de moi que je sois comme les autres femmes, à attendre bien sagement que son homme revienne de la guerre. *Metɛk*, moi aussi je veux pouvoir prendre les armes.

MOI

Je comprends, excuse-moi.

ARLETTE

Tu sais, dans le fond j'ai toujours été contre cet état de fait qui voulait que seuls les hommes puissent devenir chefs et épouser plusieurs femmes. Mais avant de te rencontrer, je me disais que je ne pouvais pas faire autrement, que j'allais être obliger d'épouser un vieux chef que je ne connaissais pas pour qu'il devienne notre allié. Je me disais que c'était normal après tout, il fallait se battre pour la renommée de mon père. Et puis, comme aucun jeune homme ne me plaisait ici, je me disais que ça ne changerait pas grand-chose. C'est alors que tu es arrivé. Et, comment dire, tu n'étais pas comme eux, tu te comportais comme si j'étais ton égale. J'ai alors compris que l'ordre établi que je suivais, que nous suivions tous ici, n'était pas aussi absolu que ce que je croyais.

Que pouvais-je répondre après ça ?

MOI

Je vois... Écoute, je suis désolé que tu croies que je veuille te laisser en arrière, ce n'est pas mon genre. Je voudrais que tu viennes avec moi, sincèrement. Mais je pense à Sɛr, et je ne veux pas qu'il soit exposé à cette guerre, c'est tout.

À nouveau, elle sembla hésiter, puis dit :

ARLETTE

Si je viens avec toi, est-ce que c'est possible de faire des aller-retours entre ici et les autres mondes ?

MOI

On peut le faire exceptionnellement, mais si on le fait trop souvent, mes ennemis finiront par trouver cet endroit, ce qui n'est pas souhaitable.

Elle garda le silence un moment puis, soudain, ses yeux s'illuminèrent.

ARLETTE

Tu penses que la guerre durera longtemps ?

MOI

C'est impossible à dire, à l'heure actuelle je ne peux pas vaincre mon ennemi, il faut donc que j'aille suivre un entraînement pour acquérir suffisamment de force si je veux avoir une chance...

Bison, n'avait pas été précis sur ce qui allait m'aider à vaincre Zeus : un entraînement spécial ? Un objet magique ? Ou un pouvoir sorti de nulle part ? J'espérais que ce fût un entraînement : je n'étais pas très fan des grigris et des effets placebo. Du reste, l'entraînement étant l'option qui prenait le plus de temps, mieux valait que j'annonce la méthode dont la durée était la plus importante...

ARLETTE

Ça durera longtemps ton entraînement ?

MOI

Je l'ignore, plusieurs semaines, plusieurs mois...

ARLETTE

OK, je connais un endroit où il sera à l'abri, c'est une grotte magique située au cœur de la forêt. Personne n'ose s'y aventurer par peur des démons. Je vais le garder là-bas un moment. Lorsque ton entraînement sera terminé, tu viendras ici et nous discuterons de la marche à suivre à ce moment... Cela te convient ?

Ce soudain revirement de situation me sembla bizarre sur le coup et je sentis qu'il y avait anguille sous roche et qu'elle me cachait quelque chose. Pourtant, un petit peu par lâcheté, je ne lui dis rien, il faut dire que sa proposition m'arrangeait.

MOI

Oui, cela me convient.

Il me fallait partir, mais je n'avais pas vraiment envie de la quitter...

MOI

Bon, eh bien, à bientôt alors.

ARLETTE

Salut.

Je la regardais sans bouger, incapable de prendre la moindre décision.

ARLETTE

Allez, casse-toi !

Je la pris dans mes bras. Assez maladroitement.

MOI

Tu vas me manquer.

Elle colla son front sur mon torse.

ARLETTE

Toi aussi.

Et elle resta dans mes bras un temps que j'aurais voulu être une éternité.

ARLETTE

Dis... Avant que tu partes, je voudrais te poser une dernière question.

MOI

Oui ?

ARLETTE

Ton vrai nom ?

Il était impossible qu'elle sache que « *Metek* » n'était pas mon vrai nom. Parfois son instinct me surprenait.

MOI

Élie.

ARLETTE

T'as intérêt à revenir Elie !

MOI

Je te le promets!

Et je disparus.

Avant de quitter ce monde, il me fallait régler une petite affaire avec mon paternel plus ou moins adoptif. Je ne mis pas beaucoup de temps à le localiser. Il était en train de discuter avec Harring. Comme la première fois que je les avais rencontrés, Rtaval et Tyvle les accompagnaient.

Si Harring ne parut pas surpris de mon arrivée, Tamé sembla médusé l'ombre d'un instant, avant de se ressaisir.

TAMÉ

Metɛk ! C'est incroyable, moi qui te croyais mort !

MOI

Je le suis.

TAMÉ

Oh... J'en suis désolé.

MOI

Pourquoi tu m'as tué ?

En disant ça je m'approchai lentement d'eux, je vis Rtaval et Tyvle saisirent arcs et flèches.

TAMÉ

Pourquoi aurais-je fait ça ? Tu es mon fils !

MOI

Je suis ton fils quand ça t'arrange.

Rtaval et Tyvle encochèrent leurs flèches et bandèrent leurs arcs.

TAMÉ

Écoute, n'approche pas plus, sinon je serais contraint de

demander à Rtaval et Tyvle d'intervenir.

MOI

Et bien qu'ils interviennent.

Tamé fit une espèce de claquement de la langue. Tout se passa alors très vite : Rtaval et Tyvle lancèrent leurs flèches... que j'arrêtais en plein vol et les laissait flotter en l'air.

TYVLE

Quel est ce prodige?

Je me téléportai juste derrière ce dernier.

TAMÉ

Attention !

Mais c'était trop tard, je l'avais touché d'une magistrale gifle, et il s'évanouit dans l'instant. Oh que c'était bon de laisser libre cours à mes pouvoirs...

TAMÉ

Fuyons!

Je me téléportai face à Rtaval. Il essaya de me frapper de sa massue, mais je l'attrapai à une main, sans grande difficulté. Je le frappai alors d'un coup de pied au ventre, il s'évanouit sur le champ.

MOI

Ça c'était pour le coup de casse-tête de la dernière fois !

Tamé jeta un coup d'œil à Harring, qui semblait s'amuser de la situation. Apparemment, le vieux, n'avait pas l'air de vouloir agir en quoi que ce soit.

TAMÉ

Que me veux-tu?

MOI

Comprendre pourquoi tu m'as tué.

TAMÉ

Et qu'est-ce qui te dit que je t'ai tué ?

MOI

Allons, je suis quelqu'un de très puissant, bien plus puissant que tu ne peux l'imaginer. Je sais très bien ce qui s'est passé. À vrai dire je ne t'en veux pas vraiment, cela a eu le mérite de me réveiller. La seule chose que j'aimerais comprendre, c'est pourquoi as-tu voulu faire ça.

TAMÉ

À ton avis ?

MOI

J'étais devenu indésirable ?

TAMÉ

Oui, tu me coûtais trop de cochons et ça commençait à grincer au sein de mon clan, il fallait qu'on en finisse.

MOI

Mais pourquoi as-tu accepté de payer pour moi alors ? Tu aurais pu me laisser seul.

TAMÉ

Pas vraiment, je ne peux pas être ton protecteur et décider de t'abandonner du jour au lendemain. Ce ne sont pas des choses qui se font.

MOI

Pourtant cela ne t'empêche pas de me tuer ?

TAMÉ

Cela n'a rien à voir : si je n'avais pas payer, les gens auraient répéter que je ne défendais pas mes protégés, ce qui m'aurait fait perdre en crédibilité auprès de mes alliés. Maintenant, de te garder auprès de moi, cela me faisait aussi perdre en crédibilité, cette fois auprès des gens de mon clan. Je n'avais d'autre choix que de me débarrasser de toi.

MOI

Je vois. Mais pourquoi pas m'envoyer en exil ?

TAMÉ

Si je t'avais envoyé en exil, j'aurais quand même été obligé de payer les réparations. Alors que là, ce n'est pas le cas : en faisant porter le chapeau à quelqu'un d'autre, ce dernier est obligé de payer à ma place. C'est doublement avantageux : je reste respectueux des conventions et je discrédite un futur gêneur.

MOI

Et qui est ce gêneur ?

TAMÉ

Ietaɾ : il commençait à me faire de l'ombre. C'est pour cette raison qu'il s'est enfui d'ailleurs. Mes hommes le cherchent activement.

MOI

C'est intelligent en effet. Mais tu n'as pas de scrupule à faire ça ?

TAMÉ

Comment ça ?

MOI

Je ne sais pas, je pensais que tu m'appréciais, et je me disais que je pourrais te manquer.

TAMÉ

Je n'ai pas à prendre ce genre d'état d'âme en compte, la seule chose qui compte, c'est que je devienne *vystɛɾ*. Le reste n'est que subsidiaire. C'est pour cette raison que j'ai combattu mes frères et que je m'en suis débarrassé. Et si c'était à refaire, je le referais.

MOI

Tu es sans cœur...

TAMÉ

Pas vraiment, tu sais, si je n'avais pas pris les armes et que je ne m'étais pas débarrassé d'eux, on serait en guerre à l'heure actuelle ! Heureusement que j'ai été là pour calmer le jeu. Et regarde où on en est actuellement ? Cela fait plusieurs années que nous n'avons pas eu de guerre, les femmes font de beaux enfants, forts et sains, il y a de la main-d'œuvre pour s'occuper des terres et personne ne meure de faim. À partir de là, ce qui compte c'est que ça dure. Et pour que ça dure, il faut que je puisse rester chef par tous les moyens.

MOI

Même si ça t'oblige à te débarrasser de tes amis...

TAMÉ

Je suis le chef, je n'ai pas d'ami. Je ne peux pas avoir d'amis : qu'est-ce qui me dit que celui qui se fait passer pour mon ami ne veut pas prendre ma place, ou ne travaille pas pour un de mes rivaux ? On en a vu des gens mourir « mystérieusement » avant de devenir *vystɛr* !

MOI

Moi qui pensais avoir trouvé un bon mode de gouvernance, il apparaît que je me suis trompé.

TAMÉ

Pourquoi ça?

MOI

Parce qu'un gouvernant qui est obligé de tuer pour que son pouvoir soit respecté n'est pas un bon gouvernant.

TAMÉ

Comme tu es naïf, je ne vois pas comment tu peux maintenir la paix sans te débarrasser des menaces et de tes ennemis... Je te le dis : mieux vaut tuer une personne et éviter la guerre que d'épargner quelqu'un et de provoquer la guerre. Maintenant que vas-tu faire ? Je préfère te prévenir que si tu veux me tuer, ton action risque de provoquer la guerre. Pense à ta femme, pense à ton fils...

Moi

Rassure-toi, je ne vais pas te tuer : tu m'as accueilli quand j'avais besoin de quelqu'un, tu t'es occupé de moi, tu m'as donné une terre à cultiver et tu m'as permis de vivre à tes côtés et sous ta protection. Considère simplement que je ne te suis plus redevable.

Tamé

C'est tout? Tu ne vas rien faire d'autre?

Moi

Je ne suis pas là pour punir les gens, ce n'est pas mon rôle.

Tamé

Et quel est ton rôle alors ?

Moi

Je suis le garant de l'équilibre du monde et de la liberté de chacun.

Tamé

Qu'est ce que cela signifie?

Moi

Je n'en sais rien, mais je vais le découvrir. Adieu.

Tamé : Adieu.

William

Le soleil qui écume de rage dans sa tanière? Amaterasu ?

Il m'avait fallu peu de temps pour retrouver mes amis. En réalité, c'est comme s'ils m'avaient attendu de là où j'étais parti, le monde funeste où mourut Nadia. Ne sachant trop où me téléporter, je me dis que le mieux était de revenir sur les lieux du drame. Comme si je voulais rendre un dernier hommage à Nadia. Je pense que je n'éprouvais plus vraiment d'amour pour elle : le temps avait passé et j'avais rencontré Arlette. Pourtant, en réactivant mes pouvoirs, j'avais soudainement pris conscience d'à quel point elle me manquait.

Bien sûr, son corps avait disparu depuis longtemps, pourtant il me fut assez facile de retrouver l'endroit précis où elle avait perdu la tête. C'était comme si cet événement violent avait laissé une marque indélébile dans les ondes de ce monde. C'est là que Katia me trouva, en plein recueillement. Elle vint s'asseoir face à moi. Je sentis sa présence, mais, dans un premier temps, je ne fis rien, gardant les yeux fermés. Lorsque je les ouvris, je regardai Katia droit dans les yeux. Son expression était on ne peut plus neutre. J'hésitai entre lui mettre une claque et l'embrasser. Finalement elle se contenta de me tendre la main, que je saisis. Elle nous téléporta dans une espèce d'entrepôt désaffecté, où les autres m'attendaient.

Même si nous étions partis fâchés, j'étais content de les retrouver. Content et gêné en même temps, comme si j'avais commis un impair et que je devais m'excuser. On se regarda un temps, puis, finalement, ce fut Katia qui parla la première.

KATIA

Je suis désolée pour Nadia. J'ai failli, excuse-moi.

MOI

Non, c'est moi qui ai failli, je voulais qu'elle reste avec nous et je n'ai pas été capable de m'assurer qu'il ne lui arrive rien.

Un grand silence : la réconciliation était faite. C'est toujours étrange les scènes de réconciliation. On s'attend, à ce que ce soit des grands moments, où tout le monde pleure, se frappe, s'embrasse. Mais, souvent, c'est beaucoup plus sobre que ça : on avoue ses fautes et c'est fini, on reprend tant bien que mal notre relation d'avant. Du moins, c'est comme ça que j'ai vécu la plupart de mes réconciliations.

MOI

Qui ça?

WILLIAM

Amaterasu, la déesse du soleil shintoïste. Elle s'est
disputée avec son frère et depuis elle reste dans sa tanière
attendant que son frère vienne lui demander pardon.
Privant ainsi son monde de soleil.

MOI

Il n'y a pas de soleil dans son monde?

WILLIAM

Non, pas tant que son frère ne lui a pas demandé pardon.

MOI

Et ça dure depuis combien de temps?

WILLIAM

Quel âge as-tu?

MOI

18 euh 20 ans.

WILLIAM

Eh bien c'est pareil.

MOI

Il y a un lien de cause à effet?

WILLIAM

Assurément. Tant qu'il n'y a pas un nouveau démiurge
pour venir les réconcilier ils se disputeront.

MOI

Et c'est à chaque fois la même chose? Quand je meurs, ils
se disputent?

WILLIAM

Inexorablement.

MOI

C'est bizarre.

WILLIAM

Eh bien ce sont des Japonais. Bon, bien sûr, il y a une symbolique là-dedans, tant que le démiurge ne peut pas apparaître, c'est les âges obscurs, le soleil ne peut pas se lever, etc..

MOI

Mais de là à passer du symbole au fait...

WILLIAM

Le symbole peut parfois influencer la réalité...

MOI

Bon, quoiqu'il en soit, il faut que j'aille la voir.

SIMHA

Houlà sans moi!

KATIA

Allons Simha, on doit aider le démiurge.

SIMHA

Ba t'as qu'à y aller toi, moi elle me fait flipper cette vieille folle.

MOI

Comment ça?

WILLIAM

Et bien disons qu'elle est assez caractérielle.

SIMHA

Attends une femme qui décide de faire vivre l'ensemble des gens de son monde dans le noir juste parce qu'elle a un problème avec son frère, j'appelle pas ça être caractériel, j'appelle ça être complètement tarée !

WILLIAM

Oui bon disons qu'elle est un peu susceptible...

SIMHA

Susceptible? C'est pire que ça, attends la dernière fois, elle m'a gardé enfermé un mois à 800 degrés juste parce que j'avais fait une remarque sur je ne sais plus quelle coutume bizarre! Heureusement que Katia est intervenue sinon j'y serai encore!

Tiens, un souvenir, songé-je. Avait-il eu lieu quand je n'étais pas encore démiurge ?

MOÉRA

Oui Simha a une dent contre elle, en même temps, je crois que c'est réciproque. À mon avis ils ont eu une histoire autrefois qui s'est pas très bien finie.

SIMHA

Quoi? Jamais de la vie, elle me fait trop flipper!

WILLIAM

Bon, quoi qu'il en soit, il est préférable que tu n'y ailles pas les mains vides, surtout si tu as une requête à lui faire.

MOI

Et qu'est ce que je peux lui ramener?

SIMHA

Un collier de tête de mort ça serait parfait!

WILLIAM

Allons Simha tu es mauvaise langue, bon cela dit il est vrai qu'elle aime bien les colliers.

MOI

Je peux lui ramener un collier alors!

WILLIAM

Surtout pas! Vois-tu, c'est une connaisseuse, tu as toutes les chances de lui offrir un collier qu'elle jugera de mauvaise facture. Non, ce n'est pas une bonne idée.

MOI

Qu'est ce que je peux lui offrir alors?

KATIA

Une blague juive.

MOI

Pardon?

WILLIAM

Oui c'est une bonne idée, elle adore les blagues juives, et c'est une valeur sûre!

MOI

Mais si elle s'y connaît en blague juive, je ne risque pas de lui apprendre une histoire qu'elle a déjà entendue?

WILLIAM

Justement ! Les blagues juives, plus on les entend plus on les apprécie!

SIMHA

Ouais enfin si elle juge ta blague pas assez juive, elle risque de croire que tu te fous de sa gueule.

WILLIAM

C'est un risque, mais en même temps, quel que soit le cadeau qu'on lui fasse, il y a un risque. Non je suis sûr que ça va bien se passer!

MOI

Vous m'accompagnerez?

WILLIAM

Euh; et bien disons que c'est quelqu'un que je respecte énormément, mais je ne crois pas qu'elle aime beaucoup les animaux de compagnie.

Simha

Compte pas sur moi !

MOÉRA

Si je pouvais ne pas y aller, ça m'arrangerait elle me met aussi un peu mal à l'aise.

SIMHA

Ouais m'est avis qu'elles ont eu une histoire ensemble!

MOÉRA

Ah oui c'était une belle histoire, c'était quand je venais de rompre avec toi, tu comprends comme j'arrivais pas à trouver ta bite, je me suis dit que quitte à rien sentir, autant que ce soit avec une fille qui a du caractère...,

SIMHA

Espèce de...

KATIA

Cessez donc un instant de vous chamailler, Amaterasu n'est pas du genre à avoir de relation sexuelle avec qui que ce soit. J'irai avec toi, cela fait longtemps que je ne l'ai pas vue!

Et c'est ainsi que j'allais rencontrer Amaterasu sans savoir exactement comment on pouvait savoir si une blague était plus ou moins juive...

Chapitre 10

Nous nous téléportâmes dans une immense caverne où il faisait une chaleur presque insupportable. Katia me montra un escalier qui descendait le long du mur. Nous l'empruntâmes pour arriver dans une autre salle... qui avait la particularité de ne pas avoir de sol solide : exceptée la corniche sur laquelle nous étions, le sol n'était que de la lave en fusion, et il y faisait bien plus chaud que dans la salle précédente. Étant donné que la corniche était assez mince, nous étions obligés de nous déplacer l'un après l'autre. Katia menait la marche. À un moment, la corniche continua son chemin à l'intérieur du mur, dans un passage étroit que nous prîme. Plus nous avancions, plus le passage allait en se rétrécissant. Le plafond devenant lui aussi de moins en moins haut, nous commençâmes à nous courber pour finir à quatre pattes.

Curieusement, une lumière diffuse sortait du mur, ce qui fait qu'on arrivait à voir où on allait. Nous rampâmes pendant bien cinq minutes avant de ressortir de l'autre côté, face à des espèces de portes de temple vaguement kitsch. Étant donné qu'elles étaient ouvertes, nous les franchîmes pour déboucher sur une plate-forme suspendue au-dessus d'un torrent de lave. Il y faisait encore plus chaud. Soudain Katia s'arrêta et me dit :

KATIA

Avance sur la plate forme, elle apparaîtra.

Je m'exécutai. Pourtant, une fois arrivé au milieu de la plate-forme, je ne la vis pas. J'entendis en revanche une voix qu'on aurait cru sortir d'outre-tombe.

VOIX

Que me veux-tu, petit bourgeon de démiurge ?

Sa voix était étrange, elle semblait dénuée d'âme. Du reste elle avait une fâcheuse tendance à détacher chaque syllabe de chaque mot. Soudain, une Japonaise de 3 mètres de haut se matérialisa face à moi. Cette dernière aurait pu être belle si elle n'avait pas été habillée de haillons, que ses cheveux avaient été coiffés et si elle n'avait pas cette façon de me dévisager d'un regard un peu fou. Le genre de regard qui vous fait dire : « Euh je vais peut-être changer de wagon ».

MOI

Bonjour, je m'appelle El...

AMATERASU (PUISQUE ÇA NE POUVAIT ÊTRE QU'ELLE)

Je connais déjà ton nom jeune bourgeon. Dis-moi plutôt ce qui t'amène ici, j'ai des choses à faire.

Sa voix s'était soudainement animée sur cette dernière phrase, d'une voix de folle elle était passée à celle d'une vieille prof acariâtre, ce qui n'était pas forcément plus rassurant.

MOI

J'ai une requête à vous faire.

AMATERASU

Et pourquoi accepterais-je une requête de ta part ?

Je sentais que je n'étais pas bien parti. Je ne sais pas pourquoi, mais j'avais une irrépressible envie d'être insolent, ce qui aurait été néfaste.

MOI

Parce que vous n'avez pas le choix.

Ouais, c'était pas la meilleure réplique...

AMATERASU

Sache que la grande Amaterasu, déesse du soleil a toujours le choix!

MOI

Justement, c'est parce que vous êtes une déesse que vous n'avez pas le choix.

AMATERASU

Qu'entends-tu par là ?

En disant cela sa voix était montée dans les aigus.

MOI

Eh bien, parce que vous êtes condamnée à votre fonction dès votre naissance.

AMATERASU

Je peux refuser de me lever, exactement comme ce que je fais en ce moment.

MOI

Oui, mais en ce cas vous êtes face à vos responsabilités. Lorsque vous vous couchez, ou que vous vous levez, vous vous dîtes que vous n'avez pas fait votre mission, que vous avez privé des milliers de personnes de soleil alors qu'ils en ont besoin. Vous pouvez faire croire que vous avez toujours le choix, mais c'est faux, un jour ou l'autre vous allez devoir reprendre du service, que vous le vouliez ou non.

AMATERASU

Faux, je pourrais décider de rester enfermée ici pour l'éternité !

MOI

Ma foi, si vous préférez rester dans une prison de solitude

en tête à tête avec vos seuls remords, c'est vous qui voyez.... En ce qui me concerne, je sais qu'irrémédiablement, je finirais par en avoir marre de ne rien foutre de mes journées.

Je brûlais toutes mes cartes c'était évident, pourtant il fallait que ça sorte. J'ignore pourquoi, mais cette femme qui refusait d'accomplir ce pour quoi elle était là aurait dû m'inspirer une certaine sympathie, après tout c'est ce que j'avais essayé de faire en fuyant pour le Vemarana. Mais c'était peut-être justement le fait que sa situation me rappelait la mienne qui me mettait en colère.

Amaterasu était devenue rouge et je craignais qu'elle n'explose et me chasse de son territoire. Pourtant elle se calma, et je crus voir un léger sourire sur ses lèvres.

AMATERASU

J'aime ton côté chien fou ! Tu as raison c'est évident. Être dieu, c'est plus une malédiction qu'une sinécure, bien que ça mette à l'abri du besoin. J'accéderai à ta requête, mais tout travail mérite salaire. M'as-tu apporté un présent ?

MOI

Oui, on m'a dit que vous étiez friande d'histoires juives.

AMATERASU

Les histoires juives? C'est une blague?

MOI

Euh c'est ce qu'on m'a dit...

AMATERASU

Non, c'est une blague juive?

MOI

Eh bien disons que ce n'est pas une histoire qui va vous faire hurler de rire, si je puis me permettre.

AMATERASU

Cela semble bien engagé, raconte ton histoire, jeune

bourgeon, et je jugerai par moi-même si cette histoire me convient ou non.

MOI

Alors c'est un vieux rabbin. Euh un vieux sage.

AMATERASU

Allons, je sais ce que c'est qu'un rabbin, mon garçon, j'en ai eu un autrefois. Continue donc.

MOI

Soit. Alors c'est un vieux rabbin dans son shtetl en Pologne. Il est très malade et il est sur son lit de mort. Il s'agit d'un très grand rabbin, réputé dans le monde entier. Comme il est très aimé, tout le village est triste.

Un jour, il fît venir ses disciples autour de lui. Dans un premier temps il regarde le plafond sans rien dire. Puis soudain il déclare :

LE VIEUX RABBIN

J'ai longtemps vécu, chaque jour que l'Éternel a fait, je l'ai passé à étudier les textes sacrés : la Torah, le Talmud et même la kabbale. Et j'en suis arrivé à cette conclusion : la vie n'a aucun sens.

Puis il se tut. Ses disciples se regardent, surpris. Puis ils sortent et commencent à dire tout autour d'eux : le grand rabbi Isaac a dit que la vie n'avait aucun sens. Tout le monde le répète et sa parole commence à s'étendre : elle atteint la Grèce, l'Italie, la France, puis, plus loin, le Maghreb. Pour finir sa parole atterrit en Israël, dans les oreilles du rabbi David, un jeune rabbin très prometteur et qui commençait à être connu. Il réfléchit longuement, peut-être une semaine, puis, soudain, il fait venir ses disciples et amis et leur dit :

RABBI DAVID

C'est faux, la vie a un sens.

Alors sa parole alla en sens inverse, les gens se donnant le mot : le rabbi David a dit que ce que dit le rabbi Isaac est faux : la vie a un sens.

Et cette parole arrive au shtetl du rabbi Isaac, qui va encore moins bien. Ses disciples se réunissent et se demandent s'ils doivent rapporter les propos du rabbi David aux oreilles du mourant.

SHLOMO :

Vous comprenez, ça risque de le tuer s'il apprend ça!

Les disciples réfléchissent longuement puis finalement, c'est Moyshe qui finit par dire :

MOYSHE :

Écoutez, il va bientôt mourir, il faut qu'il sache!

Ils vont alors dans la chambre du vieux rabbi et lui répètent les propos de rabbi David.

MOYSHE : Rabbi David a dit que la vie avait un sens.

Le vieux réfléchit quelques instants puis soudain déclara :

LE VIEUX

Ah oui, on peut aussi voir ça comme ça!

J'avais fini mon histoire, je regardai alors Amaterasu, craignant qu'elle ne lui convienne pas. Mais je vis qu'elle souriait.

AMATERASU

Oui c'est ça! Athéna tu as compris ?

KATIA

Oui, oh Amaterasu! Cette histoire résume bien la pensée juive !

MOI

Athéna?

AMATERASU

Comment, petit bourgeon, tu n'es pas au courant?

MOI

Bien sûr que non.

AMATERASU

Bah, tu l'aurais bien appris un jour, présente-moi donc ta requête.

MOI

Est-ce que vous pouvez m'apprendre à devenir suffisamment fort pour vaincre Zeus ?

AMATERASU

Zeus fait des siennes ? Attends : laisse-moi deviner : il veut être calife à la place du calife !

J'acquiesçai.

AMATERASU

Ce petit vaurien, je savais qu'il irait loin ! Bon, tu as de la chance, je connais quelqu'un qui peut t'aider.

MOI

Ah ? Qui ça ?

AMATERASU

C'est une personne qui est chargée de l'entraînement des démiurges.

MOI

Et comment je peux joindre cette personne ?

AMATERASU

Il suffit de demander ! Mais avant ça, j'ai moi aussi une requête à te faire.

MOI

Oui?

AMATERASU

Soit indulgent avec Zeus, ce n'est qu'un gamin qui mérite une bonne rouste.

MOI

Eh bien il va la recevoir !

AMATERASU

Très bien donne-moi la main.

Ce que je fis. Puis, je la retirai aussitôt

MOI

C'est brûlant!

AMATERASU

Ah oui, pardon.

Elle enfila alors des mitaines de cuir. Puis elle parut hésiter. Fit apparaître un miroir et se regarda dedans.

AMATERASU

Ma pauvre fille, on dirait que ça fait des années que tu n'es pas sortie!

D'un geste, elle fit apparaître une grosse armoire normande. Elle se déshabilla entièrement (sauf les mitaines), se regarda dans le miroir de la contre-porte de l'armoire, soupesa ses seins. Je dois dire qu'elle était d'un seul coup beaucoup plus attirante. Elle sortit un string, qu'elle enfila, puis un jean délavé et déchiré au niveau des genoux, qu'elle enfila aussi. Elle mit un soutien-gorge blanc puis sortit une veste de motard, la mit et remonta la fermeture jusqu'au décolleté. Elle se regarda à nouveau dans le miroir, fit un soufflement d'assentiment.

AMATERASU

Il manque juste la dernière touche. Musique !

Un hard rock puissant se mit à sortir de partout et de nulle part à la fois.

AMATERASU

Tu connais *Slag* ?

MOI

Non.

AMATERASU

Ils ne doivent pas encore avoir été formés. Peu importe !

Elle sortit un rasoir et entreprit de se raser le côté gauche du crâne. J'allais dire quelque chose, mais Katia/Athéna m'intima de me taire. Lorsqu'elle eut fini de se raser, elle se regarda dans le miroir.

AMATERASU

Yeah, ça c'est de la bombasse ! OK, *com'on bitch* !

La terre se mit soudain à trembler, et j'entendis à travers la musique un drôle de bourdonnement. Je crus qu'il s'agissait d'un tremblement de terre, mais non : une moto venait d'apparaître et avançait lentement vers la déesse. C'était une magnifique Harley Davidson de loubard, adaptée à la taille de la déesse, cela va sans dire. Elle caressa le cuir du siège, puis l'enfourna.

AMATERASU

Oh putain, ça fait du bien ! OK, c'est bon je suis parée, *let's go* tête de bite !

Je restai interdit, jusqu'à ce que j'entende Katia/Athéna me souffler.

KATIATHÉNA

C'est à toi qu'elle parle. Dès qu'elle enfourne sa moto, c'est une autre femme !

Je m'approchai donc de cette moto, qui était bien trop grande pour moi. Au moment où je réussis à me hisser tant bien que mal au sommet de la moto, Amaterasu se mit à crier d'une voix claire.

AMATERASU

Avant que tu ne te mettes à t'exciter tout seul, je préfère te prévenir, c'est pas parce que tu vas être contre moi que tu peux te permettre de te frotter la bite dans mon dos. C'est clair ?

MOI

Euh, oui...

Je restai les bras ballants, n'osant toucher à rien.

AMATERASU

Putain mais t'es vraiment trop con !

Elle m'attrapa les mains et les mis sur ses hanches. Et, avant que j'eus le temps de protester, nous partîmes sur les chapeaux de roues et fonçâmes sur le rebord de la plate forme. Nous nous élevâmes dans les airs, et puis nous nous mîmes à chuter.

MOI

Nom de...

Heureusement, quelques mètres avant de heurter la lave, elle redressa la bécane et nous repartîmes vers le haut. Amaterasu dit quelque chose que je ne compris pas et un vortex apparut droit devant nous. Nous traversâmes ce vortex... Pour nous retrouver dans un vaste parc japonais, qui aspirait au calme. Calme que nous perturbions avec notre moto. Amaterasu fit un dérapage contrôlé pour s'arrêter, laissant un profond sillon dans l'herbe.

AMATERASU

Oh eh Asuka amène tes fesses !

C'est alors qu'apparut une personne habillée d'un kimono et d'une ombrelle de tissu. Je ne pus pas voir son visage dans un premier temps. Mais il (elle?) abaissa son ombrelle et j'avoue que j'eus du mal à définir s'il s'agissait d'un homme ou d'une femme.

ASUKA

Salut à toi Amaterasu, cela fait longtemps que nous ne nous sommes pas vu.e.s.

Sa voix respirait le calme, et ne semblait pas vraiment gênée par les dégâts causés par la moto.

AMATERASU

En effet, et j'espère bien ne pas avoir à voir ta face de citron de sitôt. Bon on va la faire brève : je t'amène le démiurge. Tu le formes, tu lui apprends les rudiments du métier et tu me le renvoies, ça te va?

ASUKA

Comme il te plaira déesse. Resteras-tu prendre le thé?

AMATERASU

Certainement pas. Et puis j'ai Athéna qui m'attend à la maison. Bon, sur ce, je me casse, allez tous vous faire mettre !

Elle fit un bras d'honneur et s'en alla pétaradant.

MOI

Euh je suis désolé de vous déranger. Et je suis désolé pour son comportement assez étrange. Je crois qu'elle n'a pas toute sa tête.

ASUKA

Ou alors, c'est la personne la plus sensée qu'il soit. Cela fait plaisir de te revoir démiurge.

MOI

D'autres démiurges sont venus ici autrefois ?

ASUKA

Bien entendu, nous avons signé un accord le premier démiurge et moi.

MOI

Un accord qui consiste en?

ASUKA

Et bien lorsque tu as besoin d'être formé, tu viens me voir, et lorsque j'ai besoin d'être formé.e je vais te voir. Même s'il faut reconnaître que tu as plus souvent profité de mes services que moi des tiens. Suis-moi donc, nous allons te faire un bain et te préparer un futon, nous commencerons l'entraînement dès demain.

MOI

Attendez, pourquoi avez-vous besoin d'être formé.e ?

ASUKA

C'est pourtant simple : je suis le démiurge d'un autre univers !

Chapitre 11

Un an plus tard.

Lorsque je vis le vortex apparaître dans mon salon, je ne reconnus pas tout de suite le beau jeune homme vêtu d'un kimono qui en sortit. Il se dégageait de lui une aura de maturité que seul Asuka était capable de dégager. C'est en pensant à Asuka que j'identifiai cet individu : le jeune bourgeon que j'avais rencontré un an plus tôt était devenu une fleur sur le point d'éclore. Je sus alors que les grandes vacances n'allaient pas tarder à prendre fin.

MOI

> Tiens, mais est-ce que ce ne serait pas le petit bourgeon de l'année dernière?

LE JEUNE HOMME

> Salut Amaterasu, je suis désolé, mais je ne vais pas pouvoir rester très longtemps.

Et il disparut aussi vite qu'il était apparu. J'ai tout de suite adoré ce garçon.

*

Après avoir salué Amaterasu, je me téléportai au Vemarana, exactement à l'endroit que j'avais quitté un an plus tôt. Je me dirigeai alors vers Loran en prenant soin de ne pas me faire voir. Une fois arrivé aux abords du village, quelle ne fut pas ma surprise de le découvrir complètement abandonné : il n'y avait personne, pas un bruit, pas même le chant d'un coq. Je dirigeai mes pas vers l'*yvjyl* : il était calciné. Qu'avait il bien pu se passer ?

Ne voyant personne venir, je me rendis vers un village un peu plus à l'ouest, dont je connaissais le chemin. Il était tout autant abandonné que Loran. J'allais rebrousser chemin, quand je sentis quelque chose me frôler et venir heurter un arbre un peu plus loin. C'était une sagaie. J'entendis des hommes crier, et une autre sagaie fila vers moi. Je l'attrapai au vol. Trois inconnus, armés de casse-têtes coururent vers moi. Je fonçai dans leur direction ce qui eut pour effet de les surprendre : l'un des trois arrêta sa course et les deux autres ralentirent le pas, se regardant. Le premier reçut mon poing dans la mâchoire, il s'écroula sous le choc. Le deuxième tenta de se défendre à l'aide de son casse-tête. Mon pied brisa son arme et le heurta dans le ventre. Il s'effondra à son tour. Le troisième larron, qui semblait plus jeune que les autres, tenta de s'enfuir. Je le rattrapai sans grand problème et le plaquai au sol.

JEUNE HOMME

Pitié ne me tuez pas !

MOI

Qu'est-il arrivé aux villages, où est Tamé ?

JEUNE HOMME

Il est mort !

MOI

Mort ? Et Arlette, sa fille ?

JEUNE HOMME

Celle du clan du feu ?

MOI

Oui !

JEUNE HOMME

Elle est morte aussi je crois.

MOI

Comment ?

Je le relevais violemment.

MOI

Qu'est-ce qui s'est passé ? Parle !

Le jeune homme était terrorisé. Quel âge pouvait-il avoir ? Quatorze ans peut-être, encore un gamin.

JEUNE HOMME

Harring a abandonné Tamé, et Ietar en a profité pour l'attaquer et prendre sa place.

MOI

Ietar ? Et Harring, il est où ?

JEUNE HOMME

Dans ses terres, sa femme est morte, il est tout seul là bas.

MOI

Conduis-moi là bas !

Nous marchâmes alors l'un à la suite de l'autre. Pendant cette petite marche, je prenais conscience de ce que le gamin venait de me dire. Arlette... morte. Je respirai un bon coup et gardait mon calme, comme me l'avait appris Asuka. Je réfléchis et, étant donné que j'avais moi-même pu revenir d'entre les morts en ce monde, au fond de moi, je gardais l'espoir un peu fou qu'il existât une possibilité de la ramener à la vie. Et cette possibilité, s'il n'y avait qu'une seule personne qui pouvait la connaître, c'était bien le vieux sorcier.

Deux heures plus tard, nous arrivions à proximité de la maison d'Harring.

JEUNE HOMME

C'est ici. La maison est tabou, je n'irai pas plus loin.

MOI

D'accord. Je te remercie, quel est ton nom ?

JEUNE HOMME

Kalsé !

MOI

Merci Kalsé. Si tu souhaites rester en vie, je te prierais de ne pas parler de moi aux gens.

KALSE

Très bien.

Et il partit.

Je pénétrai alors dans la maison d'Harring, qui était en train de faire la cuisine.

HARRING

Entre, *Metɛk*.

MOI

Cela fait longtemps.

HARRING

Oui.

J'attendis qu'il ajoute quelque chose, qu'il me parle de la guerre, mais non, il se contenta de rester dans le silence.

MOI

J'ai entendu dire que Tamé était mort.

HARRING

Oui.

MOI

Et Arlette ?

HARRING

Aussi.

MOI

Je vois...

HARRING

Tu es ici pour elle.

MOI

Je suis venu la chercher.

HARRING

Je ne peux rien faire pour toi.

MOI

Oui, je suppose...

C'est comme si une enclume me tombait dessus... L'histoire allait-elle donc se répéter ?

MOI

Et Sɛr ?

HARRING

Ton fils va bien. Il est grand à présent.

MOI

Où est-il ?

HARRING

Dans le pays à l'ouest.

MOI

Je vais aller là-bas alors.

HARRING

Non.

MOI

Pourquoi ça ?

HARRING

Sa destinée est différente de la tienne.

Je réfléchis. Ma femme était morte, mon fils disparu, tout allait pour le mieux dans le meilleur des mondes possibles. « Reste calme mon petit démiurge ». Je respirai profondément, et essayai de parler d'une voix détachée, en essayant vainement d'empêcher mes yeux de s'humidifier :

MOI

Je suppose que c'est mieux ainsi...

HARRING

Oui.

MOI

Cela signifie que je n'ai plus rien à faire ici.

HARRING

Tu as entendu parler de Rarvyr ?

MOI

Non.

HARRING

C'est un puisant démon. Si tu suis le chemin au nord de ma maison, tu trouveras son *yvjyl*.

MOI

Et qu'est ce qu'il peut faire ?

HARRING

Il t'aidera à retrouver ta femme.

MOI

Tu veux dire...

HARRING

Oui, il peut aller dans le royaume des morts.

D'un coup, une lueur d'espoir... Néanmoins, il ne fallait pas se réjouir trop vite : ma femme n'était pas encore à mes côtés.

Il m'offrit le repas, que j'acceptai. De toute manière, le poison n'aurait plus eu grand effet sur moi. Une fois le repas fini, je le remerciai et me relevai. Je me dirigeai alors vers la porte et m'arrêtai au seuil.

MOI

Je peux te poser une question vieil homme ?

HARRING

Oui ?

MOI

Lorsque je suis revenu d'entr les morts la première fois, tu n'as pas paru surpris. Comment ça se fait ?

HARRING

Je savais que tu reviendrais.

MOI

Et lorsque tu m'as empoisonné, tu le savais aussi ?

HARRING

Bien sûr.

MOI

Tu sais qui je suis ?

HARRING

Oui je le sais.

Cet homme en savait plus que ce qu'il voulait bien montrer. Au début je pensais que c'était une espèce de serviteur au service de Tamé, mais, à bien y réfléchir, ce n'était pas vrai : Harring était totalement indépendant de Tamé, et tous deux savaient que le vieil homme avait le pouvoir de défaire le chef. Je pense que l'analyse de la situation en termes de dominant-dominé était inapplicable ici ; il fallait davantage réfléchir en terme d'apports mutuels : Harring apportait du prestige et du pouvoir à Tamé et Tamé s'occupait de la famille de Harring. Mais aucun n'était au service de l'autre : à tout moment l'un des deux pouvait rompre l'accord qui les unissait, et tous les deux le savaient. C'est d'ailleurs ce qu'avait fait Harring lorsque sa femme était morte : ses enfants étant capables de se défendre et de se nourrir tout seul, il ne voyait plus l'intérêt d'être auprès de Tamé et il s'était retiré sur ses terres. Ce qui, comme l'avait si bien dit Pyn, avait probablement contribué au renversement de Tamé au profit de Ietar.

J'allai retrouver le démon dont m'avait parlé Harring. Je vins un jour où il n'était pas là. Je me retirai alors dans une vieille maison d'un village abandonné, non loin de l'*yvjyl* de Rarvyr. Le démon vint me voir pendant la nuit. Je m'attendais à voir venir une espèce de créature anthropomorphe bizarre, mais en réalité ce fut un humain avec un masque de chauve-souris et une robe de feuille qui vint me rencontrer. Je n'eus aucun mal à reconnaître le vieil Harring sous ce masque. Mais, alors qu'Harring avait tendance à se mouvoir avec lenteur et posément, ce démon possédait au contraire une vitalité impressionnante. Je compris rapidement que le vieil homme était dans une espèce de transe, peut-être provoquée par de quelconques psychotropes. Cela altérait même sa voix, qui paraissait beaucoup plus jeune. Il me parla en quelques mots, mais je ne compris que la moitié de ce qu'il voulait dire. Sur l'instant je supposais que c'était mon wanohé qui était rouillé, mais, très vite, je m'aperçus que ce n'était pas le cas : Harring employait simplement des mots que je ne connaissais pas, que je n'avais jamais connus. Il devait parler la langue des ancêtres ou quelque chose dans ce goût-là.

RARVYR

Tu comptes *hexa* ponants et tu *venis* dans le *heim* pour moi.

MOI

Pardon ?

Finalement, il finit plus ou moins par me faire deviner, à l'aide de gestes, qu'il voulait que j'attende six jours et que je retourne chez lui ensuite !

Je fis ce qu'il me demandait : j'attendis six jours, ce qui

correspond à une semaine chez les athgœn ohé, et je retournai le voir :

RARVYR

 Pénètre dans mon antre.

J'entrai alors dans son *yvjyl*.

RARVYR

 Assieds-toi.

Je regardai autour de moi, mais, contrairement à ce que je m'attendais, il n'y avait pas de banc, simplement des espèces de gros galets par terre. Je m'assis sur l'un d'eux.

RARVYR

 Nous ne pouvons pas nous exprimer pour une longue temporalité, mais voici ce que tu entreprendras : tu vas aller *in der vald* trouver une grosse fougère nommée *nangalat*. S'il y a de l'*aqua* à l'intérieur, tu vas *founen* un lézard *ovosa*, un lézard *opol* et un rat, tu les occis et tu les mets dans l'*aqua*. Puis tu rentres chez toi et tu attends *hexa* ponants (6 jours). *Hexa* ponants révolus, tu retournes au *nangalat* et tu te laves avec l'*aqua* que tu y as laissé à l'intérieur. Puis tu *revenis videre mihi*.

Je fis ce qu'il me demandait : je trouvai un nangalat avec de l'eau à l'intérieur, je tuai un lézard *opol*, je tuai un lézard *ovosa*, je tuai un rat et je les mis à l'intérieur de l'eau. Je retournai chez « moi » pour attendre 6 jours et je revins au nangalat. Ça empestait la charogne. Je pris l'eau, et c'est avec un profond dégoût que je m'enduisis à l'aide de celle-ci. À deux reprises, je faillis recracher mon déjeuner, mais je m'accrochai.

Je retournai voir le démon.

RARVYR

 Tu *venis* pour *nostra* affaire ?

Moi

Oui

Rarvyr

Sehr gut ! Saisis ceci.

Il me tendit deux moitiés de noix de coco.

Rarvyr

La où on va aller, il y aura des *homini* dansants. Tu te cacheras de leur *view* et j'irai leur *zogn*. Si tu sens quelqu'un frôler *tibi*, tu entrechoques les *duo* moitiés de noix de coco et, en tenant la noix de coco solidement fermée, tu prends la poudre d'escampette.

Il me donna aussi des feuilles d'une plante et m'intima de les placer sur mes yeux. Ce que je fis. Puis il me donna des indications sur quand je devais les enlever. Enfin, il me prit par la main et me guida pendant une bonne heure avant de me laisser contre un rocher. Au bruit des vagues que j'entendais, j'en déduisis qu'on devait être au bord de la mer. J'entendais de la musique ainsi que le bruit de personnes en train de rire non loin. Le vent m'apportait une odeur de charogne très prononcée : les morts devaient être en train de faire la fête.

J'ignore combien de temps j'attendis. J'avais déjà un petit creux en arrivant et, le temps passant, je regrettais de ne rien avoir emporté à manger. Associé à la faim, qui me donnait des crampes d'estomac, une sorte d'agacement commençait à me gagner. Agacement qui se transforma progressivement en doute : et si le démon s'était joué de moi ? Au fur et à mesure que le jour avançait, le simple doute se transformait en certitude : le « démon » s'était bel et bien moqué de moi et devait probablement être rentré chez lui pour rire de ma crédulité avec des amis hypothétiques. Je n'en pouvais plus : je me levai brusquement et portai ma main aux feuilles autour de ma tête. Comme par hasard, c'est exactement à ce moment-là que je sentis quelque chose me frôler. Un frisson, cette chaleur dans le bas ventre... J'entrechoquai mes noix de coco et je partis en courant.

Je gravis une colline à toute vitesse. Bien que gardant les yeux bandés, je ne heurtai pas un arbre, ni ne me pris les pieds dans une racine ou un rocher, c'était comme si mes pieds savaient où ils allaient. Ce n'est qu'en haut que je retirai les feuilles autour de mes yeux, comme m'avait dit le démon. Je me rendis alors vers la case où reposait Arlette, le vieil Harring m'ayant indiqué sa localisation. Il faisait nuit noire lorsque j'arrivai à destination. Je jetai la noix de coco dans la case et j'allais me coucher dans l'*yvjyl*, qui lui aussi était vide : décidément, la guerre avait forcé bon nombre de personnes à quitter leur village pour aller se réfugier je ne sais où : tous les villages que j'avais traversés étaient inhabités et finalement, mis à part Harring et les trois combattants, je n'avais pas croisé grand monde.

Comme me l'avait demandé le démon, je comptai six jours puis j'allai voir dans la case où étaient les restes d'Arlette. Je me rappelle encore très bien du soleil qui passait par la porte et d'Arlette, assise par terre, souriante :

ARLETTE

Salut !

Elle se tenait là, rayonnante. Fou de joie, je me ruai vers elle et la soulevai dans mes bras. C'est fou ce qu'elle avait pu me manquer ! Chez Asuka, il n'avait pas passé une journée sans que je pense à elle. Le contact de sa peau, son rire, sa joie de vivre, je retrouvai tout ça instantanément, et, chose curieuse, à son contact, j'eus l'impression d'être enfin rentré chez moi. Je la serrai fort.

ARLETTE

Doucement, tu m'étouffes !

MOI

Pardon !

Je desserrai mon étreinte et la posai par terre. Je la regardai quelques instants. Tout en continuant à dégager une vitalité impressionnante, elle avait changé physiquement : elle avait un peu minci et ses joues avaient perdu les rondeurs de l'adolescence. Et puis, il se dégageait une impression de force et de ténacité dans son regard que je n'avais pas vue avant. Je pris conscience que l'adolescente qu'elle avait été n'était plus : elle était devenue une femme. Ce qui, je dois le reconnaître, n'était pas pour me déplaire.

ARLETTE

Tu as grandi !

MOI

Tu trouves ?

Nous parlâmes pendant plusieurs heures. Elle m'informa de ce qu'il s'était passé en mon absence : Ietar, que les hommes de Tamé cherchaient, avait réussi à dresser une petite armée et avait profité de la défection de Harring pour attaquer Tamé par surprise. Il avait réussi à le tuer. Malheureusement, une fois Tamé mort, une guerre avait éclaté entre plusieurs chefs de clan, ce qui avait forcé bon nombre d'habitants à se cacher dans le bush. Le grand chef du sud, Syl, de son côté, avait attaqué les clans proches de son territoire, et qui étaient auparavant sous la protection de Tamé. Finalement, Ietar avait réussi à se débarrasser d'une bonne partie des auto-proclamés héritiers de Tamé. Toutefois, il était actuellement en guerre avec Syl et perdait petit à petit du terrain. C'est pendant ce laps de temps qu'il avait forcé Arlette à l'épouser ; ce à quoi elle n'avait pu se soustraire. Ietar, comme tout le monde, pensait, à tort, que notre enfant était mort, mais ce dernier était à l'abri, dans une grotte où sa mère l'avait placé. Là bas, il grandissait bien plus vite que prévu et, en un an, il était devenu un homme. Malheureusement, il avait eu une aventure avec une des femmes de Ietar, qui avait suivi Arlette en cachette jusqu'à la grotte. En couchant avec Sɛr, les tatouages que venait de faire Arlette sur son fils déteignirent sur le corps de cette femme. Lorsque Ietar vit les tatouages sur le corps de sa femme, il la molesta durement et l'obligea à révéler d'où venaient ses marques. La femme ne sut pas tenir sa langue. Ietar, fou de rage, avait alors entrepris de trouver Sɛr pour le tuer. Mais

Arlette, ayant eu vent de son entreprise, avertit le gamin et ils réussirent à s'enfuir. Toutefois, l'embarcation qu'ils avaient faite était trop petite pour deux et Arlette avait dû sauter du bateau. Ne sachant pas nager, elle s'était noyée. Heureusement, son corps avait été ramené vers la côte, de manière à ce que sa famille, l'ayant trouvé, puisse faire la coutume de deuil.

Maintenant qu'Arlette était à mes côtés, il me fallait retrouver mes amis. Je fermai les yeux et sentis les vibrations qui traversaient le monde dans lequel j'étais. Dans le nombre hallucinant d'ondes qui me submergeaient, je tâchai d'en trouver une qui pouvait appartenir à un de mes amis. Après quelques secondes, je finis par en trouver une qui me semblait familière. Il ne me resta alors plus qu'à localiser d'où venait cette onde et de nous téléporter à leur source. J'arrivai alors juste à côté de Simha, qui me regarda, sans émotion. À vrai dire lorsque je croisai son regard, je vis que quelque chose avait changé chez lui, il semblait plus préoccupé, et plus vieux aussi. Par ailleurs il ne devait pas avoir beaucoup dormi puisque ses yeux étaient soulignés de deux rangées de cernes.

SIMHA

C'est à cette heure-ci qu'on arrive?

MOI

Oui, désolé, ça m'a pris plus de temps que prévu. Comment vas-tu, où sont les autres?

SIMHA

Je ne sais pas, la bombasse, le chaton et la cyborg sont probablement en train de combattre les Grecs.

MOI

Et Rachel?

Un éclair de tristesse traversa son regard.

SIMHA

Ils ont réussi à la piéger ces salopards.

MOI

Qu'entends-tu par là?

SIMHA

Ils ont réussi à la rendre incontrôlable. Elle a alors complètement dévasté le monde sur lequel elle était. Cela fait des mois que j'essaie de la calmer, mais comment dire : elle a rendu son monde hostile. C'est un peu comme si on avait mis une centrale atomique, la radioactivité est telle qu'on ne peut même pas s'approcher de la source avant de crever.

MOI

Tu veux dire qu'elle a fait sauter l'équilibre du monde dans lequel elle est?

SIMHA

Exactement, c'est devenu invivable.

Comme on me l'avait expliqué il y a de cela fort longtemps, le monde repose sur un équilibre et à chaque fois qu'on utilise un « pouvoir », on crée un micro-bug. Normalement le monde se répare tout seul. Mais, parfois, il faut l'intervention du démiurge pour tout réparer. En ce qui concerne Rachel, elle était tellement puissante qu'elle avait complètement gangrené le monde dans lequel elle était.

MOI

Et les habitants?

SIMHA

Heureusement, c'est arrivé dans un monde à peu près vide, mais je crains que certains y soient passés.

MOI

Très bien, je vais y aller.

SIMHA

> Comme tu veux, mais je te préviens c'est l'enfer, je n'arrive pas à y rester plus de quelques secondes avant de me désintégrer.

Simha, William, Moera et Katia avaient la particularité d'être immortels. Plus exactement, ils pouvaient mourir, mais ils ressuscitaient ailleurs en quelques minutes. Ce qui, d'après Simha, n'était pas particulièrement agréable. La situation était différente pour Rachel : elle était invincible. Le problème était que son pouvoir énorme créait de violentes instabilités dans le monde dans lequel elle se trouvait. Il fallait donc trouver un moyen pour qu'elle ne soit pas tout le temps en train d'utiliser ses pouvoirs. Et lorsqu'elle les utilisait, il fallait que ce soit pour une courte durée car, passé un certain temps d'utilisation, il n'était plus possible de l'arrêter : elle déraillait et, elle détruisait le monde qui l'entourait. C'était le rôle de Simha que de veiller à ce qu'elle ne dépasse pas ses limites. L'état autistique dans lequel je l'avais connue n'était pas son état normal, mais c'était le moyen qu'elle avait trouvé pour éviter d'utiliser ses pouvoirs en permanence.

Confiant Arlette à Simha, je me téléportai dans le monde dans lequel se trouvait Rachel. Au moment où j'apparus dans son monde, mon corps se mit à trembler brusquement, j'eus du mal à respirer et ma tête se mit à tourner. Il est assez difficile de décrire la sensation que j'éprouvais sur le moment. C'était comme lorsqu'on se réveille à moitié et que notre esprit est encore embrumé dans un rêve ; nos sens sont éveillés mais notre esprit les analyse comme si cela arrivait à une autre personne, dans un temps différent de celui de l'esprit. On a alors la sensation que ce qu'on ressent s'est produit il y a des années ou se produira un jour dans un futur lointain. Comme si le temps de notre âme était désynchronisé du temps réel. Personnellement, je ne trouvai pas cette sensation particulièrement agréable, et je dus réprimer une soudaine crise de panique pour me concentrer sur l'essentiel : respirer, se recomposer. Le monde dans lequel j'étais était purement invivable : il n'y avait aucun objet, aucun décor, pas de lumière. J'aurais été tenté de dire qu'il n'y avait rien, mais c'était faux : il y avait, au contraire, une immense tempête d'onde partout. Malheureusement, dans cette espèce de géhenne, rien ne pouvait se maintenir solide : le moindre objet introduit dans cet enfer se diluait, un peu comme un cachet d'aspirine qu'on met dans de l'eau. De l'aspirine, c'était justement ce qu'il m'aurait fallu à cet instant, étant donné qu'une violente migraine commençait à m'agresser. Pourquoi je ne me diluais pas ? Eh bien, en fait, je me diluais moi aussi, simplement, grâce à mes pouvoirs et à une bonne concentration, j'arrivais à limiter cette dissolution, au pris de cette sensation bizarre et d'une violente migraine.

Rachel était la source de cette perturbation des ondes, et il me fallait la trouver pour arrêter son effet délétère. Pour ce faire, il me suffisait de trouver l'endroit où les perturbations étaient les plus importantes. Au prix d'un effort important, je réussis à faire un pas, puis un deuxième. Lentement, je progressais au milieu de cet environnement. Malheureusement, plus je m'approchais de la source des perturbations, plus elles étaient importantes, et plus il m'était difficile de me maintenir entier. Très vite, il devint très difficile de respirer et, pour la première fois de ma vie, je fus pris d'une crise d'asthme. Incapable de reprendre mon souffle, je cédai à un mouvement de panique ce qui eut un double effet : me faire perdre ma concentration, et augmenter ma crise d'asthme. Je fus alors entraîné dans le maelström de perturbations, me décomposant lentement, perdant mon identité, mes souvenirs. Toujours incapable de respirer, je sentais que je commençais à perdre conscience. Je savais qu'en perdant connaissance, j'allais me diluer complètement dans ce monde. Pourtant, au fond de moi, j'accueillis cette perte de conscience comme une libération. Au moment où je compris ça, ma panique disparut : je me sentais presque bien, et serein. Peut-être que j'aurais pu profiter de ce retour au calme pour reprendre mes esprits et me recomposer lentement. Mais, honnêtement, je n'en avais plus envie. Et c'est dans cette espèce d'ataraxie que, lentement, je me décomposais, perdant ma consistance.

Fin du premier acte

Je me noyais dans un océan de créations alambiquées

Au coin des épaules de diamant

Du firmament ancestral

Redevenir le néant et la création

Reformer le big-bang de la conscience

Mère je viens à toi

Dans cette chambre d'hôpital tu me tiens la main

Clic clic

Quel est ce tintement

Clic clic

Est-ce la musique originelle qui résonne dans mon crâne ?

Dans mon crâne

Qu'est ce qu'un crâne ?

Clic clic

Laisse-moi tranquille

Clic clic

Décidément on ne peut pas être tranquille !

Petit à petit je localisais ce petit tintement dans le coin arrière gauche de mon crâne. Pourquoi le coin arrière gauche? J'avoue n'en avoir aucune idée, toujours est-il que ce cliquètement me sauva la vie : en l'écoutant, il aspira ce qui me restait d'esprit. Être aspiré par le côté arrière gauche du crâne, voilà quelque chose de bien étrange.

Je réapparus dans le monde blanc que j'avais visité lorsque les Grecs m'avaient attrapé. Ce monde était comme l'exact opposé du monde de Rachel : tout était calme et parfaitement vide : il n'y avait pas la moindre onde pour parcourir ce monde. En fait c'était un non-monde. Asuka appelait ce monde la page blanche :

ASUKA

C'est le monde à partir duquel tout est possible, on l'utilise pour fabriquer de nouveaux mondes.

Ce que ne m'avait pas dit Asuka en revanche, c'était que ce monde pouvait servir de porte de sortie me permettant de m'enfuir d'un monde comme celui de Rachel. À bien y réfléchir, il était en effet probable qu'il y ait une sécurité de ce genre pour me permettre d'intervenir dans les environnements les plus hostiles qui soient (après tout, il fallait bien que j'exerce mon métier dans les conditions de sécurité optimales !). C'est probablement ce système de sécurité qui m'avait fait me téléporter dans ce monde la première fois, lorsque j'avais été attaqué par les Grecs. Mais ce que je ne comprenais pas, c'était que, lorsque je m'étais rematérialisé dans le multimonde, c'était justement chez ceux que j'essayais de fuir ! Et que, par ailleurs, ces derniers s'attendaient à ce que je me matérialise chez eux... C'était un mystère qu'il allait me falloir résoudre tôt ou tard, néanmoins, pour l'heure, j'avais toujours une fille en détresse à libérer.

Lorsqu'après avoir retrouvé Simha et Arlette , je leur racontai mon histoire. Simha ne parut pas plus enthousiaste.

SIMHA

C'est cool, ça te permet de te sortir de monde comme ça. Néanmoins, si même toi tu ne peux pas intervenir dans ce genre de monde, on est dans la khlah !

MOI

Rassure-toi mon ami, je me suis fait surprendre cette fois-là, mais j'ai plus d'un tour dans mon sac.

SIMHA

Ah, et que vas-tu faire ?

MOI

Il faut que je trouve un moyen pour me maintenir stable dans ce monde suffisamment longtemps pour trouver

Rachel !

SIMHA

Et une fois que tu l'auras trouvée, tu comptes la « désactiver » avec quoi ?

MOI

Avec ça !

Et je matérialisai une épée que j'avais fabriquée auprès d'Asuka.

À la vue de cette épée, les yeux de Simha se remirent à briller.

SIMHA

C'est toi qui l'as fabriquée ?

MOI

Oui.

SIMHA

Je peux ?

MOI

Prends, je t'en prie.

Simha prit l'épée et l'examina sous toutes ses coutures. Il scmblait fasciné.

SIMHA

C'est incroyable, comment as-tu fait pour la rendre aussi stable !

MOI

J'ai énormément bossé dessus.

SIMHA

Je la sens vibrer dans ma main. Un seul coup de cette lame suffirait à faire disparaître n'importe qui. À côté de ça, les épées que nous fabriquons sont des jouets pour bébé !

Il parlait des armes spéciales qu'ils utilisaient pour se battre.

SIMHA

Tu te la réservais pour Zeus ?

MOI

Pas vraiment, lorsqu'Asuka m'avait demandé de la créer, il s'agissait plutôt d'un exercice de style. J'espérais ne jamais avoir à l'utiliser...

SIMHA

Et tu comptes tuer Rachel avec ?

MOI

C'est impossible de tuer Rachel. Non, je vais simplement la frapper à la source de son pouvoir, ça devrait la calmer. J'espère juste que l'épée ne se brisera pas à son contact...

SIMHA

Tu penses qu'une épée pareille peut se briser ?

MOI

La puissance de Rachel est incommensurable.

SIMHA

Ce sera douloureux ?

MOI

Je ne garantis pas que ce sera indolore, mais rassure-toi, elle s'en remettra facilement.

SIMHA

Et donc, comment tu vas faire pour t'approcher d'elle ?

MOI

C'est simple : je vais créer un monde stable que je téléporterai dans son monde à elle !

Et je fabriquai alors mon premier monde de toutes pièces. Pour ce faire, il fallait justement que je me téléporte dans le monde blanc. Bien sûr, moi seul pouvant m'y téléporter, Arlette et Simha ne purent se joindre à moi. Le monde que je prévoyais de créer n'allait pas être vivable : pour lutter contre les perturbations perpétuelles du monde de Rachel, il me fallait créer le monde le plus stable possible, c'est-à-dire avec des ondes presque immobiles ; autrement dit, un monde mort. Un monde c'est un ensemble d'ondes qui se déplacent, se fixent un temps, se redéplacent, se refixent et ainsi de suite. Elles ont besoin de se fixer pour créer de la matière, mais elles ont besoin de se déplacer pour créer une temporalité : dans un monde immobile, rien ne se passe, les événements ne peuvent pas avoir lieu, du coup la notion de temps devient obsolète. Un homme, dans un tel monde, ne pourrait pas même se déplacer, puisque se déplacer c'est déplacer des ondes. Pire, pour réfléchir, pour penser, pour faire fonctionner son métabolisme, il a besoin d'échanger des ondes avec son environnement. On peut comparer cela à une respiration : il a besoin d'absorber des ondes pour créer de l'énergie, mais il a aussi besoin d'en rejeter, pour éviter de créer un trop-plein d'ondes devenues inutiles. Dans un monde totalement immobile, un homme ne peut plus bouger, ou penser : il se transforme en une statue figée pour l'éternité. On comprend dès lors pourquoi les humains ne peuvent accéder au monde tout blanc : en l'absence d'onde, ils ne peuvent rien faire avec leur environnement. En théorie, c'est aussi mon cas : c'est pour cette raison que je suis obligé de tricher : spontanément, j'emprunte les ondes d'un autre monde, que je téléporte en permanence. Ce monde dont j'emprunte les ondes est un monde très particulier auquel on ne peut accéder : on l'appelle la Source. À ma connaissance, seul le démiurge peut se connecter à la Source. Notons que c'est de la Source que viennent l'ensemble des ondes du multimonde. D'après ce que me disait Asuka, les ondes utilisées au sein du multimonde ne proviennent que d'une infime partie des ondes contenues dans la Source, si tant est que les ondes de cette dernière soient en nombre fini.

Pour créer un nouveau monde, je découpe un morceau du monde blanc et j'y téléporte les ondes de la Source progressivement, en les modelant. C'est une opération assez délicate puisque si j'incorpore trop d'ondes d'un coup, je risque de ne pas être assez fort pour les moduler, et le monde se retrouvera invivable, comme celui de Rachel. Mais si je n'en incorpore pas assez, l'opération peut être très longue. Il faut donc trouver un juste milieu dans le nombre d'ondes incorporées. Heureusement, il existe un outil particulièrement efficace pour risquer de ne pas se tromper : les katas !

Supposons que je veuille créer un monde de toutes pièces : il me faut faire venir des ondes, les moduler, les aplanir. Il faudrait que je place chaque onde les unes à côté des autres pour créer un sol, un ciel, etc. Il me faudrait faire ce travail onde par onde. C'est très long, surtout si je dois refaire cette étape à chaque fois que je dois créer un monde. Alors, plutôt que d'avoir à le refaire à chaque fois, pourquoi ne pas automatiser ces étapes, comme un programme informatique en quelque sorte ? Dès lors, il suffit juste d'activer le bon programme pour refaire l'étape souhaitée, ce qui est beaucoup plus rapide. Pour réaliser ce programme informatique, il me suffit juste de faire un kata : des figures imposées, à réaliser dans un certain ordre. Aux katas de base, qui permettent de créer les bases d'un monde, s'ajoutent d'autres petits katas plus ou moins utiles. Par exemple, il est possible de faire des katas de montagne, qui permettent de créer une montagne. Ou encore des katas permettant de spécifier les températures d'un monde : si je veux que la température d'un monde soit comprise entre cinq et cinquante degrés, je fais les katas correspondant à ces températures. En théorie, il existe une infinité de katas, c'est pour cette raison qu'Asuka, plutôt que de m'obliger à apprendre des centaines de katas par cœur, m'avait appris ce qu'il/elle appelle la « grammaire des katas » : c'est une grammaire, en partie basée sur les cinq éléments de la cosmologie chinoise, qui permet d'inventer ses propres katas. Je vous épargne les détails, mais sachez simplement qu'il est possible de créer 99 % d'un monde à l'aide de katas, les 1 % restant ne consistant qu'en de petites retouches minimes.

J'avais donc un monde blanc, la possibilité d'y incorporer des ondes, je savais quel type de monde je voulais créer (un monde entièrement minéral, proche de la surface de Mars), il ne me restait plus qu'à faire mes katas !

Dans un premier temps, je prévoyais de créer un monde équilibré, pour ensuite y figer les ondes. J'entrepris donc de faire les premiers katas de création. Je me mis en garde, au premier coup de pied jaillit le ciel, tout noir. Un coup de poing et parut une surface sur le sol, d'un mettre carré environ. Je fis une rotation sur moi-même et frappai du coude derrière moi. Il y eut un éclair et la couleur arriva. Le ciel était d'un bleu rébarbatif et le sol brun. Je me démenai alors pour agrandir cette mince surface de terre. Je bougeai en volutes et en violents coups et, petit à petit la terre s'étira. Un coup de pied sauté retourné et parut le soleil...

Un vortex apparut non loin de moi. Voilà qui n'était pas prévu. Je vis alors un Grec tout en arme sortir de ce vortex. Cela était étonnant : normalement le monde, sans être fini, n'était pas accessible au reste du multimonde ! Le Grec me regarda, sourit, et élargit le vortex duquel il était sorti. C'est alors que des dizaines de Grecs s'engouffrèrent dans ce vortex pour se ruer vers moi ! Cela risquait de compliquer sérieusement la tâche. Heureusement, deux secondes plus tard, surgit Simha, qui avait dû laisser Arlette en plan. Mon ami étant survolté et les Grecs peu nombreux, pour le moment ça allait. Toutefois je savais que le nombre des Grecs risquait d'augmenter de manière critique. Il eut fallu que je me pressasse. Malheureusement, cela n'était pas possible : en changeant mon rythme, je risquais de faire des erreurs aux conséquences dramatiques.

Je commençai à créer un monde printanier composé de vertes collines, de rivières calmes, d'un ciel bleu traversé de quelques nuages : le monde de base, d'un ennui mortel. Heureusement, le combat que se livraient Simha et les Grecs venait troubler ce paysage apaisant. Le seul inconvénient, c'est que leur combat créait des déséquilibres au sein de mon monde ce qui ajoutait de la difficulté. Une fois ce monde lambda créé, je pus me concentrer sur la terre. Je fis pousser les collines, qui perdirent petit à petit leur végétation.

Pendant ce temps, de nombreux Grecs apparurent. Je songeai

qu'à cette allure, Simha risquait d'être rapidement submergé !

L'eau des rivières se remplit de vase, elles se transformèrent en torrents boueux avant de disparaître sous l'effet de la sédimentation accélérée. Il se mit à faire une chaleur intense, ce qui assécha la végétation.

Deux ou trois vortex s'ouvrirent autour de moi et je vis débarquer des centaines de Grecs, prêts à en découdre.

SIMHA
Et merde, la cavalerie !

Simha avait créé un périmètre de sécurité autour de moi et se baladait autour, se téléportant, tuant, se téléportant. Toutefois, le périmètre de sécurité allait en s'amenuisant. Bien sûr, en temps normal, j'aurais été en mesure d'éliminer nos ennemis, mais lorsque j'avais commencé à créer un monde, il ne fallait pas que j'arrête mon œuvre : je risquais de créer un monde instable.

Petit à petit, le sol devint plus aride, plus chaud, et traversé de craquelures. Les collines se transformèrent en puissantes montagnes asséchées.

Comme à Losova, Simha se retrouva face à un costaud : ne pouvant contenir ce dernier et les soldats en même temps, les Grecs purent se ruer sur moi. Sans que Simha eut le temps de réagir, ils me transpercèrent de leurs glaives. À plusieurs reprises. Je tins bon, continuant à faire mes katas. Il me fallait ignorer la douleur que j'avais entre les côtes, ignorer la fraîcheur du métal de leur glaive dans mon corps et me concentrer sur l'essentiel. Je suppose qu'ils furent quelque peu décontenancés de voir que je continuais mon manège, imperturbable malgré les différents coups qu'ils m'avaient portés. Se rendant compte que l'épée était inefficace, un des Grecs entreprit de m'attraper pour me plaquer au sol... Il se désintégra à mon contact. Les autres se regardèrent, surpris. Je vis un éclair jaune frapper le Grec le plus proche de moi qui se désintégra à son tour. Puis cet éclair s'abattit sur un autre Grec, puis un autre. Les survivants tentèrent bien de se défendre. Mais l'éclair était insaisissable et dès qu'un des Grecs se faisait toucher par ce dernier, il se désintégrait à son tour. En un rien de temps, c'était bouclé, le périmètre de sécurité s'était à nouveau élargi. Simha vint retrouver cet éclair qui s'était arrêté un instant. C'était Arlette armée d'un casse-tête du Vemarana !

Plusieurs questions se bousculèrent dans ma tête au même moment. Comment se faisait-il qu'elle puisse se téléporter ici et être aussi efficace au combat ? Elle n'avait rien à envier à Simha ou à William ! Malheureusement, ces questions allaient devoir attendre : il fallait que je me concentre sur mes katas. Ignorant la douleur provoquée par les armes — douleur qui disparaissait au fur et à mesure que mes blessures se refermaient spontanément— je poursuivis mes katas. Je créai un gouffre là où nous étions : nous commençâmes à nous enfoncer dans la terre. C'est alors que de l'est, vint une violente tempête des sables. Le sable recouvrait tout, s'insinuait par tous les pores, asséchant la peau.

Je vis non loin de moi que les Grecs avaient plus de mal à se mouvoir. Certains s'évanouissaient. D'autres s'étaient immobilisés et semblaient comme plongés dans une profonde léthargie. Petit à petit, la terre se mit à les recouvrir et boucha les vortex. Les soldats, prisonniers de cet enfer, se transformèrent les uns après les autres en statues de sable.

Simha, lui aussi, avait du mal à bouger. Arlette, en revanche, ne semblait pas se soucier de ce sable. Voilà un drôle de mystère. Lorsque le dernier Grec fut éliminé, j'entendis Simha dire à Arlette.

SIMHA

Je... je crois que c'est bon.

Il avait du mal à parler et je sentais qu'il était obligé de forcer pour réussir à se maintenir dans ce monde. Il attrapa Arlette et ils se téléportèrent loin de là.

Une fois qu'ils furent partis, j'étendis les limites du monde en ne créant que de la terre, rien que de la terre. À vrai dire, il n'y avait plus vraiment de ciel : j'étais à l'intérieur de la terre. Au bout d'un moment je sentis que même moi je commençais à avoir du mal à me maintenir, mes mouvements étaient plus lents, et j'éprouvai des difficultés à respirer. Il était temps de téléporter ce monde dans celui de Rachel.

Il est bien entendu toujours difficile de téléporter un monde entier. Heureusement il existe un kata spécial pour ce genre d'opération. Il s'agit d'un kata assez long et compliqué, qui varie en fonction de l'endroit dans lequel on souhaite se rendre, mais il permet de faire gagner de nombreuses heures. Mon monde étant de plus petite taille que celui de Rachel, en le téléportant, il se retrouva à l'intérieur du sien et se mit à subir ses attaques. Je pensais que le mouvement allait pénétrer mon monde en s'infiltrant, mais je me trompais : il le faisait fondre. J'avais l'impression d'être à l'intérieur d'un sucre lui-même à l'intérieur d'un bol de café bouillant. Mais c'était surtout à l'intérieur qu'il était le plus attaqué, à cause de la simple présence de Rachel et de l'instabilité qu'elle créait. En temps normal, j'aurais pu me débrouiller pour qu'en incorporant mon monde dans le sien, elle se retrouve à quelques mètres de moi. Malheureusement, vu l'instabilité qu'elle avait créée, j'avais fait ce que j'avais pu : elle était à l'intérieur du mien, c'était déjà ça.

Au début, il m'était difficile de me mouvoir à travers la terre, mais, à mesure que je m'approchais de Rachel, il y avait de moins en moins de terre et je pouvais me déplacer plus rapidement. Dès que je pus, je me mis à courir. Lorsque je la vis, elle avait déjà formé une boule d'instabilité d'une centaine de mètres de diamètre. J'accélérai et me jetai dans sa boule. La sensation de passer du monde stable à la boule de Rachel fut quelque peu déconcertante. Un instant, j'eus l'impression d'être un gros finnois sortant d'un sauna pour se jeter dans un lac gelé. Si j'avais pu faire un saut d'une cinquantaine de mètres, j'aurais réussi à l'atteindre. Mais ce n'était pas le cas et mon saut s'arrêta à une dizaine de mètres d'elle. Je dégainai mon épée et tâchai ensuite d'avancer lentement. Je fis un mètre, puis un deuxième. Mes jambes me paraissaient lourdes. Encore un mètre. À nouveau cette migraine, cette impression de se faire écraser. Allez courage ! Un nouveau mètre ! J'y étais presque ! Un nouveau mètre et je me figeai. Incapable de bouger, je ne pouvais plus m'approcher d'elle. Je me mis à hurler un immense :

MOI

Allez !

En criant je réussis à faire un pas de plus. Presque, j'y étais presque. Moi aussi je sentais que j'étais en train de me dissoudre. Si je ne faisais rien, j'allais à nouveau me retrouver à la case départ. Pourquoi à ce moment, je me remémorais Nadia qui se faisait couper la tête ? Cela devait faire quelques mois que je n'avais pas pensé à cela. Comme si j'avais mis ce souvenir dans une vieille boite d'avant le Vemarana et que je l'avais fermée à clé.

MOI

Je n'ai pas fait tout ça en vain !

Sans lâcher Rachel des yeux, j'engageai tout ce qui me fallait comme force pour avancer encore un peu.

MOI

Allez putain !

Soudain, je vis un éclair de lucidité traverser les yeux de mon amie et l'espèce de mur qui me retenait lâcha d'un coup. Je me retrouvai propulsé, l'épée en avant, vers Rachel... que je transperçai au niveau du foie.

Tout s'arrêta d'un coup. La source de la perturbation venait de s'éteindre. Je retirai mon épée des entrailles de mon amie et m'attachai à calmer le chaos qui entourait le monde. Un ou deux katas me suffirent à apaiser les perturbations et je pus alors me consacrer au fait de mélanger ce qui restait du monde de terre et du monde de Rachel. Au milieu des quelques collines asséchées qui restaient, de l'eau vint s'y glisser et de la végétation commença à apparaître. Bien sûr, le monde ne se transforma pas en vertes collines bondissantes, cela n'aurait eu aucun intérêt. Je préférai garder les collines relativement sèches. Un peu comme si nous étions dans le Grand Canyon. Tout était calme comme après une tempête. Pour rigoler je fis surgir un arc-en-ciel. Tout était redevenu en ordre.

Simha et Arlette se matérialisèrent à côté de moi. Simha se rua sur Rachel inconsciente et la prit dans ses bras.

MOI

Ne t'inquiète pas, elle va bien.

Simha me regarda droit dans les yeux.

SIMHA

Cimer gros.

MOI

À ton service.

Je regardai Arlette avec un regard interrogateur. Elle me sourit.

SIMHA

Katia s'est occupée d'elle pendant que t'étais pas là.

ARLETTE

Et, accessoirement, les morts par chez nous ont bien plus de puissance que les vivants. En ressuscitant, on dirait que j'ai gardé un peu de ma puissance de défunte.

Quelque chose qui clochait dans sa façon de parler...

MOI

Mais... tu parles français ?

Chapitre 12

Nous nous téléportâmes à Chelles, car c'était là que se trouvaient les autoproclamés « kaïras », c'est-à-dire mes alliés. C'était en effet sur mon monde qu'avait lieu le cœur de la guerre. Alors que Zeus pensait que, moi parti, il serait facile de conquérir mon monde, il avait rencontré une résistance opiniâtre de la part des habitants de la banlieue est de Paris. C'est qu'il ignorait que la sécurité que j'avais mise en place consistait à révéler le pouvoir de nombreux jeunes de banlieue, à commencer par mes propres frères et à un homme qui se faisait appeler « le Général ». Ce dernier avait rapidement pris le commandement des kaïras et s'était révélé être un stratège brillant. À ces kaïras, s'étaient rapidement associés mes trois amis : William, Moera et Katia.

Je voulus dans un premier temps me rendre devant ma maison, je n'y trouvais que des ruines, le reste du quartier étant tout aussi dévasté. J'appris plus tard que c'était ici qu'avait commencé la guerre. On raconte que mes deux frères, accompagnés du Général, avaient réussi, à eux seuls, à repousser les premiers assauts. Progressivement, grâce à l'aide des kaïras, qui avaient pris les armes un peu partout en Seine St Denis, et de Katia, William et Moera, qui les avaient rejoints un peu plus tard, ils avaient réussi à repousser les Grecs. Malheureusement, après de cuisantes défaites, nos adversaires avaient commencé à reprendre l'avantage et, à mon arrivée, nous étions en train de perdre du terrain. Il était temps que les renforts arrivent.

MOI

Sais-tu si mes parents vont bien?

SIMHA

Tu n'as qu'à aller le leur demander.

Et nous nous téléportâmes sur la montagne de Chelles. C'était le nom d'une colline qui dominait la ville et qui, pendant de nombreuses années, avait été interdite d'accès. En effet, de nombreuses carrières de gypse y avaient été creusées au XIXème siècle, transformant la « montagne » en un véritable gruyère dont le sol pouvait facilement s'effondrer sous le poids d'un homme. C'est justement sous la « montagne », à l'intérieur des cavernes artificielles construites pour extraire le gypse, que se tenaient les kaïras. Pour entrer dans ces cavernes, il fallait passer par le fort, qui était au sommet de la colline. C'est donc là que nous nous rendîmes.

Dès que nous nous y fûmes téléportés, nous nous retrouvâmes entourés d'une dizaine de kaïras armés de bric et de broc : des couteaux, des chaînes, des battes de base-ball. Il y avait même un imposant Noir qui tenait une fourche. Un petit gars armé de chaînes semblait être leur chef.

LE MEC

Wesh, qu'est-ce vous faîtes-là ? Vous êtes qui?

SIMHA

On est des potes gros.

LE MEC

Ah ouais? Je t'ai jamais vu là, gros, vas y donne le mot de passe.

SIMHA

Va te faire casser tes petites pattes arrière!

Le mec parut hésiter.

LE MEC

> T'es trop à la masse, ça c'était le vieux code. On y va les baltringues !

Et ils nous attaquèrent.

En un rien de temps ils étaient tous à terre, en train de crier de douleur. On fut très vite entourés d'une cinquantaine de kaïras ainsi que leur chef qui se trouvait être... David, mon propre frère!

DAVID

> Élie, c'est toi? Ou c'est encore un de ces leurres?

MOI

> À ton avis ?

J'avais une envie soudaine d'aller vers lui et de le prendre dans mes bras, il m'avait tellement manqué!

DAVID

> On va très vite le savoir! Quel est le sens de la vie?

MOI

> 42!

DAVID

> Mon personnage de DragonBall préféré?

MOI

> Sangohan

DAVID

> C'était quoi le nom du dessin animé dont le méchant est un gros chat qui s'appelait le Maharaja de Sarawak?

MOI

> Sandokan

DAVID

> C'était quoi le nom de l'armure qui nous rendait invincible quand on était petits?

MOI

L'armure protégère !

DAVID

Bon sang tu m'as manqué mec!

MOI

Toi aussi vieux!

Et nous nous jetâmes dans les bras l'un de l'autre : cela faisait presque trois ans que nous ne nous étions pas vus...

On nous amena dans la salle commune.

MAMAN

Élie, c'est toi mon fils?

MOI

Maman! Papa!

PAPA

On pensait que tu ne reviendrais pas. Quand tes amis sont venus nous parler on en croyait pas nos esgourdes. Alors comme ça on est un dieu surpuissant et on oublie d'en informer ses propres parents ?

MOI

Je suis désolé, mais si je vous l'avais dit vous vous seriez questionnés sur ma santé mentale.

MAMAN

Tu aurais quand même pu nous dire que tu allais bien, on se faisait du souci.

PAPA

Allons ne le gronde pas, tu sais bien qu'il ne pouvait pas faire autrement.

Il se contenta de mettre sa main sur mon épaule, et de la serrer avec affection. Ce petit geste, anodin en apparence, m'émut au-delà du raisonnable. J'eus soudainement une espèce de boule dans la gorge et je sentis mes yeux s'embuer. Je pris mes parents dans mes bras et posai ma tête sur leurs deux épaules. Je fermai les yeux et les serrai fort, longtemps. La fermeté de leur corps, leur chaleur et leur amour, tout cela me rassura. Oui, il y avait encore des gens qui me connaissaient et m'aimaient pour ce que j'étais vraiment : quelqu'un qui avait besoin de ses parents pour lui dire si ce qu'il faisait était bien ou mal.

Après cette longue embrassade, je pus leur présenter Arlette.

MOI

Ma femme.

Seins nus, elle n'était vêtue en tout et pour tout que d'une jupe en fibre de plante. C'était la tenue traditionnelle du Vemarana et j'avais oublié de lui dire de se vêtir de manière plus « décente » pour la présenter à mes parents. Heureusement, ces derniers eurent le tact de ne faire aucune remarque désobligeante à son sujet. Au contraire, ils furent enchantés de la rencontrer !

On nous amena au centre de commandement où se tenait le « Général ». Sa tête me disait quelque chose...

LE GÉNÉRAL

Alors c'est toi le démiurge ?

MOI

On ne se serait pas déjà rencontrés ?

LE GÉNÉRAL

Bien sûr ! Tu passais devant chez moi tous les jours pour aller à la fac. Et jamais tu m'as laissé une petite pièce.

Je le reconnus, c'était un clochard que je croisais tous les matins à Opéra !

MOI

Mais comment ça se fait que...

LE GÉNÉRAL

Les premiers seront les derniers, ça te dit quelque chose ?

Bref, peu importe, il était temps que tu arrives, on aurait été embêté de mettre une dérouillée à Zeus en ton absence.

MOI

Où en est la situation ?

LE GÉNÉRAL

Bah, en gros, le tableau est le suivant : on contrôle tout le 93, et le nord est de Paris : 19ème, 20ème, 10ème, bref les quartiers pourris. Eux, ils contrôlent Châtelet, le 5em, le 17em, le 16em et presque tout le 92 et le 78.

MOI

Et les autres endroits ?

LE GÉNÉRAL

No man's land, sans intérêt.

MOI

Sympa... Et qu'est ce que tu — on peut se tutoyer ? — appelles contrôler ?

LE GÉNÉRAL

Non on peut pas se tutoyer. Et ce que j'appelle contrôler, c'est mettre une barrière sur un secteur et espérer qu'elle tienne.

MOI

Et pour prendre un secteur, je suppose qu'on abat la barrière, on déloge les gens et on met une nouvelle barrière ?

LE GÉNÉRAL

T'as tout compris !

MOI

Je croyais qu'on ne se tutoyait pas ?

LE GÉNÉRAL

Non, toi tu me vouvoies et moi je te tutoie. Oublie pas que pour moi t'es qu'un gamin.

MOI

Euh... si vous y tenez.

LE GÉNÉRAL

Bon sang que c'est bon d'être respecté ! Dire qu'il y a quelques mois, les gens osaient à peine me regarder. Je savais que ça tournerait, je le savais !

Une alarme se fit entendre.

LE GÉNÉRAL

Bordel !

Et il sortit précipitamment de la salle accompagné de mon frère. Nous les suivîmes, pour nous retrouver dans une grande salle avec un vortex ouvert en son centre. Des gens en sortirent, ils étaient sales et en armes : ils devaient rentrer d'une bataille. Je pus reconnaître mon frère, Sauveur, qui se fit alpaguer par le Général :

LE GÉNÉRAL

Qu'est-ce qui s'est passé ? Qu'est ce que vous avez foutu ?

SAUVEUR

Ils ont attaqué en masse, ils étaient accompagnés par deux dieux que je ne connaissais pas. On a perdu la place.

MOI

Qu'est-ce qui se passe ?

SAUVEUR

Élie ! Qu'est ce que tu fais là ?

Sans répondre à la question du Général, il se jeta dans mes bras.

LE GÉNÉRAL

Vous vous embrasserez plus tard, on vient de perdre gare de l'Est je vous signale. Ils sont où les rois mages ?

SAUVEUR

Ils se sont fait tuer. Ils ne devraient pas tarder à réapparaître.

MOI

Les rois mages ?

SAUVEUR

C'est comme ça qu'on appelle Katia, William et Moera.

LE GÉNÉRAL

OK, retournons au poste de commandement et attendons-les.

Nous nous rendîmes donc au poste de commandement. Lorsque nous y arrivâmes, mes trois amis étaient déjà arrivés. Ils avaient l'air fatigués. Ils étaient en discussion avec Simha et Arlette, qui ne m'avaient pas suivi. Lorsqu'il me vit, William se leva.

WILLIAM

Démiurge, c'est un honneur et un plaisir de te revoir parmi nous.

MOÉRA

Par contre t'aurais pu laisser le nain à la maison, il va nous ralentir.

SIMHA

C'est sûr que toi ça va te ralentir. Tu seras tellement occupé à mater mon cul, que tu vas rien pouvoir faire d'autre.

MOÉRA

Le jour où je regarderai le cul d'un mec il faudra me faire soigner...

LE GÉNÉRAL

Oh la ! Oh la ! Vous vous croyez où ici ? C'est pas la récréation. Moera, à ta place, je ferais pas la fière, c'est lamentable de perdre une place forte comme la gare de l'Est. Si je ne me retenais pas, je vous enverrais récupérer cette place sur le champ... Tiens d'ailleurs, vous avez gagné, vous m'avez énervé, qu'on prenne toutes les personnes valides et qu'on aille récupérer la gare de l'Est tout de suite.

KATIA

Vraiment ?

LE GÉNÉRAL

Et comment !? La prochaine fois, vous penserez à garder votre territoire.

SAUVEUR

Euh, on n'a pas le temps de se reposer ?

LE GÉNÉRAL

Se reposer ? Mais t'es con ou quoi ? On vient d'avoir quatre nouveaux guerriers, et ils s'attendent pas à ce qu'on les attaque! C'est le moment ! En plus David va pouvoir aller avec vous, maintenant que le démiurge est rentré, on n'attend plus personne.

MOI

Ah parce que s'il n'était pas sur le champ de bataille, c'était parce qu'il m'attendait ?

LE GÉNÉRAL

Bah oui, tu crois que qui aurait pu s'assurer que tu es toi et pas un usurpateur ? On avait un de tes frères ici en permanence. Et je peux t'assurer que ça nous a bien fait chier. Pour être poli.

Et c'est ainsi que nous nous rendîmes tous (sauf le Général) face au champ de force que les Grecs avaient dressé pour protéger gare de l'Est.

MOÉRA

Voici le mur qu'ils ont bâti, il n'est pas encore consolidé, mais ça va prendre quelques minutes pour le faire tomber, surtout si je ne veux pas me faire repérer.

MOI

Laisse.

Et je touchai le mur, qui s'écroula.

KATIA

Voilà qui est efficace : bon au boulot, on va les repousser en dehors de ce périmètre !

MOI

Non, restez en arrière, gardez-vous pour le prochain secteur.

Et je courus à la rencontre des Grecs, surpris. Dès que les vis, je tendis la main vers eux. Ils s'évanouirent. Un vortex s'ouvrit à côté de moi. Il se referma instantanément : le Général venait de le fermer.

LE GÉNÉRAL

Ils sont pénibles avec leur vortex.

MOI

Vous n'étiez pas censés rester au QG ?

LE GÉNÉRAL

Ouais, j'interviens seulement pour finir de nettoyer le périmètre. Mais comme tu as été efficace, je n'ai pas eu le temps de me reposer. Bon, on ne va pas s'arrêter en si bon chemin, prochaine étape : Strasbourg Saint-Denis.

Cette fois il me fallut quinze secondes pour abattre le mur de force. Apparemment, les Grecs, n'avaient pas encore eu le temps de s'organiser et, en quelques minutes, l'affaire était entendue : nos adversaires furent renvoyés chez eux.

SIMHA

Putain, t'es devenu balaise frère !

LE GÉNÉRAL

Excellent !

MOI

Quelle est la prochaine étape ?

LE GÉNÉRAL

Les Halles. Ça va pas être de la tarte, ils ont des petits dieux à résidence et ils ont dû avoir le temps de s'organiser... De plus, leur champ de force est vraiment, solide.

MOI

Soit.

Nous nous rendîmes donc face au mur de Châtelet les Halles. Je le touchai de la main et essayai de faire comme pour les autres : perturber suffisamment les ondes en un point, de manière à ce que la perturbation se propage tout le long du mur et le fasse s'écrouler. Un instant, je sentis les ondes s'agiter sous ma main, j'augmentai l'intensité de mon contact et la perturbation commença à se propager un peu partout. Elle prit de la vitesse puis atteignit un pic... avant de se mettre à ralentir. Cela me surprit : en temps normal, la vitesse de propagation augmente régulièrement au début, avant d'accélérer soudainement une fois un certain niveau atteint ; en aucun cas elle n'est censée ralentir. J'augmentai encore l'intensité du contact. La propagation sembla accélérer un temps, mais à nouveau elle se mit à ralentir, avant de s'arrêter. C'était comme si quelque chose l'avait bloquée. En relâchant un peu la pression, la perturbation se résorba d'elle-même à grande vitesse. Cela n'était pas normal : pour qu'une perturbation se résorbe naturellement, il faut au moins quelques minutes...

MOÉRA

Il y a des gens de l'autre côté qui réparent les ondes au fur et à mesure que nous les attaquons.

MOI

C'est bien ce qui me semblait ! Très bien, on va voir ce qu'ils ont dans le ventre !

Cette fois, je plaçai les deux mains sur le mur, et donnai tout ce que j'avais. Les ondes vibrèrent plus vite que lors de la précédente tentative. Je recommençai à propager les perturbations. Ils ne réussirent pas à me stopper, j'étais trop fort pour eux. Mais, au moment où je pensais avoir réussi à avoir suffisamment perturbé le mur, c'est comme si ce dernier essayait de me contaminer : les perturbations que j'avais faites commencèrent à agresser les ondes de mon corps et se propagèrent à grande vitesse le long de mes os. Je poussais un petit grognement de douleur : ce n'était pas très agréable et si je ne faisais pas quelque chose, ça allait empirer.

MOÉRA

Ils ont mis un piège, tu as besoin d'aide.

MOI

Non, ça ira, j'ai connu pire.

Je fis le vide dans mon esprit : j'inspirai lentement, puis bloquai ma respiration quelques secondes... et je laissai l'air sortir doucement de mes poumons. Lorsque ces derniers furent vidés, je bloquai encore ma respiration... puis inspirai à nouveau, profondément. Le calme me gagna, et cela eut pour effet de calmer aussi les perturbations qui me traversaient le corps. Tout en continuant à respirer ainsi, je me concentrai sur les ondes et, à chaque fois que j'expirais, les perturbations s'estompaient peu à peu. Je continuais à inspirer... à expirer, plusieurs fois, les perturbations diminuèrent encore. J'inspirai, j'expirai, et les perturbations disparurent progressivement. Lorsque les ondes de mon corps reprirent leur marche normale, je tâchai de sentir à nouveau les ondes du mur. Comme je m'y attendais, les perturbations qui le traversaient avaient disparu avec celles de mon corps. Ce piège était bien fait : pour calmer les ondes qui me traversaient le corps, j'étais obligé de calmer les ondes du mur en même temps...

LE GÉNÉRAL

> Tu n'y arriveras pas tout seul démiurge. Ce mur est le plus protégé de tous, sauf peut-être celui de Versailles.

MOI

> Versailles ?

MOÉRA

> C'est là qu'est leur place forte.

MOI

> Je l'ignorai. Je crois que je vais avoir besoin d'aide, je ne peux pas agresser le mur et déjouer leur piège...

LE GÉNÉRAL

> Nous allons t'aider, ne t'inquiète pas. Moera peut s'occuper du piège et je peux m'occuper du mur, ainsi, tu n'auras qu'à trouver ceux qui sont de l'autre côté et leur faire la peau.

Moera et le Général placèrent leur main sur le mur et nous entreprîmes de l'attaquer à trois, de manière à activer le piège. Lorsqu'il se mit en route, Moera réussit à attirer les perturbations à elle.

MOÉRA

> La vache, je ne pensais que ça ferait ça. Je ne sais pas si je pourrai tenir bien longtemps !

LE GÉNÉRAL

> Fais de ton mieux, démiurge, nous allons poursuivre notre attaque.

Ce que nous fîmes. Je sentis que quelque chose retenait les perturbations. C'étaient nos adversaires.

LE GÉNÉRAL

> Très bien, je vais poursuivre la pression, et tu t'occupes du reste.

MOI

À vos ordres !

Lâchant la pression sur le monde, les perturbations se calmèrent : le Général n'était pas de taille à poursuivre l'agression ; tout au plus, il pouvait tenir suffisamment longtemps pour que je trouve la source de la stabilisation. Chaque objet du multiverse possédant un type d'onde particulier ; il me fut très facile, en explorant l'ensemble des ondes qui traversaient le mur, de trouver des ondes humaines. Je m'approchai subrepticement de ces ondes, et m'aperçus qu'elles n'appartenaient pas à une seule personne, mais à plusieurs, une quinzaine. Je lançai une violente perturbation sur ces ondes humaines. Ne s'attendant pas à se faire attaquer directement, un tiers des protecteurs furent totalement pris de court par cette attaque et ils perdirent le contact avec le mur. Je poursuivis mes perturbations. Cinq personnes tentèrent de les bloquer, avec un certain succès. J'augmentai ma puissance d'attaque d'un coup sec et ils furent contraints de lâcher prise. Les autres étant aux prises avec le Général, j'eus toute la latitude pour poursuivre mes perturbations : les cinq derniers furent balayés par la puissance de mon attaque, que je poursuivis jusqu'à ce que le mur s'écroule !

Au moment où le mur tomba, les Grecs, qui s'étaient massés derrière, se ruèrent sur nous. Heureusement mon armée vint à leur contact avant qu'ils n'aient réussi à nous toucher. En théorie, j'aurais pu lancer une violente attaque d'ondes sur les Grecs, ce qui aurait eu comme effet d'assommer les plus faibles. Néanmoins, outre le fait qu'ils semblaient trop nombreux pour que je puisse les vaincre en un coup, je risquais d'assommer une partie de mon armée avec, ce qui n'eut pas été très cordial. Je matérialisai une épée de moyenne facture dans ma main et fonçai sur les Grecs en hurlant un puissant :

MOI

Que je trépasse si je faiblis !

Et je me fis un devoir de taillader du Grec.

Au bout de quelques instants, je pus constater que mes amis n'étaient pas loin de moi. C'était la première fois que je pouvais combattre à leur côté en étant sur un pied d'égalité, et cela me réjouit. Outre Simha, William, Katia et Moera (nous n'avions pas jugé utile de réveiller Rachel pour le moment), mes frères et Arlette se battaient aussi à merveille : ils n'avaient pas grand-chose à envier à mes amis. Rapidement nous pûmes faire reculer nos adversaires, qui, malgré tout, arrivaient toujours en aussi grand nombre. Toutefois, notre ascendant ne convainquit pas le Général, qui ne se battait pas, mais était simplement là, les Grecs ne semblant pas s'intéresser à lui.

LE GÉNÉRAL

On n'arrivera jamais à les repousser suffisamment loin. Des vortex doivent être ouverts un peu partout, il faut aller les fermer. Je vais tenter une percée, Sauveur, David, vous pouvez m'ouvrir un passage ?

SAUVEUR

À vos ordres !

Et ils remontèrent le flux des Grecs, qui se faisaient plus denses en amont.

WILLIAM

Je suis assez sceptique quant à leur capacité à remonter le flux. Les Grecs sont puissants dans cette zone...

MOI

Bon, je vais les rejoindre.

Je fis deux katas. Un Grec tenta de me frapper de son épée, que je n'essayai pas d'esquiver : il se volatilisa à mon contact. Pas de doute, mes katas fonctionnaient. Ne pouvant être atteint par une quelconque arme, je me mis à courir à la poursuite de mes frères.

LE GÉNÉRAL

Tu ne pouvais pas faire ça plus tôt ?

J'avais entendu sa voix, mais je ne l'avais pas vu.

MOI

Je n'y avais pas pensé. Comment se fait-il que je vous entende ?

LE GÉNÉRAL

Je peux parler à n'importe qui sur le champ de bataille, c'est pour ça qu'on m'appelle le général. Bon, on est en train de s'engouffrer dans les Halles. Et... Ah d'accord !

MOI

Quoi ? Quoi ?

LE GÉNÉRAL

Tu connais les Halles ?

MOI

Oui, et ?

LE GÉNÉRAL

Disons que sur chaque devanture de magasin, il y a un vortex d'ouvert, ça va nous prendre un temps fou pour tout refermer ! Et... Ah !

MOI

Quoi ?

LE GÉNÉRAL

Bon il serait temps que tu arrives, on a un problème.

MOI

J'arrive !

Je pris la direction du grand escalator pour m'engouffrer à l'intérieur des Halles. Ce dernier était totalement bouché par un flux de Grecs ininterrompu. Je fis un autre kata et fonçai dans le tas. Cette fois, les Grecs ne disparaissaient pas à mon contact : je passais au travers d'eux. En un rien de temps, je déboulai face à la Fn*c : les Halles étaient plus remplies que le premier jour des soldes estivales. Je ne vis pas trace du Général ou de mes frères au milieu de la foule, ce qui m'alarma : ils n'avaient pas pu prendre autant d'avance sur moi... Profitant de l'effet de mon kata, qui n'allait pas durer longtemps, je passai devant le Q*ick, et arrivai à la Place Carrée. Ne les voyant toujours pas, je continuai ma course vers le Ciné Cité. C'est alors qu'au milieu, de la foule, j'aperçus qu'un cercle s'était formé autour d'individus en train de se battre : mes frères et quatre gros Grecs.

LE GÉNÉRAL

Ce sont des dieux de seconde zone, mais ils donnent du fil à retordre à tes frères !

MOI

Très bien. Dites donc vous avez fait vite, pour arriver ici !

LE GÉNÉRAL

On a pris un raccourci, raccourci que tu aurais dû prendre plutôt que de foncer tête baissée dans le grand escalator !

MOI

Oh... Mais attendez une minute, pourquoi personne ne vous agresse ?

LE GÉNÉRAL

Parce que je me suis volatilisé quand ça a commencé à chauffer. Le Général que tu vois n'est qu'une illusion visible de vous uniquement.

MOI

Et comment vous allez faire pour fermer les vortex ?

LE GÉNÉRAL

Je me rematérialiserai.

MOI

En ce cas pourquoi avoir pris mes frères avec vous ?

LE GÉNÉRAL

Je ne peux me rematérialiser en un endroit qu'à moins d'un mettre d'un de tes frères.

MOI

Et pourquoi mes frères ?

LE GÉNÉRAL

Commence déjà par les aider et on en rediscutera plus tard !

Arrivé au niveau du premier cercle, je fis un kata pour reprendre ma consistance et un autre pour que mes ennemis disparaissent à mon contact. Je touchais un des dieux, mais cela ne lui fit pas grand-chose.

LE GÉNÉRAL

Peut-être que tes tours de passe-passe fonctionnent avec la chair à canon, mais là, c'est du Grec de choix, il va falloir te battre.

MOI

Quelle perte de temps !

Je saisis mon épée de mauvaise facture. Le dieu essaya de me toucher, mais j'étais plus rapide que lui. Je lui enfonçai mon épée dans les côtes. Il cria, mais ne disparut pas : il attrapa mon épée à la garde et tenta de me donna un coup de glaive. Cela m'obligea à lâcher mon arme pour ne pas me faire couper en deux.

MOI

Je vois, t'es pas un petit joueur. Admire un peu ça alors.

Il tenta de me frapper. J'attrapai la lame de son glaive de la main gauche et je lui donnai une série de coups de poings au visage, ce qui le fit chanceler. Je matérialisai une bonne épée dans ma main droite et le décapitai sans autre forme de procès.

Le deuxième, qui se battait à armes égales avec mon frère, n'eut pas beaucoup plus de chance. Je le tranchais de l'épaule droite à la hanche gauche.

Lorsque je l'eus achevé, les Grecs, qui auparavant semblaient nous ignorer, reprirent conscience de notre présence et se ruèrent sur nous. Heureusement que mon kata, qui ne fonctionnait pas contre les dieux, était encore en place : ils ne pouvaient rien faire pour me toucher. Je me ruai sur les deux dieux restants.

Après leur avoir réglé leur compte, il fallait s'occuper de fermer l'ensemble des vortex, ce qui allait prendre du temps. C'est alors que des personnes passèrent au travers du plafond et vinrent à notre rencontre.

SIMHA

Bien joué Arlette, c'était la façon la plus sûre d'arriver ici.

LE GÉNÉRAL

Il était temps que vous arriviez : vous savez ce qui vous reste à faire ?

TOUS

Oui Général !

Et ils s'égaillèrent, se taillant chacun un chemin différent au milieu des Grecs.

MOI

Qu'est ce qu'ils vont faire ?

LE GÉNÉRAL

Ils vont fermer les vortex.

MOI

Ils savent fermer les vortex ?

LE GÉNÉRAL

Oui, tout le monde peut y arriver. Le problème c'est que ça prend du temps. Heureusement que mes petites bombes ont leur efficacité.

Au moment où il dit ça, je sentis une onde de choc suivie d'un bruit d'explosion. Puis encore une autre.

MOI

Mais s'ils pouvaient tous fermer des vortex, pourquoi être

parti en tête ?

LE GÉNÉRAL

Parce que je suis le Général ! Bon, c'est pas tout ça, mais il faut que je fasse en sorte qu'ils ne puissent pas ouvrir de nouveaux vortex.

Et il s'assit en tailleur, avec un champ de force tout au tour de lui.

MOI

Bon, je suppose que je dois nettoyer le paysage.

Je fis un kata et poussai un cri : tous les Grecs dans un périmètre de 25 mètres disparurent... pour être remplacés par d'autres.

MOI

Je vois, ils n'ont pas encore fermé assez de vortex.

Au bout d'une demi-heure, nous finissions de nettoyer le terrain. Je dus reconnaître que nous étions quelque peu fatigués.

MOI

Pourquoi ils ne profitent pas de notre fatigue pour nous attaquer à partir du périmètre voisin ?

LE GÉNÉRAL

Ils essaient.

MOI

Et ?

LE GÉNÉRAL

Tu penses bien que dès l'instant où nous avons fait tomber leur mur, mes petits gars en ont mis un de leur cru.

MOI

Et il tiendra ?

LE GÉNÉRAL

Oui, ils n'attaquent que pour la forme, mais je ne pense pas qu'ils veuillent reprendre ce terrain.

MOI

Et pourquoi ça ?

LE GÉNÉRAL

Parce que Zeus sait que tu es là à présent, et il veut te combattre sur un terrain symbolique.

MOI

Qui est ?

LE GÉNÉRAL

Le centre historique de Paris et le prochain secteur sur la carte : St Michel et la Sorbonne !

Nous ne prévîmes d'attaquer la Sorbonne que le lendemain : nous étions fatigués et avions tous besoin d'une bonne douche. Pendant le dîner, nous étions en train de discuter quand soudain William sortit quelque chose de sa veste.

WILLIAM

Tu l'avais oublié.

Et il posa sur la table le caillou qui me permettait d'accéder à la carte du multimonde.

MOI

Oh c'est vrai, j'y pensais justement, je me disais que ce serait bien de faire un petit tour dessus pour voir l'avancée des troupes de Zeus. Tu m'accompagnes ?

WILLIAM

Ce serait un honneur.

Et nous nous connectèrent au caillou. À nouveau l'immense toile s'ouvrit sous mes yeux.

MOI

Oh... À ce point ?!

WILLIAM

Oui, pendant que nous nous concentrions sur ce monde, Zeus en a profité pour étendre ses possessions.

La majorité des nœuds étaient à présent bleus, la couleur de Zeus, et il n'y avait plus beaucoup de mondes verts ni de mondes blancs. La capitale, en revanche, restait dorée. Quant aux mondes de jade, les mondes fermés, seul le mien avait changé de couleur, les autres étaient encore là. Parmi le groupe de mondes en bleu, le nombre de nœuds noirs, les mondes morts, n'avait pas tellement progressé. Ce qui était une surprise.

MOI

Zeus a arrêté ses expérimentations ?

WILLIAM

Ses expérimentations concernant l'accès aux pouvoirs pour l'ensemble de la population ?

MOI

Oui ?

WILLIAM

Non, d'après des sources fiables, il continue. Simplement, il a suffisamment de lieux à sa disposition pour changer de monde lorsque les bogues commencent à apparaître. Et je pense qu'il a appris à réparer ces bogues, jusqu'à un certain degré tout du moins...

Le lendemain, eut lieu la grande bataille connue sous le nom de bataille de Saint-Mich. Alors que nous nous rendions aux murs du secteur de Saint Michel et de l'île de la Cité, nous fûmes surpris de nous apercevoir que rien ne le protégeait : un simple contact de la main et ce dernier disparut.

LE GÉNÉRAL

Ils nous attendent. Je suppose qu'on devrait les trouver sur une des places du secteur.

Nous traversâmes donc l'île de la Cité, qui était complètement déserte. Cela me fit bizarre de voir le boulevard qui traversait l'île sans une seule voiture, sans bruit. Pas même le bruit d'un malheureux oiseau qui se serait égaré là.

MOI

Qu'est ce qu'ils ont fait des habitants ?

LE GÉNÉRAL

Ils ont du être évacués quand nous avons pris les Halles.

MOI

Ils ne voulaient pas combattre à nos côtés ?

LE GÉNÉRAL

Tu sais, je ne crois pas que les habitants des quartiers riches nous accueillent comme des héros.

MOI

Pourquoi ça ? Les Grecs ne sont pas considérés comme des envahisseurs ?

LE GÉNÉRAL

Au début oui, et puis les gens se sont aperçus que la vie n'était pas si mal avec les Grecs, je pense même qu'ils la considèrent comme meilleure : plus de maladie, plus de clochards qui traînent partout, plus de bruit ou de pollution : avec leurs nouveaux pouvoirs, les hommes ne se sont jamais sentis aussi puissants !

MOI

En ce cas pourquoi avoir continué à vous battre ?

LE GÉNÉRAL

Parce que pour une minorité qui vit mieux, d'autres ont été mis de côté. On ne peut pas donner le pouvoir à tout le monde, sans ça le monde deviendrait trop instable.

MOI

Tu veux dire que les membres de notre armée n'ont pas reçu leur pouvoir des Grecs ?

LE GÉNÉRAL

Non : il a fallu attendre que tes frères ouvrent la boite de Pandore.

MOI

Et d'un seul coup, tout le monde a eu le pouvoir ?

LE GÉNÉRAL

Une majorité des laissés pour compte, oui.

MOI

D'accord. Je suis assez surpris de voir que ce monde tient encore debout alors qu'une majorité de personnes utilisent leur pouvoir. C'est impossible... À moins que quelqu'un ne le répare en permanence...

Le Général sourit et ne dit rien. Cela ne fit que confirmer ce que je pensais : il était au courant de choses que j'ignorais. J'avais déjà essayé de tâter les ondes de ce monde. Elles étaient d'une stabilité à toute épreuve, ce qui était surprenant, surtout avec les batailles que nous nous y livrions. J'avais tâché d'en savoir un peu plus : en cherchant dans les ondes, j'avais essayé de sentir la présence de quelqu'un en train de replacer les ondes perturbées, mais à chaque fois que je m'aventurais un peu loin, je me retrouvais à mon point de départ : c'était comme si quelqu'un m'avait enfermé dans une boucle : où que j'allais, j'étais nécessairement amené à me retrouver à mon point de départ. Quelqu'un, sans que je ne sache très bien comment, réussissait à m'empêcher d'aller trop fouiller dans le monde. Au début, je crus qu'il s'agissait de Zeus. Mais je ne le pensais pas suffisamment fort pour me faire ça, du moins sans que je m'aperçoive de sa présence. Il devait s'agir de quelqu'un de plus puissant que Zeus – et probablement de plus puissant que moi – qui avait un intérêt particulier dans cette guerre, mais qui préférait rester tapi dans l'ombre, du moins, pour le moment. Cela était quelque peu inquiétant et j'espérai du fond du cœur que cette autre personne n'avait pas d'intentions belliqueuses à mon égard.

Nous traversâmes le deuxième bras de la Seine pour nous retrouver à place Saint-Michel qui était tout aussi vide.

LE GÉNÉRAL

Ils nous attendent à la place de la Sorbonne : je peux sentir leur présence.

Nous remontâmes donc le boulevard jusque place de la Sorbonne, où nous attendaient les onze dieux grecs et leur armée. Oui onze : Athéna n'étant autre que Katia, elle était de notre côté. Lorsque j'eus l'occasion de lui demander pourquoi elle m'avait répondu d'une phrase énigmatique :

KATIA

Pour la même raison que toi démiurge : pour que l'équilibre soit respecté.

De notre côté, nous étions dix « balèzes » : mes amis étaient cinq avec Rachel, qui s'était jointe à nous, et que nous avions éveillée pour l'occasion. Avec mes deux frères, Arlette et moi cela faisait neuf. Le Général avait lui aussi décidé de prendre les armes.

WILLIAM

J'ignorais que vous saviez vous battre.

LE GÉNÉRAL

Je ne sais pas me battre, mais j'ai un compte à régler avec Dyonisos.

WILLIAM

Et vous pensez être en mesure de tenir suffisamment longtemps ?

LE GÉNÉRAL

Ne t'inquiète pas, j'ai plus d'un tour dans mon sac.

La stratégie que nous avions mise en place était des plus simples : je m'occupais de Zeus et les autres s'occupaient des autres dieux, de manière à veiller à ce qu'ils n'interviennent pas. Quant aux soldats Grecs, qui allaient combattre les kaïras, ils n'étaient là que pour la figuration : tout le monde savait qu'ils ne serviraient strictement à rien. En fait, tout allait se jouer dans le combat que Zeus et moi allions nous livrer.

ZEUS

Alors démiurge? Tu ne veux toujours pas changer d'avis?

Je notai qu'il s'était mis à me tutoyer.

MOI

Moins que jamais, en revanche si tu veux lâcher l'affaire, tu auras droit à un procès équitable.

ZEUS

Et pourquoi devrais-je être jugé? C'est toi l'usurpateur!

MOI

L'usurpateur, ce sera le perdant.

ZEUS

Qu'il en soit ainsi.

Et les deux camps se ruèrent l'un sur l'autre.

Je cueillis Zeus d'une droite au visage bien sentie, puis j'enchaînai sur un coup de pied circulaire bas, qu'il bloqua de la jambe. Il fit mine de me donner une droite, que je parai facilement, mais il enchaîna sur un direct du gauche suivi d'un autre direct du droit que je me pris en pleine face. Avant que je n'eus le temps de reprendre mes esprits, il me donna un coup de pied à la hanche, qui m'envoya balader contre la vitrine d'un magasin qui explosa à mon contact. Zeus se rua à l'intérieur. Il fut accueilli d'un coup de pied au menton, qui le fit sortir du magasin. Je me jetai à mon tour sur lui, évitait un coup de poing et lui mis deux directs du gauche dans les côtes, que je tâchai d'enchaîner sur un uppercut. Heureusement pour lui, il réussit à éviter ce dernier coup. Il me regarda, le visage plein de haine, et il décolla. Je le suivis dans les airs.

ZEUS

Mhm, on dirait qu'il va falloir passer aux choses sérieuses.

Et il matérialisa une épée dans sa main droite. Elle était de très bonne facture, probablement aussi bien faite que ma super épée.

ZEUS

Je te présente Excalibur !

MOI

Excalibur ? L'épée d'Arthur ?

ZEUS

Exactement. Là où je l'ai envoyé, il ne devrait pas la réclamer.

Je matérialisai à mon tour une épée, certes de moins bonne facture, mais suffisamment solide pour tenir quelques coups.

À nouveau, il se rua sur moi. Nous nous échangeâmes un coup d'épée, puis un deuxième, avant que je ne reçoive un coup de pied circulaire, qui m'envoya au loin. Zeus se matérialisa alors au-dessus de moi, et tenta de me donner un coup de ses deux mains. Je le parai de l'épée, qui se brisa. Profitant de ma surprise, Zeus se téléporta à mon niveau et je reçus un coup de coude dans la face. Le dieu m'attrapa alors par le bras et le fit tourner autour de lui-même, avant de me lâcher. Je m'écrasai au sol. Un peu sonné, je dus faire face à Zeus, qui ne me laissait pas de répit. J'évitai son coup en sautant en arrière. Mais il repassa à l'attaque plus vite que ce à quoi je m'attendais, et il réussit à m'égratigner le bras. Ça brûlait !

Le dieu se jeta à nouveau sur moi et me mit un coup de genou sauté dans la figure, ce qui m'éjecta contre une porte, qui résista au poids de mon corps. Je restai debout. Le dieu me regardait au loin en rigolant. Je m'aperçus alors que j'avais atterri dans la cour d'honneur de la Sorbonne, et que la porte que j'avais heurtée n'était autre que la porte de la chapelle de la Sorbonne. Cela faisait longtemps que je ne mettais pas trouvé là. Pour marquer le coup, je saluai les deux statues qui se tenaient non loin de moi : une de Victor Hugo, et une autre de Pasteur. J'entendis Zeus pouffer.

MOI

Pourquoi tu rigoles ?

ZEUS

Qu'attends-tu pour matérialiser ta super épée ?

MOI

Elle n'est pas faite pour combattre.

Je matérialisai une autre épée, et me téléportai vers lui. L'épée se brisa au premier contact avec Excalibur, mais c'était ce que j'attendais : avant même que l'épée eût fini de se briser, j'avais plaqué Zeus au sol, et, à califourchon au-dessus de lui, je lui donnai une bonne série de droite gauche. Il s'en prit quelques-unes dans la gueule avant de se téléporter, derrière moi. Je fis une roulade avant, évitant de peu son coup d'épée, qui vint quand même m'érafler la jambe. Encore une fois, ça brûlait.

ZEUS

Alors, tu comptes attendre que je te réduise en charpie avant de matérialiser ton épée ?

MOI

Tu me fais deux petites égratignures et tu parles déjà de me réduire en charpie ? Sérieusement, je n'ai pas besoin de cette épée, pour te vaincre.

Je me trompais.

Nous reprîmes le combat, mais, plus le temps passait, plus le dieu réussissait à m'infliger des blessures, certes minimes, mais qui, outre le fait qu'elles ne guérissaient pas spontanément, commençaient à me gêner. Bien sûr, je réussissais à placer quelques coups bien sentis, mais cela ne semblait pas beaucoup l'affecter.

Je me pris un coup de pied frontal dans les côtes, et je reculai de quelques pas. Le dieu se téléporta à mon côté et me mit un coup de pied circulaire dans la figure. Je tombai à terre. Il tenta de me trancher de son épée, mais je roulai au loin, et me téléportai. J'apparus derrière lui, mais il m'attendait, il se retourna et je reçus la lame de son épée sur le front. Je me téléportai, au loin. Et portai la main à mon front. Lorsque je la regardai, elle était pleine de sang.

Il se matérialisa face à moi et tenta de me donner un coup d'estoc, que j'évitai, pour me prendre son poing dans la figure, suivi d'un coup de genou dans le flan et d'un coup de pommeau sur le crâne qui me fit à nouveau mordre la poussière. Il essaya de m'achever d'un coup de tranchant de l'épée, que je parais avec Gloria, l'épée qui avait servi à transpercer Rachel, et que je venais de baptiser ainsi parce que ça faisait plus classe.

ZEUS

Ahaha, enfin on se décide !

Le combat reprit de plus belle, mais cette fois, avec une vraie épée, je pouvais à nouveau me battre à armes égales. Le bruit de nos épées s'entrechoquant résonnait dans la cour d'honneur, qui était curieusement vide. Un rapide sondage, et je m'aperçus qu'il y avait un puissant champ de force autour de la cour, impossible de s'enfuir de là. Le combat était d'une férocité sauvage, nous donnions tout ce que nous avions dans chaque coup. Je sentais que, malgré ma force exceptionnelle, je commençais à avoir le souffle court, et je voyais que c'était pareil du côté de Zeus. Il ne faisait aucun doute qu'à moins d'une erreur de l'un d'entre nous, le combat allait s'éterniser, et que la victoire risquait d'aller au plus endurant.

Le combat dura encore un certain temps : mes bras me faisaient mal, et les blessures, qui ne se refermaient pas, brûlaient affreusement. Zeus, bien qu'essoufflé, continuait à donner des coups avec la même force et la même intensité. Il était décidément vraiment puissant.

Finalement, le combat prit une autre tournure sur une simple avarie matérielle. Alors que nous entrechoquions nos épées, j'entendis un craquement, et je vis l'épée de Zeus se craqueler. Nous nous regardâmes tous deux, surpris. Il fallait faire vite : c'était le moment de donner tout ce que j'avais pour briser une bonne fois pour toutes son épée. Je fis une feinte vers son corps, puis remontai mon arme de toutes mes forces pour frapper la sienne, à l'endroit de la craquelure. Cric. Presque. Encore un autre coup. Cric. Un autre ! Cric. Un dernier et CRAC !

Mon épée venait de se briser !

Je regardai mon moignon d'épée comme un imbécile, lorsque je sentis une violente douleur au ventre : Zeus avait profité d'un quart de seconde d'inattention pour m'enfoncer son épée dans le ventre. Abasourdi, je tombai à genou. Zeus ressortit la lame d'un coup sec. Je sentais le sang monter dans ma gorge. Putain qu'est ce que ça faisait mal !

ZEUS

Curieux, je pensais qu'un coup de cette épée t'aurait fait disparaître....Qu'à cela ne tienne, la tête coupée, tu ne feras plus grand-chose.

Il arma son épée, me regarda d'un regard brillant.

ZEUS

Adieu démiurge !

Et son épée s'abattit sur mon cou, presque au ralenti...

CLIK

ZEUS

Quoi ?

Au contact de mon cou, son épée s'était brisée, sans m'infliger la moindre blessure.

MOI

Héhé, je crois que ton épée n'a pas beaucoup apprécié mon cou.

ZEUS

Ta gueule !

Il me donna un coup de pied au menton. Et je tombai en arrière. Je restai un instant sonné, puis j'essayai de me relever : je me mis sur le côté, mis un pied en avant. J'essayai de m'accrocher à la statue de Victor Hugo, que j'avais sous la main. Et je réussis à me relever.

MOI

C'est... pas... fini !

Zeus se rua sur moi et me mit un crochet du gauche qui me fit chanceler de quelques pas. Puis il enchaîna d'un coup de pied circulaire, une droite et une gauche au visage. Je tâchai de rester debout tant bien que mal.

ZEUS

Tu vas crever bordel !

Il me donna un front-kick, puis se téléporta derrière moi et m'envoya un coup de genou sauté qui me fit partir en avant. Mon visage heurta quelque chose de solide. De la pierre. C'était la statue de Pasteur. Je me retournai pour faire face à mon ennemi, et reçus une belle avoine dans le visage. Mais je restai debout. C'est alors, qu'il me saisit les épaules et m'envoya une série coup de genou à l'endroit même de la blessure. Je hurlai à la mort et portai la main à mon ventre : ses coups avaient agrandi la blessure. Je m'écroulai au sol, sans force.

ZEUS

Il est temps d'en finir.

Il prit alors de la hauteur, je crus un instant qu'il allait fondre sur moi à pleine vitesse. Mais non : il se contenta de matérialiser un violon. Je le vis sourire et commencer quelques notes. À la première note, ma peau se hérissa et je sentis une douleur me parcourir tout le corps. Il commença par un petit accord pour s'échauffer. Je hurlai. L'accord se transforma en un morceau de klezmer endiablé. Le genre de musique que j'aime bien habituellement. Mais ici, c'est comme si ses notes pénétraient jusqu'au plus profond de mes entrailles. La douleur que je ressentais n'avait strictement rien à voir avec ce que j'avais pu connaître jusque-là. J'avais l'impression d'agoniser. Le salaud, il allait me dégoûter du klezmer ! Heureusement que, petit à petit, je perdais connaissance, cela allégeait la douleur.

Soudain la musique s'arrêta, j'ouvris les yeux. Le dieu était perché en hauteur, pourtant je l'entendis très bien me dire :

ZEUS

Vois-tu, jeune homme, tu es peut-être très fort, probablement plus fort que moi en force pure, mais contrairement à toi, j'ai passé 25 ans à m'entraîner afin de te surpasser. Tu ne pourras pas me vaincre, tu ferais mieux d'abandonner tes pouvoirs tout de suite.

J'ignore si quelque chose sortit de ma bouche, mais je pensai très clairement.

MOI

Tu sais bien que si j'abandonne mes pouvoirs je mourrai !

ZEUS

Et alors, tu n'es pas prêt à mourir pour des idées ?

Il me parlait par télépathie.

MOI

Si, mais les idées que tu véhicules ne sont pas les bonnes.

ZEUS

Ah ? Et pourquoi ça ?

MOI

Parce que tout ce que tu crois, c'est qu'être démiurge c'est être le chef de l'univers.

ZEUS

C'est pourtant les pouvoirs que cela te donne.

MOI

Ce n'est pas qu'un pouvoir, c'est une responsabilité.

ZEUS

Allons tu vas me sortir la morale à deux balles de Spiderman ! « Peter, un grand pouvoir exige de grandes responsabilités. »

MOI

Je trouve que ce n'est pas une si mauvaise morale que ça.

ZEUS

Tu parles. Qu'est ce que t'y connais aux responsabilités toi ?

Et à nouveau, il se remit à jouer, plus vite. La douleur reprit de plus belle.

ZEUS

Alors, ça fait mal?

MOI

Ce sont tes propos qui me font mal, tu ne comprends rien à ce qu'est le démiurge et tu viens me donner des leçons de responsabilité. Regarde un peu ce que tu as fait à l'univers !

ZEUS

Qu'ai-je fait de mal? J'ai redressé les torts, j'ai libéré les esclaves, j'ai redonné de l'espoir à l'indigent.

MOI

En tuant des personnes innocentes ?

ZEUS

Laisse-moi deviner, tu parles de Nadia ? Mais mon pauvre vieux, tu ne comprends pas, on est en guerre : en choisissant son camp elle savait très bien à quoi s'attendre ! Franchement, entre tuer une personne avec laquelle je suis en guerre et laisser crever des malheureux qui n'ont rien demandé, mon choix est vite fait ! Je suis désolé pour elle, crois le bien, c'était quelqu'un que j'appréciais, mais je ne peux pas laisser une trahison impunie, surtout si elle risque de compromettre la vie de personnes vraiment innocentes !

Et il se remit à jouer de plus belle. Sous la douleur, je rentrai à nouveau dans un état de semi-conscience. Mais, même dans cet état, la douleur allait crescendo.

C'est alors que je les sentis, ce n'était qu'un mince battement, mais je sentis quelque chose dans les deux statues. C'était comme si elles m'appelaient. Comme si elles voulaient que je les réveille. Je mis toute ma conscience à essayer de les réveiller et, chose étrange, Hugo se mit à bouger. Brusquement, il décolla et se rua sur Zeus qui fut tellement surpris qu'il ne réussit pas à éviter le crochet du droit que la statue lui décocha en pleine mâchoire. Son violon se mit à crisser.

HUGO

Citoyens ! le néant pour ces laquais se rouvre

Qu'importe, ô citoyens ! l'abjection les couvre

De son manteau de plomb.

Il se rua à nouveau sur Zeus qui, cette fois, réussit à s'échapper.

HUGO

Allez, fuyez, vivez ! Pourvu que, mauvais prêtre,

Mauvais juge, on vous voie en vos trous disparaître,

Rampant sur vos genoux,

UNE VOIX

Halàlà, sacré Hugo, toujours les grands mots!

C'était Pasteur qui s'était aussi éveillé, croisant les jambes, il regardait le spectacle.

PASTEUR

Bon pendant qu'il s'occupe de corriger ce garnement, je vais m'occuper de te soigner mon garçon.

Zeus continuait à jouer tant bien que mal. C'était moins efficace qu'un instant plus tôt mais ça continuait à me faire souffrir.

PASTEUR

Tout d'abord, on va régler ce problème de musique.

Je ne sais pas ce qu'il fit, mais, d'un coup, je n'entendis plus les notes du violon.

PASTEUR

Voilà qui est mieux.

MOI

Comment se fait-il que vous puissiez parler sans corde vocale?

Oui j'aurais pu choisir des propos plus pertinents...

PASTEUR

Effectivement, si nous étions dans le monde réel, cela eut été impossible.

MOI

Ce n'est pas le cas?

PASTEUR

Allons mon garçon, as-tu déjà vu une statue parler? Excepté dans les chansons de Trénet j'entends.

MOI

Vous connaissez Trénet ?

PASTEUR

Tu connais beaucoup de statues du XIXe qui connaissent Trénet?

MOI

Euh?

PASTEUR

Cela veut donc dire que nous ne sommes pas dans le monde réel.

MOI

On est où alors?

PASTEUR

Je l'ignore, on pourrait dire que nous sommes dans l'esprit d'un fou, mais en ce cas cela n'expliquerait pas pourquoi j'arrive à penser et à appréhender le monde. Car, après tout, ce monde m'a l'air bien réel.

Je ne comprenais pas très bien ce qu'il voulait dire. Il se pencha sur moi et mit délicatement sa main droite sur ma blessure. C'était froid, mais pas forcément désagréable. Petit à petit, je sentis la douleur s'estomper. Pour finalement disparaître. Je regardai mon ventre, la blessure avait pratiquement disparu !

PASTEUR

Et voilà, encore deux trois soins de routine et tu seras prêt à remplacer Hugo. À condition de ne pas trop forcer !

Instinctivement, mon regard se porta vers la statue d'Hugo. Il n'en restait plus grand-chose...

HUGO

Je serai, sous le sac de cendre qui me couvre,

La voix qui dit : malheur ! la bouche qui dit : non !

Tandis que tes valets te montreront ton Louvre,

Moi, je te montrerai, César, ton cabanon.

ZEUS

Mais tais-toi donc!

Il avait arrêté de jouer et semblait particulièrement de mauvaise humeur. Je vis qu'il avait matérialisé un immense marteau et fracassait Hugo de toute part! Ce dernier continuait pourtant à être en verve :

HUGO

Devant les trahisons et les têtes courbées,

Je croiserai les bras, indigné, mais serein.

Sombre fidélité pour les choses tombées,

Sois ma force et ma joie et mon pilier d'airain !

ZEUS

De quelle trahison tu parles! C'est à moi de devenir le démiurge!

HUGO

Oui, tant qu'il sera là, qu'on cède ou qu'on persiste,

Un dernier coup dans les jambes et il finit par se briser en mille morceaux. Pourtant il eut le temps de finir par un dernier baroud d'honneur :

HUGO

Ô France ! France aimée et qu'on pleure toujours,

Je ne reverrai pas ta terre douce et triste,

Tombeau de mes aïeux et nid de mes amours !

Zeus était face à ce qu'il restait de Hugo. Il semblait fatigué. Pendant qu'il s'amusait à casser de la pierre, je m'étais redressé, prêt à combattre.

MOI

On dirait que Hugo ne te fait pas le plus grand effet.

ZEUS

Je ne supporte pas la littérature du XIXe !

MOI

Effectivement, tu sembles avoir pris trente ans d'un coup.

Et c'était vrai, il n'avait plus rien du jeune homme à peine sorti de l'adolescence. C'était à présent un homme d'une cinquantaine d'années, les cheveux argentés. Ce qui, soit dit en passant, n'était pas sans lui donner un petit côté sexy.

PASTEUR

Vois-tu, j'ai le pouvoir de soigner. Hugo a le pouvoir d'attaquer, et ce qui fait le plus mal ce ne sont pas ses coups, mais ses propos. Tu sais ce qu'on dit : la plume est plus forte que l'épée.

Alors qu'il disait ça, je vis Sauveur, mon frère, transpercer la façade et atterrir lui aussi dans la cour d'honneur. Il fut immédiatement suivi par une magnifique femme, Aphrodite. (J'ignore bien comment ils avaient faits pour franchir le champ de force qui nous isolait, Zeus et moi.)

MOI

Alors frangin, on a des problèmes en amour?

SAUVEUR

Occupe-toi de tes affaires.

MOI

Tu as des nouvelles des autres ?

SAUVEUR

Tu veux pas savoir.

MOI

C'est-à-dire ?

SAUVEUR

Disons qu'il serait temps que tu en finisses.

Et il repartit à l'attaque.

Je me reconcentrai. Zeus fonça sur moi, mais il fut arrêté par un champ de force.

PASTEUR

Désolé mais mon patient est en train de se reposer, il va falloir repasser plus tard.

ZEUS

Mais vous commencez à me les courir vous deux !

Je le vis toucher le champ de force et se concentrer. Dans peu de temps, ce dernier allait sauter.

J'en profitais pour réfléchir. Je savais qu'avec de simples coups, je n'allais pas pouvoir le vaincre. Je devais être plus subtil.

MOI

Pasteur, aurais-tu une idée de la manière dont je peux le vaincre?

PASTEUR

Essaie de lui dire que tu es son père, avec un peu de chance, il se mettra à crier et il tombera dans un trou.

MOI

Très drôle !

Finalement, la barrière tomba, Zeus se rua sur Pasteur et, d'un violent coup de tête, il fit partir le haut de la statue à l'intérieur de la Sorbonne. Puis il fonça sur moi. Mais je sus le recevoir d'un coup de pied en pleine figure. Nous nous mîmes à nous battre comme des chiffonniers : sans garde, en n'utilisant que les poings, on frappait et frappait, c'était au premier qui perdrait connaissance... Ce qui n'était pas prêt d'arriver. J'étais à nouveau en pleine forme, mais, je savais que cela ne suffirait pas. Il me fallait une solution, et vite ! Le dieu en eut marre, il se téléporta derrière moi, mais, au moment où il voulut me frapper, je me téléportai à mon tour derrière lui. J'essayai de lui donner un coup, mais je n'eus pas beaucoup plus de réussite : Zeus s'était à son tour téléporté vers moi. Je me téléportai à nouveau (à ce rythme, on pouvait aller loin.). Puis il se téléporta à son tour, mais au moment où il se matérialisa, je l'accueillis d'un coup de coude vers le visage, qu'il para avec grand-peine. Au même moment, nous levâmes nos jambes droites pour venir nous frapper. Je heurtai son bassin, il m'atteignit aux côtes. Nous fûmes éloignés l'un de l'autre par ces coups mutuels. À nouveau, nous nous jetâmes l'un sur l'autre. Curieusement, c'est au moment où mon genou heurta son entrejambe que la solution se fit dans ma tête !

Il fit quelque pas en arrière.

ZEUS

Enfoiré !

Il fonça sur moi et m'attrapa. Nous nous téléportâmes dans le monde blanc. Avant qu'il ne puisse bouger je fis un kata de protection.

ZEUS

Comment est-ce possible, la barrière ?

MOI

Je peux accéder à ce monde à tout moment. Aucune barrière ne peut m'en empêcher !

ZEUS

Quel est cet endroit ? Pourquoi ne nous y as-tu pas emmenés plus tôt ?

MOI

Je n'y avais pas pensé, mais tout à l'heure en me battant, cela me parut clair. Le démiurge a nécessairement un endroit de repli. Quant à cet endroit, je pensais que tu en connaissais l'existence.

ZEUS

Et comment le connaîtrais-je, c'est un non-monde!

MOI

C'est pourtant ici qu'est censé travailler le démiurge.

ZEUS

Pourquoi nous as-tu transportés ici?

MOI

Parce qu'ici, je suis sûr de te vaincre.

ZEUS

Tu crois ça ?

MOI

Essaie de bouger.

Zeus essaya de bouger, mais il était coincé.

ZEUS

Pourquoi je ne peux pas bouger ?

MOI

Tu devrais le savoir : il n'y a pas d'onde ici, personne, si ce n'est le démiurge, ne peut bouger.

ZEUS

Et pourquoi je ne me fige pas alors ? Pourquoi j'arrive encore à penser ?

MOI

Facile, j'ai juste eu à faire venir suffisamment d'ondes pour que ta tête puisse fonctionner. Tu ne l'as pas vu mais tout à l'heure j'ai fait un kata pour permettre cela.

ZEUS

Tu veux dire que, petit à petit, le monde se remplit d'ondes ?

MOI

Oui, mais comme les limites de ce monde sont infinies, il n'est pas près d'être vivable.

ZEUS

Et si j'augmentais le débit des ondes ?

Moi

Il faudrait que tu places des bordures à ce monde, sinon ce sera peine perdue.

Zeus

Et tes ondes que tu fais venir ici,elles viennent d'où ? D'un autre monde ?

Moi

Pas exactement, enfin, disons plutôt que c'est l'endroit d'où viennent l'ensemble des ondes de notre univers...

Zeus

Cette endroit dont tu parles, ce n'est pas ça qu'on appelle... la Source ?

Moi

En effet.

Zeus

Depuis le temps que je la cherchais !

Et il se mit à rire comme un fou.

Zeus

Donc tu es connecté naturellement à la Source, et c'est ça qui te permet de te mouvoir dans ce monde.

Moi

Tu devines vite.

Zeus

Et je suppose qu'il y a une protection qui empêche que la Source se vide complètement dans ce monde ?

Moi

C'est exact.

Zeus

En ce cas je n'ai qu'à casser cette protection pour que ce monde n'existe plus.

MOI

Si on faisait ça, tu en mourrais.

ZEUS

Quelle importance ? Je vois bien que c'est fichu. La seule chose qui me reste à faire, c'est de t'emporter avec moi.

MOI

Non, moi je peux m'enfuir.

ZEUS

Tu ne le ferais pas, cela ouvrirait une porte vers les autres mondes et les détruirait inexorablement.

MOI

Tu veux parier ?

ZEUS

Soit, parions !

Et je vis son visage se contracter.

ZEUS

ALEPH.

L'un de ses yeux devint rouge

ZEUS

MEM

Son deuxième œil devint rouge

ZEUS

TES

Il ferma les yeux. Et son visage se détendit

ZEUS

Je vois.

À nouveau il se concentra.

MOI

C'est peine perdue tu n'y arriveras pas. Tu ne sais même pas comment t'y prendre pour te connecter à la Source !

ZEUS

SHIN HET RESH VAV RESH !

Et cela marcha : un vortex s'ouvrit et la Source se mit à se déverser dans le monde blanc.

ZEUS

Hahaha ! Tu ne connaissais pas ce sort ? C'est ce qu'on appelle de l'autodestruction. C'en est fini de ton monde.

MOI

Enfoiré !

Et je me jetai sur lui, pour lui donner un violent coup de poing. Comme au ralenti mon point heurta son visage. Mais, au même moment, je vis la Source nous atteindre et nous recouvrir avec une lenteur qui me parut infinie.

Chapitre 12 bis

Lorsque je m'éveillai, Bison se tenait au-dessus de moi.

MOI

Que s'est-il passé ?

BISON

Tu as détruit le monde blanc.

MOI

Je suis mort ?

BISON

Oui et non.

MOI

Pardon ?

BISON

Lorsque la Source t'a attrapé, tu es mort. Heureusement, une âme charitable vous a aidé à vous reconstruire.

MOI

Qui ça ?

BISON

Mieux vaut que tu ne le saches pas.

MOI

Et pourquoi a-t-elle fait ça ?

BISON

Parce qu'elle en avait envie, qu'est ce que j'en sais moi ?

MOI

Et Zeus ?

BISON

Il est là.

Et il me tendit une jarre dorienne sur laquelle était peint Zeus.

MOI

Drôle de prison. Mais ça a l'air efficace.

BISON

Oui, je ne savais pas où le ranger. Tu peux le faire revenir si tu veux, je ne crois pas qu'il soit particulièrement dangereux maintenant.

MOI

Et je peux le rejoindre ?

BISON

Tu fais comme tu veux, tu as gagné la guerre.

Je portai alors ma main sur la jarre, et je m'y fondis.

ZEUS

C'est toi démiurge ?

MOI

Il semblerait.

Curieusement, j'étais presque content de le voir. J'ignorais combien de temps s'était passé mais j'avais l'impression de retrouver un ami. Il faut dire que de se mettre des coups dans la figure, ça forge des amitiés.

ZEUS

J'ai gagné mon pari, tu ne t'es pas enfui !

MOI

Oui, félicitations.

ZEUS

On pariait quoi ? La place de démiurge ?

MOI

Dans tes rêves !

Il poussa un grognement qui ressemblait à un signe d'amusement.

MOI

Tu as gagné le pari, mais j'ai gagné le combat.

ZEUS

T'appelles ça gagner ? Il y a eu égalité !

MOI

Tu veux qu'on reprenne? Pour voir qui est le plus fort ?

ZEUS

Non, j'en ai ma claque. Tu n'as plus accès au monde blanc je suppose ?

Je réfléchis un instant.

MOI

Si, comme dit Bison, quelqu'un a réussi à nous reconstruire, je pense qu'il a pu reconstruire le monde blanc sans problème.

ZEUS

S'il le voulait...

MOI

Je ne vois pas comment il aurait pu en être autrement, si je suis encore vivant, c'est qu'on avait encore besoin du démiurge. Or, sans le monde blanc, le démiurge n'est plus vraiment le démiurge. Enfin, je crois.

ZEUS

Ça c'est pour me dire que je ne pourrai jamais devenir démiurge ?

MOI

C'est comme ça, je suis désolé.

ZEUS

C'est dégueulasse.

MOI

Mais pourquoi veux-tu tant être le démiurge ?

ZEUS

Je veux l'égalité entre les hommes.

MOI

Et l'égalité c'est que tout le monde ait accès aux mêmes mondes, aux mêmes pouvoirs?

ZEUS

Pas que. C'est aussi la capacité pour qui le souhaite, quelle que soit sa situation dans le monde dans lequel il est né, de pouvoir devenir celui qu'il veut être.

MOI

Comme de devenir le démiurge par exemple ? C'est pour ça que tu trouves ça dégueulasse ?

ZEUS

Bien sûr. Pourquoi est-ce que toi, tu as juste à naître pour devenir le démiurge. Et moi, qui me suis battu toute ma vie pour le devenir, je ne peux pas ? C'est... injuste.

MOI

Oui, je suis d'accord avec toi, c'est injuste. Pour autant, c'est comme ça. J'aurais aimé que tout soit différent, que, grâce aux institutions, n'importe qui puisse devenir le démiurge. Mais ce n'est pas comme ça que ça fonctionne :

certains naissent avec un pouvoir en eux et d'autres non. Et ni toi ni moi n'y pouvons quelque chose. Et puis, dans le fond, même si tout le monde pouvait, grâce aux institutions, devenir le démiurge, tout le monde n'a pas les mêmes capacités. Certains naissent intelligents, brillants et charismatiques et d'autres naissent faibles et stupides. Dans un monde où, en théorie, les hautes fonctions sont ouvertes à tous, seuls les gens qui ont les bonnes capacités peuvent réellement y accéder.

ZEUS

Et donc, que proposes-tu ?

MOI

Rien, si ce n'est que ceux qui naissent chanceux aident ceux qui n'ont pas eu la même chance. Je pense que c'est ça ma mission : si je suis né démiurge, c'est pour aider les hommes à vivre dans un monde sûr. Même si ça ne réglera pas la faim dans le multimonde, et qu'il y aura toujours des malheureux.

ZEUS

Mais qu'en est-il de l'accès aux superpouvoirs pour tout le monde ? On peut au moins faire en sorte d'ouvrir les mondes, et que ceux qui le méritent puissent accéder aux superpouvoirs !

MOI

Et comment tu évalues les personnes méritantes ? Ceux qui peuvent payer ? Ceux qui ont sauvé des vies ? Ceux qui agissent bien ?

ZEUS

Ceux qui agissent bien ! Imagine, les gens seraient obligés de bien se comporter, pour être sûr d'avoir une bonne place.

BISON (QUI VENAIT D'APPARAÎTRE)

Et comment tu fais pour savoir si les gens agissent bien ou non ?

ZEUS

On n'a qu'à créer une commission...

BISON

Comme si ça n'avait jamais été essayé avant. Bien agir ça ne veut rien dire, ça dépend des cultures, des sociétés. Si tu fais une commission, certains d'une culture diront que telle chose est bien, et d'autres diront que non, ils se taperont dessus et à la fin ce seront ceux qui seront les plus consensuels qui gagneront.

ZEUS

Donc on fait quoi ?

BISON

Toi Zeus, tu rentres chez toi : tu vois bien que tu ne peux ni devenir le démiurge ni donner le pouvoir à tout le monde. Je t'invite néanmoins à réfléchir à ce qu'il t'a dit, si tout n'est pas parfait dans son raisonnement, il y a quand même des choses à en tirer.

MOI

Et moi ?

BISON

Toi tu te contentes de faire ton boulot.

ZEUS

Donc on abandonne ? On laisse les choses telles qu'elles sont et on ne fait rien, c'est ça ? On laisse des gens dégueulasses pouvoir profiter de la vie de bonnes personnes, c'est ça ?

BISON

T'as tout compris. Franchement, vous croyez qu'on vous a attendu pour réfléchir à toutes ces questions ? Croyez-moi, par rapport à ce qu'il était autrefois, le multi-monde n'est pas si injuste que ça.

Épilogue

Finalement nous retournâmes dans le Quartier Latin que nous trouvâmes désert. Nous restâmes quelque temps sans rien dire. Je voyais qu'il réfléchissait intensément. Soudain, il eut un soupir qui semblait dire « monde de merde ».

ZEUS
> En nous voyant partir, ils ont dû arrêter les hostilités. Nous signerons l'armistice dans deux jours.

L'armistice, il venait d'avouer sa défaite...

Finalement, Amateratsu avait raison à son sujet : ce n'était qu'un gamin qui méritait une bonne rouste.

Nous signâmes l'armistice le week-end suivant : Zeus abandonnait toutes ses velléités, en échange de quoi je le laissais continuer à gouverner la Grèce. Globalement, cela m'était très favorable. Pourtant, c'est avec un certain pincement au cœur que je signai le papier : même si son dessein n'était pas viable, puisqu'en voulant donner le pouvoir à certains, nécessairement, il recréait des inégalités, je pense, au fond de moi, que le combat de Zeus était légitime. Et de voir que, finalement, constatant son impuissance, il renonçait à ce pour quoi il s'était battu toute sa vie, cela me glaçait les os. En effet, je pense qu'en signant cet armistice, c'était comme si nous acceptions de rester à notre place et de ne rien faire pour améliorer la vie de certaines personnes. Comme si nous acceptions que le destin du multi-monde appartienne à un groupe d'individus que nous ne connaissions même pas...

J'avoue que j'aurais bien aimé pouvoir aller dans sa tête pour savoir ce qui l'avait décidé à abandonner ce pour quoi il s'était si chèrement battu. Les premiers jours, je crus qu'il cachait quelque chose. Mais en fait non, il avait réellement abandonné l'idée de devenir démiurge. Je me suis longtemps posé cette question. Est-ce dû à ma conversation ou avait-il parlé avec Bison avant que je ne me réveille ? Mais avec le temps, j'en suis arrivé à une tout autre certitude : je pense qu'il n'avait en réalité jamais eu envie de devenir démiurge. C'est juste qu'il ne savait pas où s'arrêter dans sa quête du pouvoir. Tout ce qu'il cherchait, c'était quelqu'un qui parvienne à lui tenir tête, quelqu'un qui n'était pas plus prêt à abandonner que lui, quelqu'un qu'il savait ne pouvoir vaincre, même en donnant tout ce qu'il avait.

Le lendemain de la signature, mes amis décidèrent d'organiser une grande fête en l'honneur de notre « victoire ».

AMATERASU
Un nouveau jour se lève.

KATIA
Mon amie! Tu es enfin sortie de ta tanière?

AMATERASU
Oui mon frère est venu me présenter ses excuses, que j'ai acceptées.

Je vins à sa rencontre.

MOI
Bonjour Amaterasu, je t'attendais.

AMATERASU
Bonjour démiurge, cela fait plaisir de te voir. Je ne vais pas rester très longtemps, mais il faudrait que nous parlions en tête à tête toi et moi.

MOI

Oui bien sûr, je te suis.

Elle m'attrapa alors le bras et nous nous téléportâmes dans un lieu que je ne connaissais pas. C'était une grande salle avec, au plafond des peintures de la renaissance italienne représentant des angelots tournoyant autour d'un nuage habité de dieux grecs plus académiques que ceux que j'avais rencontrés en chair et en os. La salle était baignée d'un doux soleil de début de journée. Dehors, je pus voir que cela donnait sur un jardin à l'anglaise. La salle avait en son centre une grande table ancienne qui devait servir à un quelconque conseil des ministres. Nous nous assîmes à cette table.

MOI

Quel est cet endroit?

AMATERASU

C'est un endroit secret auquel tu ne peux accéder seul.

MOI

Que souhaites-tu me dire de secret?

AMATERASU

Le monde n'est pas tel que tu le crois.

MOI

J'avais remarqué.

AMATERASU

Tes amis ne sont pas tels que tu les crois.

MOI

Qui donc?

AMATERASU

Tes protecteurs.

MOI

Comment ça?

AMATERASU

C'est l'histoire d'un adolescent particulièrement turbulent.

Il faisait beaucoup de bêtises et ses parents ne savaient plus comment faire pour le calmer. Un jour il se disputa avec son père et ce dernier finit par le chasser de chez lui. Le garçon se retrouva alors à errer dans la ville. Il finit par rencontrer une enfant, une fille, qui, ayant assisté au meurtre de ses parents, essayait de survivre dans la rue tant bien que mal. Elle semblait perdue, ne parlait pas, et ne devait pas avoir mangé depuis des jours. L'adolescent la prit en pitié et l'aida à se nourrir. Mais la fille ne parlait toujours pas. Le garçon se démenait pour arriver à trouver à manger, il vivait de vols et de petits trafics jusqu'au jour où il se fit attraper par les gendarmes. Il fut mis en prison tandis que la jeune fille, qui n'était pas avec lui lorsqu'il s'était fait attraper, était toujours dehors. Le garçon, voyant que ses chances de sortir rapidement de prison étaient maigres, finit par demander aux autorités s'ils pouvaient s'occuper d'elle. Les gendarmes partirent alors à sa recherche mais, lorsqu'ils la retrouvèrent, ils furent accueillis par une fille en furie qui les massacra sans grand effort. La fille s'enfuit. Les gendarmes, constatant la mort de leurs camarades, se mirent à sa poursuite. Mais, dès qu'ils la retrouvaient, ils se faisaient à leur tour massacrer. On finit par appeler des spécialistes qui l'encerclèrent, mais elle réussit à s'échapper. Le garçon fut interrogé, torturé, mais il ne pouvait donner aucune information sur ce qu'il ignorait. On lui apprit ce qu'elle avait fait et il fut atterré.

Finalement, un jour, alors qu'il était à l'infirmerie à cause d'un interrogatoire musclé, un chat vint à ses pieds et se frotta contre lui.

« Vas-t'en le chat », dit le garçon.

Le chat partit, il s'assit devant la porte qui était fermée, il regarda la poignée, semblant attendre. Le garçon regarda la porte fermée, vit que la fenêtre l'était tout autant et se demanda comment le chat avait pu entrer. Le chat commença à s'agiter, il se mit à griffer la porte.

« Tu sais, je ne peux pas ouvrir cette porte, elle est fermée à clé. »

Mais le chat poursuivit son manège. Finalement, le garçon se leva pour tenter d'ouvrir la porte. Elle s'ouvrit presque d'elle-même. Personne n'était de l'autre côté de la porte. Le chat avança, s'assit et le regarda. Le garçon, perplexe, le suivit en regardant alentour si quelqu'un risquait de le voir et de sonner l'alarme ; mais tout semblait désespérément vide. Lorsqu'il arriva à hauteur du chat, ce dernier se mit à avancer.

« Tu veux que je te suive, c'est ça? »

Et il suivit le chat. Le chat l'amena face à une première grille, non surveillée. Lorsque le garçon essaya de l'ouvrir, il y arriva sans problème. Il continua à suivre le chat sans rencontrer personne jusqu'à se retrouver dehors. Il vit alors une jeune femme magnifique, avec des yeux vert profond. Elle le regarda et lui dit :

« Souhaites-tu revoir ton amie et ne plus vivre dans le besoin ? »

Intimidé, il acquiesça.

Ils partirent alors à pied jusqu'au centre-ville. Ce dernier était dans un triste état, il y avait des militaires partout. Ils arrivèrent à la place centrale qui était cernée de militaires empêchant quiconque de rentrer. Pourtant lorsqu'ils virent la femme, ils la laissèrent passer. Le garçon vit alors la jeune fille, au milieu de place. Nue. Elle était accroupie et entourait ses genoux de ses bras, le regard perdu dans le vide. Le garçon se précipita sur elle et l'entoura de ses bras. Il la serra puis l'aida à se relever.

C'est alors que la femme parla :

« Suivez-moi. »

Un très grand escalier se matérialisa sous les yeux du garçon, incrédule. Ils empruntèrent alors cet escalier qui se dirigeait vers les nuages. Alors qu'ils montaient, il vit que le chat commençait à grandir. Et, aux alentours de la trois-centième marche, il se dressa sur ses pattes arrières, qui étaient en train de se transformer en jambes. Puis, ce furent au tour des pattes de devant de se changer en bras... C'est à partir de ce moment que le chat s'aperçut de sa transformation. Alors, il se mit à parler. Il commença par quelques balbutiements qui devinrent rapidement des mots. Et puis, au fur et mesure qu'ils montaient les marches, qui semblaient interminables, il s'exprimait de plus en plus clairement jusqu'à utiliser des mots que le garçon lui-même ne connaissait pas. Dès lors, il ne fut plus possible de le faire taire : de sa bouche sortait un flux incessant de mots ! Cela insupporta rapidement le garçon, qui n'était pas habitué à côtoyer des bavards ; et lorsqu'ils arrivèrent en haut, il était à deux doigts de se jeter sur le chat et de l'étrangler.

Au sommet, il y avait un lit, avec un très vieil homme dedans, qui semblait mourant.

« Voici les personnes que tu m'avais demandées. Dit la jeune femme.

— Approche, jeune chat » dit le vieil homme d'une voix fatiguée.

Le chat s'approcha.

L'homme lui murmura des choses que le garçon ne put entendre. Puis il dit au garçon d'approcher.

« Jeune homme, ton amie est malade. Je pourrais la soigner si je n'étais pas mourant. Sache que lorsque je mourrai, le monde remontera le temps, les gens rajeuniront, redeviendront bébé et retourneront dans le ventre de leur mère. Les morts reviendront à la vie, tout sera comme autrefois. Vous seuls ne changerez pas. Moi-même, je renaîtrai à nouveau du ventre de ma défunte mère. Vous veillerez sur moi de loin et, lorsque je serai prêt, vous me formerez et m'apprendrez à être quelqu'un de juste. Et quand j'aurai suffisamment retrouvé ma force, je pourrai la soigner. »

Là-dessus le vieil homme mourut.

Peu de temps après, le jeune et le chat s'aperçurent qu'ils avaient des pouvoirs similaires à ceux de la femme aux yeux verts. Elle les forma et prit leur commandement. C'est ainsi qu'apparurent tes gardiens.

MOI

Je vois. Il ne manque pas quelqu'un?

AMATERASU

Non, ils sont tous là.

MOI

Mais ils étaient censés être cinq.

AMATERASU

Absolument pas, ils ne sont que quatre.

MOI

C'est étrange, il faudra que j'éclaire tout ça... Mais pourquoi me dis-tu tout ça?

AMATERASU

Je pense qu'il est temps de leur rendre leur liberté, jusqu'à nouvel ordre.

De retour à la fête, je réunis Katia, Simha, Rachel et William et leur demandait s'ils voulaient reprendre leur forme d'origine.

WILLIAM

Si cela pouvait être envisageable, j'en serais ravi en effet.

KATIA

Je veux bien reprendre ma place parmi les dieux, puisque la situation semble s'être rétablie.

Simha parut hésiter.

MOI

Oui, je peux soigner Rachel et je peux aussi te donner une taille normale.

SIMHA

T'occupe pas pour la taille normale, je veux juste que Rachel aille mieux, lorsque je l'ai rencontrée, elle ne parlait pas, mais elle avait quand même des interactions avec le monde extérieur, ce n'était pas un légume!

MOI

En effet, le problème vient du fait que toute son attention est utilisée pour contenir ses pouvoirs, si je les bride, je pense qu'elle pourra se rouvrir aux autres, même si cela prendra du temps..

SIMHA

Très bien.

Et je consacrai plusieurs jours à brider ses pouvoirs.

Je les ai revus il n'y a pas longtemps, pour leur mariage. Rachel est devenue une fille magnifique et épanouie, bien que pas très prolixe. Simha aussi a beaucoup changé : il semble s'être apaisé et avoir trouvé son bonheur. J'espère qu'ils vivront longtemps ensemble.

Et Moera me demanderez-vous ? Lorsque je fus revenu de mon entretien avec Amaterasu, elle avait disparu. Et lorsque je demandai des informations à Athéna, elle me répondit de manière énigmatique :

ATHÉNA

Elle est différente, ne t'en fais pas pour elle, elle se porte certainement très bien.

C'est tout ce que je lui souhaite.

Voilà, comment je suis devenu le démiurge, que j'ai rencontré

Arlette, la femme de ma vie, et que je suis devenu papa.

Qu'ai-je fait après cette aventure? Eh bien, aussi inattendu que cela puisse paraître, j'ai repris mes études. Car, même si je n'ai pas besoin de trouver un travail, ni même de gagner de l'argent pour vivre, j'adore étudier. Sinon, bien sûr, j'assure mes fonctions de démiurge, ce qui n'est pas de tout repos. Je ne peux pas dire que ça me passionne, mais bon, il faut bien que le travail soit fait.

Cela dit, je ne regrette pas vraiment ma situation : j'ai une une femme que j'adore et des amis qui me sont chers. Le seul regret que je peux avoir, c'est de ne pas avoir vu grandir Ser ; quand il veut bien me voir, j'essaie de passer du temps avec lui, mais ça ne remplacera jamais les pleurs, les rires et les joies d'une enfance de laquelle je n'ai pas été témoin.

Ouvrage publié en impression à la demande.